Le Surhumain

DU MÊME AUTEUR

École Senway

(2016)

Le Surhumain :

Face aux Licans

(2017)

Couverture : Jenny Level

Myriam **DHUPAR**

Le Surhumain

Face
à l'Hybride

BoD
Books on Demand

À ma Nonna,

la meilleure grand-mère que la Terre ait portée.

Prologue
L'Élue

5 Avril 2015
Maison des Élus, l'Isle-sur-la-Sorgue
Département du Vaucluse

Myriam

Contre toute attente, le retour de son père parmi les vivants n'a pas été si beau qu'elle le pensait. À peine dans ses bras, son père s'est effondré, à bout de forces. Très vite, la joie de le retrouver a fait place à la panique. Il ne répondait pas à ses appels, ne bougeait plus.

Inerte.

Les larmes aux yeux, elle l'a porté -grâce à ses pouvoirs- jusque dans la maison. Une horde de yeux écarquillés les ont accueillis. Carolina, sa mère, est entrée dans le salon avec un énorme sourire sur les lèvres. Ce dernier s'est effacé lorsqu'elle a aperçu son mari étendu au sol. La stupeur a changé les traits de son visage. Elle a poussé une exclamation : « Italo ! », puis a perdu connaissance.

La peur de Myriam allait en grandissant.

Qu'arrivait-il à son père ?

Elle a levé son regard implorant vers sa meilleure amie, appréciée tant pour ses pouvoirs guérisseurs que pour ses qualités humaines. Cynthia n'a pas réfléchi une minute supplémentaire et s'est accroupie à côté d'elle.

Sylvain s'est précipité pour rattraper sa belle-mère avant qu'elle ne se fasse mal et a entrepris de l'allonger sur l'un des canapés. Soudain, il y a eu beaucoup d'agitation. Ezio et Chiara se sont approchés de leurs mères respectives, curieux de savoir qui était cet homme inconscient dans le salon. David s'est levé de son siège et est parti chercher un verre d'eau pour Carolina tandis que Sylvain s'évertuait à la réveiller.

Puis le silence est tombé brusquement. Ce qui a permis à Cynthia de se concentrer. Mains grandes ouvertes, elle les passait sur le corps de l'homme sans le toucher. Très vite, elle a secoué la tête.

— Quoi ? a demandé Myriam.

— Je ne comprends pas, a soufflé Cynthia. C'est comme si quelque chose rongeait son sang.

— Qu'est-ce tu veux dire ? Tu ne peux pas le guérir ?

— Non.

Visiblement, la réponse lui en a coûté. Mais elle ne s'est pas démontée pour enfoncer le clou :

— La mort est en train de s'infiltrer dans ses veines.

∝

11 Avril 2015
Résidence "Majorelle", Nancy
Département de Meurthe-et-Moselle

Myriam n'oubliera jamais les paroles de Cynthia ce soir-là. Car elle ne les a pas comprises. Sa mère a empêché Cynthia d'en dire davantage. Remise rapidement de ses émotions, Carolina a ordonné à tous de s'écarter de son mari et clamé qu'elle prenait « les choses en mains ». Ce qui consistait (la jeune femme l'a appris le lendemain) à garder l'homme chez elle.

Déterminée à connaître la vérité, Myriam décide alors de rendre visite à sa mère. À l'interphone, pas de « oui, qui est-ce ? », sa mère la laisse entrer sans forme de politesse aucune. L'Élue monte les marches de la résidence luxueuse et, arrivée devant le logement, frappe quelques coups à la porte. Carolina ouvre aussitôt et s'efface pour la laisser entrer, toujours sans mot dire. Sans en comprendre la raison, la tension est soudain palpable.

Elle pénètre dans un hall dépourvu de chaleur, où les murs sont gris et ternes. Elle a l'habitude de venir ici, de voir l'absence de vie dans cet appartement. Ce n'est pourtant pas ça qui la préoccupe aujourd'hui. D'emblée, elle pose la question qu'elle ressasse depuis deux jours :
– Comment il va ?
Sa mère ne répond pas. Cependant, elle lui fait signe de la suivre et la conduit vers le fond du couloir qui fait suite au hall. Elle ouvre une porte et entre dans la pièce. Intriguée, Myriam la suit. La pièce fait office de chambre mais avec le strict minimum. Un lit, une table de chevet du côté droit. Pas d'armoire, de

bureau, ni de bibliothèque. Ce n'est pas la place qui manque, en revanche.

Sur le lit aux draps bleus, son père repose comme s'il faisait sa sieste du dimanche. Myriam l'observe plus attentivement sous la lumière du jour. Une barbe à moitié rousse, longue de plusieurs semaines, lui ronge le visage. Un visage qu'elle a connu bien portant et qui, aujourd'hui, se creuse. Les cheveux, sales et emmêlés, qu'il répugnait à laisser pousser tombaient lourdement sur l'oreiller. Si son père ne l'avait pas regardée ce soir-là, elle ne l'aurait jamais reconnu.

Sans crier gare, des larmes chaudes roulent sur ses joues empourprées. Elle a un mouvement de recul lorsque, en se postant face à lui, elle remarque une multitude de contusions sur ses bras joints sur les draps. Elle tremble de tout son corps, pousse des sanglots étranglés. Elle n'imagine pas un instant ce que cache la couverture. Néanmoins, quelque chose l'incite à s'approcher de lui, à retirer les draps, à contempler l'horreur. Elle aperçoit les poches contenants urine et matières fécales puis plusieurs tâches de sang sur le pantalon du pyjama. Les larmes redoublent, elle se retourne vivement vers sa mère, les yeux perdus au travers de la fenêtre.
   — Mère, que se passe-t-il ici ? Pourquoi n'est-il pas hospitalisé ?

– Aucun médecin ne comprendrait, répond-elle, la voix rauque.

Myriam fronce les sourcils. Elle n'a jamais vu sa mère dans un état pareil, si distante et fermée à la conversation, aux explications. Elle pressent qu'elle lui cache quelque chose de très important.

Enfin, Carolina daigne poser les yeux sur sa fille. Des yeux cernés, creusés, emplis de terreur. Puis des mots s'échappent de ses lèvres.

– Le retour de ton père annonce un avenir rempli de ténèbres.

Myriam ne comprend pas un traître mot de ce que sa mère vient de lui dire. Elle perd progressivement patience.

– Mais pourquoi est-il dans cet état ? Qu'est-ce que tu me caches ?

Elle se rend compte qu'elle a presque hurlé sa question. Mais au lieu de répondre, Carolina baisse les yeux. Elle met plusieurs secondes avant de pousser un soupir résigné et demande, timidement :

– Que sais-tu des vampires ?

– Je ne vois pas le rapport, crache Myriam.

– Réponds-moi, ordonne sa mère. Si tu veux des réponses, arme-toi de patience.

Une énième fois, l'Élue fronce les sourcils. Elle pivote sur elle-même et remet la couverture en place. Elle s'étonne encore du caractère apaisé du visage de son père. Après un dernier coup d'œil vers lui, elle refait face à sa mère et répond enfin :

– Je suppose que j'en sais autant que les humains : des créatures perfides assoiffées de sang.

Quelque chose dans sa phrase réveille une alarme dans sa tête. Sans pour autant savoir pourquoi.

– Et si je te dis qu'ils existent vraiment ? reprend sa mère.

– Tu délires, laisse-t-elle échapper.

– Non. Les vampires existent. Comme les Licans, ils se fondent dans la masse. Et comme avec les Licans, nous sommes en guerre.

Incrédule, la jeune femme secoue la tête. Et soudain, elle se fige. Ses yeux s'écarquillent, son cœur bat la chamade. « Créatures assoiffées de sang »...., « la mort est en train de s'infiltrer dans ses veines »... Elle réalise que sa mère a raison. Que Cynthia a vu juste. Mais déjà, Carolina poursuit :

– Il y a plus de vingt ans, ton père et moi chassions les créatures de deux camps : les Licans et les vampires. Les vampires étaient moins puissants que les Licans et furent plus faciles à vaincre. Du moins, c'est ce que nous avons cru.

– Qu'essaies-tu de me dire ?

Carolina se tait une nouvelle fois. Sa fille l'observe longuement, attendant une explication. Elle croise les bras, patiente. Enfin, après un autre soupir, sa mère raconte, doucement :

  – Ce n'est pas un Lican qui a assassiné ton père. C'est un vampire, celui qu'on a cru le dernier de son peuple. Aujourd'hui, le fait qu'il ait « ressuscité » met la lumière sur certaines choses. Et soulève une évidence...

La jeune femme est pendue aux lèvres de Carolina. Tant bien que mal, elle essaye de comprendre ce qui a pu se passer des années auparavant dans la vie de ses parents. Elle a pourtant encore du mal à croire qu'on ait tenu l'existence de ces vampires secrète.

Elle se rend compte que sa mère s'est interrompue et attend une réaction de sa part. Absorbée par ses pensées, elle murmure un vague :

  – Continue.

  – Les vampires n'ont pas tué ton père, ils l'ont enlevé. Si ton père est là, ça ne veut dire qu'une chose.

  – Ils ont survécu.

Elle acquiesce. Imperceptiblement, elle jette un coup d'œil à l'homme étendu sur le lit tandis qu'elle certifie à sa fille :

  – Oui. C'est un message. Un message on ne peut plus clair : la guerre contre les Licans étant terminée, ils nous la déclare et vont la faire éclater.

Elle est loin de s'être préparée à ça. Une autre guerre.

Contre un peuple de créatures dont elle ignore tout. Ou presque.

Elle passe nerveusement sa main dans ses cheveux, elle tremble. Les larmes affluent une nouvelle fois dans ses yeux et elle se demande si elle était prête à affronter une nouvelle guerre.

Elle réfléchit. Les Licans ont capturé sa mère jadis, elle apprend ce jour que les vampires ont enlevé son père.

Est-ce ça le prix à payer lorsque l'on est parent et Surhumain puissant ?

La peur de perdre son fils et son mari lui noue le ventre.

Compatissante, sa mère lui prend les mains en signe d'apaisement et de soutien. Alors, les yeux embués, elle demande :

— Mère, s'il te plaît, dis-moi ce qui lui est arrivé.

Carolina hésite un bref instant puis opte pour la transparence, la vérité. Elle fait signe à sa fille de s'approcher. Elle la guide jusqu'au corps allongé de l'homme. Elle lui tourne la tête. Intriguée, Myriam se penche et voit, dans son cou, deux traces significatives.

Une morsure de vampire.

— Je crains qu'ils n'aient tenté de le faire leur.

« La puissance du vampire tient à ce que personne ne croit à son existence. »

Abraham Stoker, *Dracula*

Chapitre 1er : La Remise en Fonction

I.

16 Juin 2015
Maison des Élus
Département du Vaucluse

Sylvain

Les yeux scotchés à la télé, il sirote un café brûlant. Pourtant, ses pensées vagabondent sans cesse vers la même chose. Il ne comprend pas comment tout s'est dégradé si vite. Il jette un œil sur sa montre, 17h30. Sa femme ne tarderait pas à rentrer. Taciturne, comme d'habitude depuis le retour mystérieux de son père. Dans une colère sourde depuis...

Il a beau chercher le mot juste, il ne le trouve pas. En deux mois, le groupe qu'ils formaient tous les cinq s'est émietté. À cause d'une seule et unique personne : Cynthia. En deux mois, le changement chez elle s'est opéré crescendo allant des insultes bien senties et déplacées aux menaces de détruire leur couple.

Myriam en souffre, il le sait. Elle considérait Cynthia comme sa sœur. Elle l'a choisie pour marraine de leur fils. Et en retour, la détentrice de la quintessence lui torture l'esprit.

Finalement, les deux jeunes femmes ne s'adressent plus la parole. Et le Pouvoir des Cinq s'estompe de jour en jour. Il soupire. Il regarde son fils, affalé sur l'autre canapé en train de visionner un film d'animation qui met en scène une voiture qui parle. Il s'attendrit.

Il entend la porte d'entrée s'ouvrir puis se refermer en douceur. Myriam pénètre dans le salon, sa veste pendant mollement entre ses bras et son sac plein à craquer sur son épaule.

— Bonsoir mes amours.

Elle se dirige vers Ezio et l'embrasse sur la tête.

L'enfant ne daigne même pas lever les yeux de la télé. Puis elle se tourne vers Sylvain, l'embrasse doucement.

— Bonsoir ma princesse. Comment s'est passé ta journée ?

Elle laisse tomber son sac et sa veste au sol, coule jusqu'au canapé. Elle soupire et, comme à bout de forces, pose sa tête sur son épaule. Instinctivement, il caresse ses cheveux, toujours aussi bouclés et longs qu'avant. Elle finit par répondre :

— La maison a décroché un gros contrat aujourd'hui. Un best-seller aux États-Unis qu'ils vont me charger de traduire.

— Mais c'est super, ça ! s'écrie-t-il.

— Pas vraiment, souffle-t-elle. Ils veulent publier pour les grandes vacances. Autrement dit, je n'ai que deux semaines pour le traduire.

Sylvain tourne la tête vers elle, les yeux écarquillés. Il ne doute cependant pas qu'elle y arrive : dans son domaine, sa femme est la meilleure du Sud-Est. Ce qui le choque, en revanche, c'est la quantité de travail qu'on lui demande d'accomplir en si peu de temps. Comme si elle n'était pas assez fatiguée...

— Mais ça ne fait rien, reprend-elle, ce sont les aléas du métier. Et toi, ta journée ?

— J'ai eu un coup de fil important, ce matin.

— Ah oui ?

— Le Ministre de la Défense en personne m'a

contacté pour nous voir de toute urgence.

Cette fois, il sent l'énergie envahir le corps de sa femme. L'excitation. Qui dit « Ministère de la Défense » dit « mission pour sauver le Monde ». Et ça, elle sait y faire aussi.

Elle s'écarte brusquement de lui et crie presque lorsqu'elle demande :

- Que lui as-tu dit ?
- Que j'attendais ton retour.
- Il veut nous voir quand ?
- Tout de suite.
- Et c'est maintenant que tu me le dis ?

Il ne peut retenir son sourire. Il adore la voir débordante de vitalité. Il l'embrasse. Après quelques secondes, tandis qu'elle court dans leur chambre se changer, il s'adresse à leur fils :

- Ezio, ça te dit que papa appelle tonton Al pour venir regarder la télé avec toi ?

Le petit garçon lève enfin la tête et répond dans un sourire :

- Oui, il est drôle tonton Al.

Sylvain s'accroupit au sol, fait signe à son fils de le rejoindre.

- Qu'on soit bien d'accord : pas de pouvoirs. Tonton Al me dit tout. Si tu n'es pas sage, maman va se fâcher, tu le sais.

Il hoche la tête. Il sait ce que ça veut dire quand maman se fâche. Heureusement que ça n'arrive pas souvent.

Sylvain embrasse son fils sur la tête. Le petit garçon reprend sa place.

Après un coup de téléphone à son cousin, les Élus se téléportent au Ministère de la Défense.

cc

16 Juin 2015
Ministère de la Défense, Paris 7ème
Département de Paris

Le Ministre de la Défense les invite à prendre place face à lui. Un immense bureau en bois sombre les sépare, sur lequel jonchent des dossiers dans le coin supérieur droit tandis qu'au centre sont disposés un sous-main avec la carte du monde, un stylo plume et une règle en métal. Au bord de ce dernier, bien à la vue des visiteurs, un écriteau plaqué or affiche fièrement le nom du Ministre : Mr Monteaubard. Derrière le bureau, un grand fauteuil de cuir noir que le Ministre s'empresse d'occuper.

Les yeux de Sylvain accrochent instantanément un

dossier fermé où la notion « vampires » y figure en grosses lettres capitales. Il fronce les sourcils.

Le Ministre prend enfin la parole :

- Je vous ai fait venir aujourd'hui pour vous parler de créatures qui menacent la sécurité du pays.

Simultanément, les Élus posent une question chacun :

- De quelles créatures parlez-vous ?
- Sont-elles présentes ailleurs qu'en France ?

Le Ministre balaie les questions d'un geste ample de la main.

- Doucement mes amis. Je vais répondre à vos interrogations. Je tiens d'abord à vous rappeler que vous êtes tenus au secret. Ce dossier est confidentiel.
- Bien, Monsieur le Ministre.

Monsieur Monteaubard ouvre lentement le dossier, laissant languir Sylvain et Myriam. Il se demande si sa femme a aperçu le nom du dossier mais il devine à son expression que non. Il reporte son attention sur l'homme en face d'eux. La cinquantaine bien tassée, le regard vif et le sourire sans chaleur, il compense le complexe d'un ventre proéminent par la fierté de porter un costume sur-mesure d'un grand couturier. Ses cheveux coupés courts et grisonnants accentuent un peu plus son âge.

- J'ai décidé de faire appel à vous parce que la menace qui plane sur toute l'Europe et sur l'Amérique du Nord est sans conteste de votre ressort. Ces créatures ont elles aussi des pouvoirs, d'après notre enquête. Et, sauf erreur de notre part, ce sont des... (il marque un temps pour ménager son effet) vampires.

Myriam manque tomber à la renverse mais il la retient à temps. Monsieur Monteaubard hausse les sourcils.

– Que se passe-t-il ?

– Tout va bien, Monsieur le Ministre, assure-t-elle. Vous disiez que sont des vampires ?

– Oui. Pour autant que nous le sachions, ces créatures agissent toujours de nuit et s'en prennent aux humains. Jusqu'à présent, elles n'ont attaqué que dans une seule région de la France.

– Laquelle est ? questionne Sylvain, visiblement intéressé.

L'homme s'empare d'une photo dans le dossier et la leur tend. De concert, ils se penchent. Sur la photo, un agrandissement de la région Normandie où se dessinent plusieurs points rouges à certains endroits. Un point noir cependant se différencie des autres et apparaît au Havre.

– Toujours d'après notre enquête, poursuit-il, nous pensons que leur « quartier général » (il imprime les guillemets dans l'air avec ses doigts) se situe au Havre.

– Qu'attendez-vous de nous, Monsieur le

Ministre ? demande Sylvain en relevant la tête. Monsieur Monteaubard se saisit d'autres clichés qu'il leur présente avant de reprendre :

- C'est simple : le Ministère attend de vous que vous les trouviez pour les mettre hors d'état de nuire. Les personnes qui se trouvent sur ces photos sont celles que nous avons suivies.

Les Élus les regardent attentivement. Une demi-douzaine de visages s'imprime sur leur rétine. Mais quelque chose turlupine Sylvain qui s'empresse de questionner encore :

- Pourquoi la police ne les arrête-t-elle pas ?

Le Ministre se racle la gorge avant de répondre, tout bas.

- Nous avons déjà essayé mais ces créatures ont tué plus d'hommes à elles seules qu'une guerre mondiale.

Les Élus se taisent. Ils comprennent pourquoi il est difficile, même pour l'armée, d'arrêter et de neutraliser de puissantes créatures. Mais en tant que Surhumains, eux, ils ont les pouvoirs et la capacité de le faire.

D'où leur présence ici, ce jour.

- Pouvons-nous garder ces photos ? demande timidement Myriam.

- Je vous remets le dossier entier. Vous y trouverez toutes les informations nécessaires à votre mission.

— Quand devons-nous commencer ?

— Dès que vous êtes prêts, réplique le Ministre sans ciller avant de quitter son fauteuil. Je ne vous cache pas que nous aimerions que vous partiez immédiatement. Ces créatures ne vont pas vous attendre pour continuer leur massacre.

« Très juste », pense Sylvain. Il prend le dossier sous le bras, songeur.

— Avant que vous ne partiez, continue l'homme, sachez qu'il y a du renfort sur place si besoin. Et que si vous le désirez, vous pouvez faire appel à la Ligue des Cinq au complet.

— Il se trouve que..., hésite sa femme.

— Oui ?

— À vrai dire, Monsieur le Ministre, nous ne sommes plus que quatre.

Un court instant, le regard du bureaucrate s'assombrit. Très vite, il se reprend et leur donne carte blanche quant au choix de leur équipe.

Après quelques autres formalités, ils prennent congé de leur « employeur » et se téléportent à nouveau chez eux.

II.

Après une organisation express de leur séjour au Havre, ils se retrouvent, non sans angoisse, dans leur chambre d'hôtel. Ils ont discuté longuement avec Albert afin de laisser leur fils chez lui le temps de la mission. Ce dernier s'en est réjoui, il adore son filleul. Myriam a contacté sa mère après leur entretien avec le Ministre. L'échange a été bref.

— Mère, je vais retrouver qui lui a fait ça.

Elle a raccroché presque immédiatement.

À présent, ils sont installés dans la chambre : elle au bureau mis à disposition, lui sur le lit qui jette des coups d'œil à la télé. Il regarde autour de lui, par instants. La chambre n'est pas excessivement grande mais plutôt jolie et pratique. La leur est peinte de gris et de blanc et, élément marquant, un bateau orne la tête de lit entre deux lampes murales. Il constate que la fenêtre est dépourvue de volets mais possède des rideaux marron occultant. Il sait combien sa femme est incapable de dormir ne serait-ce qu'avec un fin rai de lumière. Cependant, le réceptionniste (fort sympathique) les a placés dans une chambre avec vue sur la plage. On pourrait croire qu'ils se trouvent ici pour leur lune de miel ou des vacances en amoureux tant le cadre est romantique. Mais si vous observez de plus près, vous constaterez que les tourtereaux épluchent attentivement le dossier que leur a remis le Ministre de la Défense la veille seulement.

— J'arrive pas à croire qu'ils attaquent seulement en Normandie, dit-elle sans préambule.

— Il a parlé de toute l'Europe, ma chérie.

— Je sais. Mais... pourquoi la Normandie ? Mon père...

— Je te vois venir, la coupe-t-il. Ton père n'est pas humain, je te rappelle. C'est exceptionnel. D'après le Ministre, ils n'ont pas recensé d'autres attaques en dehors de la Normandie. Ton père est sûrement l'exception.

Myriam lui répond par une moue dubitative. Cette mission a le mérite de rendre réelles les révélations de sa mère, il y a deux mois. Mais ils ne sont pas plus avancés aujourd'hui qu'ils l'étaient en avril. Car la question essentielle à cette mission subsiste :

Comment les exterminer ?

Elle en a néanmoins une vague idée. Assise face à l'ordinateur du bureau, elle surfe sur des sites traitants de paranormal, plus précisément de créatures surnaturelles. Elle tombe sur un blog mis en ligne il y a quelques semaines seulement par un certain « T-killer ». Elle parcourt plusieurs articles qui évoquent les Licans, Nérissa et Callista puis, enfin, ses yeux s'agrandissent.

Là.

Des lignes dédiées aux vampires. Elle le lit d'une traite et finit par faire la moue. Pas de réponse sur ce blog. Sur les autres qu'elle visite, une information revient sans cesse : pour les tuer, il faut leur planter un pieu d'argent dans le cœur.

Elle plisse les yeux. C'est étrangement ressemblant à la technique de neutralisation des Licans... Mais la ressemblance s'arrête là.

Et cette information est dorénavant la seule qu'ils possèdent.

Soudain nerveux, il ouvre la fenêtre, sort de sa poche sa cigarette électronique et se met à vapoter. Bien qu'il soit conscient que c'est une chambre non-fumeur, il s'en fiche royalement. C'est pas comme s'il fumait une vraie cigarette, susceptible de tout brûler et qui sent le tabac...

    1... 2... 3...

    – Tu abuses, là ! s'écrie sa femme en se retournant sur la chaise.

Il attendait qu'elle le gronde. Il adore la voix qu'elle prend dans ces moments, elle est terriblement sexy. Il prend son air innocent et s'exclame :

— Mais quoi ? Je vapote des fruits, pas du tabac !

— Tu enfumes tout l'hôtel ! Tu vas déclencher le détecteur de fumée si tu continues. Et ne dis pas le contraire, c'est déjà arrivé à la maison.

Il lève les mains en signe de reddition. Son moment préféré.

— D'accord, j'arrête si tu t'occupes de moi.

Son sourire s'étire jusque derrière ses oreilles. Ça marche toujours.

Sauf que, lorsqu'il croise son regard, il en doute pour cette fois.

— Tu crois qu'on a le temps ? On a un plan à monter pour attaquer les vampires.

— Oui, on a le temps, la contredit-il. Il n'est même pas 15h30 et les vampires attaquent la nuit. Qui, au mois de juin, ne tombe pas avant 22h.

Elle ouvre la bouche pour protester mais se ravise.

Le grand blond : 1, la belle brune : 0.

Il pose sa cigarette sur la petite table de chevet et, d'un pas nonchalant, il s'approche d'elle. Elle ne proteste pas quand il la met sur pieds pour l'embrasser. Encore moins lorsqu'il défait la ceinture de son jean et ouvre les boutons. Elle se laisse faire, se laisse diriger sur le lit, accepte ses caresses et ses baisers.

∞

Il se tourne vers elle pour la regarder. Mais elle ne tient pas en place. Elle se rhabille en vitesse et le laisse seul, nu, dans le lit. Il connaît par cœur la lueur qui brille dans ses yeux à cet instant. À l'époque de la guerre contre les Licans, elle avait eu la même.
La détermination.

Depuis les révélations de sa mère en avril, elle ne pense qu'à éradiquer les vampires de la surface du globe. Elle ne sait pas comment, ni combien ils sont et connaît encore moins toute l'étendue de leurs pouvoirs. Aujourd'hui, le Ministre Monteaubard lui en donne l'occasion. Il lui donne les moyens de faire payer les coupables de l'état de son père.
Sylvain sait combien cette mission est importante pour son épouse. Il comprend aussi pourquoi elle a ce besoin de monter un plan pour les arrêter.
Une fois qu'elle a posé le dossier remis par le Ministre sur le lit, il s'assied également. Mais au lieu d'observer les clichés qu'elle dispose au hasard sur la surface douce, il la regarde à la dérobée. Les cheveux foncés et bouclés de sa femme tombent devant son visage, masquant ses traits tirés par la concentration et l'inquiétude. Les vêtements qu'elle a revêtus moulent son corps rond et il aime ça. Même si, dernièrement, Myriam s'est mis en tête de perdre du poids, elle n'en reste pas moins resplendissante.

Il se racle la gorge.

– Que savons-nous ?

Immédiatement, elle entre dans le vif du sujet sans même lever la tête.

– Dans ce dossier, il y a toutes les victimes. À priori, aucun point en commun entre elles : certaines habitent Le Havre, d'autres non ; des hommes et des femmes d'âge, de milieu social et de religion différents. Le Ministère ne les relie pas entre elles. Les agressions ont toutes lieu en centre-ville et aux abords de la plage centrale, exclusivement la nuit.

– Tu penses à quelque chose.

Ce n'est pas une question mais une affirmation. Le ton qu'elle emploie pour énumérer ce qu'ils savent révèle autre chose. Mais elle répond par une question :

– Dans quel endroit près de la plage, des vampires peuvent-ils passer inaperçus ?

Sa question le prend de court. Il fronce les sourcils et fait un effort titanesque pour trouver une réponse. Soudain, l'évidence s'impose :

– Un casino ?

Elle approuve et pointe vers lui son stylo noir fétiche.

– Pas bête. Je pensais à une boîte de nuit ou un bar mais un casino est tout aussi plausible.

Une idée germe dans l'esprit de Sylvain. Il cherche dans les clichés du dossier le document qui confirmera ses soupçons.

— Qu'est-ce que tu cherches ? lui demande-t-elle.

— La carte des agressions survenues au Havre. Regarde (il lui tend la carte et y désigne deux points rouges). Je crois que tu as raison de penser aux bars. Il y a eu des attaques à proximité. Mais, d'après ce que je vois, il n'y a qu'un seul casino qui fait aussi office d'hôtel-restaurant.

Elle saisit la carte et y jette un œil concentré. Le *Casino du Havre* se trouve à seulement quelques centaines de mètres de leur position. Le casino/hôtel/restaurant est entouré de points rouges sur la carte, les attaques sont plus fréquentes à cet endroit.

Pas de doute possible.

Comme piqué par une mouche invisible, Sylvain bondit du lit et s'habille à la hâte. Lorsqu'elle lui demande ce qui lui prend, il répond presque en criant :

— On y va !

À son tour, elle fronce les sourcils et consulte sa montre. Après un soupir, elle secoue la tête.

— Non, il fait encore jour.

— Justement, ils doivent être en train de dormir.

— Ce que tu veux faire c'est nous jeter dans la gueule du loup, réplique-t-elle en se levant pour lui faire face. Nous n'avons aucune idée de combien ils sont, comment fera-t-on si ça tourne mal ?

Il ne dit rien bien qu'il veuille hurler. Elle reprend :

— On ne peut pas se permettre de lancer une offensive sans mieux connaître l'ennemi. C'est une chose que je t'ai apprise, je crois.

— Qu'est-ce que tu proposes ? lâche-t-il, excédé.

— Il faut que nous servions d'appâts.

cc

À la nuit tombée, ils sortent de leur chambre main dans la main. Ils traversent la courte distance les séparant de la plage en une quinzaine de minutes. En ce mois de juin, la nuit est douce. L'été se fait proche. Même s'ils servent d'appâts, ils prennent néanmoins plaisir à leur promenade sur la plage. La vue de la Manche leur rappelle des souvenirs de leur lune de miel aux Maldives.

Malgré les trous noirs dans leur enquête, ils ne doutent pas de la réussite de cette dernière. Ils ne doutent pas de leurs pouvoirs, de leur puissance. Ils sont les Élus peuple Surhumain et en tant que tels, l'échec n'est pas concevable.

Il vapote plusieurs bouffées sur sa cigarette électronique tout en observant discrètement alentour. Ils n'échangent pas un seul mot depuis cinq bonnes minutes.

Soudain, sans crier gare, il s'immobilise et fait signe à sa femme de se taire. Elle comprend qu'il sent quelque chose. Il regarde autour de lui mais ne perçoit rien d'anormal.

Pourtant, il y a comme une odeur de...

Non-vivant...

Sur le qui-vive, ils continuent d'arpenter la plage. L'Élu préfère cependant jouer la carte de la prudence et s'arrête. Doucement, il sort son arme de l'arrière de son pantalon, un colt à canon normal 1911 de calibre 22.

> — Sors ton flingue, chuchote-t-il, et mets-toi dos à moi.

Se fiant à l'instinct de son mari, Myriam obéit. Elle saisit son arme, retenue par sa jarretelle, un Glock 17 de calibre 9. Dos à Sylvain, elle reste attentive à ses sens, au silence.

Elle aussi sent une présence, mais ne voit rien qui trahirait cette dernière.

Tout à coup, apparues de nulle-part, deux silhouettes aussi vives que des fusées leur font face et les assomment.

> Noir absolu.

18 Juin 2015
Lieu inconnu

Ses yeux s'ouvrent lentement, péniblement. Une douleur lancinante se fait sentir à l'arrière de son crâne.

« Bande d'enfoirés ! », pense-t-il.

À ce moment, il se souvient de ce qui s'est passé avant qu'on l'assomme. La mission, le Havre, les vampires, sa femme...

Son ventre se noue de peur. Il hurle :

— Myriam !

— Sylvain !

Il est heureux de l'entendre.

Il tente de se mouvoir mais il est retenu par un cordage fermement noué autour de lui. Myriam est à sa gauche. Attachée elle aussi à un pilier.

— Mon amour, où sommes-nous ? demande-t-elle. Je n'arrive pas à me téléporter !

— Moi non plus !

Il n'a même pas essayé.

— Qu'est-ce qu'on fait ? demande-t-elle encore.

— Bienvenue dans mon antre, mes amis.

De concert, ils tournent la tête vers la voix. L'odeur de non-vivant est plus forte que jamais. Une silhouette masculine s'approche d'eux, comme un tigre chasserait sa proie.

Il apparaît à la lumière des candélabres muraux. Tous les deux le reconnaissent car ils l'ont vu sur l'un des clichés du dossier. Incapables de réaction quelle qu'elle soit, ils le regardent intensément. En apparence, il est humain mais, à bien y faire attention, on constate que la couleur des yeux est bien trop particulière et celle de sa peau bien trop blanche.

Un vampire.

Un beau, en plus.

Sûr de lui, Il s'approche d'elle lentement et, de son ongle aussi acéré que la griffe d'un chat, il lui effleure une mèche de cheveux. Aussitôt, elle a un mouvement de recul.

– Doucement, ma belle, lui intime-t-il.

– Si tu lui fais ne serait-ce qu'une égratignure, je te tue.

– Je ne vois pas comment, Surhumain, susurre-t-il en se tournant vers Sylvain. Pour l'instant, tu es ficelé comme un saucisson et tu n'as aucune arme.

– Ça, c'est ce que tu crois.

Le regard que le vampire lui renvoie lui fait froid dans le dos. Il l'observe plus attentivement.

Il a les cheveux courts et aussi noirs que des ailes de corbeau, tout de noir vêtu mais à la mode victorienne. On aurait dit que le temps s'était arrêté.

Des ongles aussi longs que des griffes, un teint blafard et un regard qui impose peur et silence.

Sylvain grave cette image à jamais dans un recoin de sa mémoire. Voilà à quoi ressemblent leurs ennemis. Il tente une fois de plus de se mouvoir mais n'y parvient pas.

Satanée corde bien serrée !

Sa femme est en danger !

Le vampire se tourne à nouveau vers Myriam et sourit sournoisement. Elle voit ses dents et, instantanément, les imagine dans le cou de son père.

Des canines longues et pointues. Il se penche sur son cou, elle retient son souffle et jette ses yeux au plafond.

— Ça faisait si longtemps que je n'avais pas senti un si bon parfum..., susurre la créature nocturne. Appelle-moi Alex, ma belle. On m'a chargé de t'aimer jusqu'à la fin des temps.

— La place est déjà prise, rétorque-t-elle en le regardant droit dans les yeux.

— Je savais que tu me dirais ça, ma jolie. J'ai tout prévu et j'ai pour habitude de me débarrasser de mes rivaux. Après quoi, je te ferai mienne, ajoute-t-il en murmurant plus près encore de son oreille. Marina !

Un autre vampire surgit de l'ombre. Une femelle. Celle-là aussi, ils la reconnaissent.

Ses cheveux sont aussi noirs que les ténèbres et sa

tenue -noire et de style victorien également- fait étrangement écho à celle de son semblable. Hormis ses yeux de couleur mordorée, elle est une belle femme, sans aucune équivoque.

Les prunelles des deux vampires brillent d'une lueur surnaturelle et fascinante.

— Oui ?

— Occupe-toi de lui, ordonne-t-il.

— Avec plaisir.

Un sourire mauvais étires les lèvres rouges de la créature. Elle s'avance vers Sylvain, défait ses liens précautionneusement et l'emmène fermement dans l'une des pièces du côté gauche.

Le cœur de Myriam se serre mais elle se force à soutenir le regard de l'autre. Contre toute attente, il dévie le sien. Elle en profite pour observer tout autour d'elle, noter chaque détail. Ici, la pièce n'est pas ronde ou carrée mais plutôt ovale. Sauf que les pointes ne sont pas arrondies mais droites, comme coupées au couteau par un architecte fou. À bien y regarder, ça ressemble de plus en plus à un cercueil.

Des portes à chaque recoin de la pièce. Elle constate que les murs ne sont ni peints ni tapissés, comme si des travaux étaient encore en cours. La pierre des murs est enduite d'un vernis terne qui craquelle par endroits, donnant une fausse impression d'uniformité. Sous ses pieds, un sol froid, glacé en damier noir et blanc, fait de marbre. Entre les piliers, au nombre de quatre, un tapis rouge de style victorien traverse la pièce et rejoint une porte majestueuse. Digne d'une entrée d'église. Les autres portes sont moins grandes et beaucoup moins élaborées. Elle n'en compte pas moins de six.

En plus du pilier où elle est attachée, trois autres sont disséminés en formant un carré. Très peu de meubles -voire pas du tout- trônent dans cette pièce étrange, à part trois cercueils disposés en triangle : un du côté droit devant l'une des portes, un autre du côté gauche et enfin, un dès l'entrée (à l'exact opposé de la sublime porte).

De part et d'autre de cette fameuse porte, des candélabres au mur éclairent suffisamment l'antre des créatures, préservant une sorte d'intimité perverse et cinglée.

— Tu aimes la décoration ? demande-t-il.

— Où sommes-nous ?

— Dans mon sous-sol, répond-il. Tu es dans ma maison, princesse.

Elle ne laisse passer qu'une seconde avant de poser la question qui lui brûle les lèvres :

— Tu veux dire que nous sommes au sous-sol du casino ?

Il se met à rire à gorge déployée. Nullement découragée, elle lui crache en plein visage :

— Je n'ai jamais demandé à venir ici.

— Oh que si ! s'insurge-t-il en s'approchant

dangereusement. J'ai senti ton parfum dès ton arrivée dans cette ville. Tu me cherchais et je t'ai trouvée, ma belle.

Dans un silence terrifiant, il prend ses lèvres en un baiser qu'il veut passionné et ardent. Mais il n'obtient que des lèvres obstinément fermées et une expression de froide colère, de mépris.

— Tu oublies qui je suis, vampire.

CC

La peur envahit son corps entier lorsqu'il est à nouveau attaché et incapable de bouger, ni d'utiliser ses pouvoirs.

Pourquoi a-t-il raté l'occasion de lui coller son poing dans la figure ?

Réponse : parce qu'ils sont extrêmement rapides.

Cette fois-ci, la vampire ne l'a pas ficelé à un pilier mais à une table de marbre aussi dure que froide. Plus loin, il aperçoit une desserte avec des outils de torture. La créature s'empare d'un couteau et se remet à sourire.

À l'aide de celui-ci, elle déchire les bretelles de sa robe d'un geste assuré. Lentement, elle se déshabille complètement, offrant son corps dénudé à la vue de Sylvain.

— J'aime me sentir à l'aise pour torturer mes

ennemis, affirme-t-elle.

— Fais comme chez toi, répond-il du ton le plus détaché possible.

Elle le regarde sans cesser de sourire. En deux temps trois mouvements, elle le chevauche et le fixe toujours. De la pointe du couteau, elle lui effleure la joue. Mais il ne prend pas peur. Bien au contraire. Il éclate de rire.

Il la voit plisser les yeux, froncer les sourcils, comme si elle tentait de résoudre une équation complexe.

— Qu'est-ce qui te fait marrer ? explose-t-elle, le couteau faisant office de menace.

— C'est juste que j'ai été torturé tellement souvent que maintenant, ça me fait rire.

— Tu ne vas pas rire longtemps, assure-t-elle. Tu as l'air d'oublier que je ne suis pas une Lican mais une vampire. Je mords et bois le sang jusqu'à t'en vider. Alors si j'étais toi, je me contenterais d'avoir peur et de subir ce que je vais te faire comme un cadeau.

— Tu ne me feras pas mal, créature minable. Tu oublies toi aussi qui je suis.

Piquée au vif, la vampire plante son couteau dans le bras de Sylvain, qui étouffe de justesse un cri de douleur. Elle recommence avec son autre bras.

En véritable créature possédée nocturne, elle se met à boire le sang qui coule des plaies.

Il pensait qu'elle n'irait pas plus loin. Mais l'avenir le

dément de manière éhontée. Elle lui entaille le torse, là où quelques cicatrices à peine visibles subsistent du passé.

- Et là, tu n'as toujours pas mal ?
- Tu le fais parce que c'est lui qui te l'as demandé, dit doucement Sylvain. Mais toi, que veux-tu vraiment ?
- Ça n'a pas d'importance ce que je veux. Je dois obéir aux ordres un point c'est tout.
- Et si, pour une fois, tu faisais une entorse aux ordres ? Je te laisse l'occasion de suivre tes envies, saisis-la. Dis-moi ce que tu veux.

Elle baisse les yeux et il remarque que ses tétons ont durci. Avant même qu'elle n'ouvre la bouche, il sait ce qu'elle va demander.

- Je veux que tu me touches... comme tu la touches, elle, confie-t-elle d'une voix à peine audible.

Elle relève les yeux. Il saisit l'occasion pour lui présenter gentiment les liens qui le retiennent prisonnier.

- Une seule main.

Elle acquiesce. Rompt les liens fébrilement.

« Trop facile cette histoire », pense-t-il, perplexe.

Mais c'est là son unique chance.

Il jubile intérieurement de la confiance qu'elle lui donne. Il lui intime de fermer les yeux, de ressentir.

- Et n'essaie pas de me la faire à l'envers, dit-elle

soudain. S'il m'arrive quoi que ce soit, tu le paieras cher.

— Profite de ce moment, Marina. Fais-moi confiance.

Alors, elle obéit. Aveuglément.

Le plus discrètement possible, il se penche légèrement vers la desserte pleine d'outils.

De l'argent.

Magnifique. Et pourtant terriblement bête et irresponsable. Offrir à son ennemi les moyens de vous tuer, c'est comme vous donner un pistolet chargé et se mettre dans sa ligne de mire. De l'inconscience pure.

— Tu n'aurais pas dû, déclare-t-il. Ma femme est la seule qui mérite que je la touche.

Elle ouvre les yeux brutalement mais, même si les vampires sont dotés de pouvoirs d'extrême vitesse, elle ne voit pas le coup venir.

En plein cœur.

Sous sa main, il la sent se raidir puis s'immobiliser. Insensible, il la regarde glisser à terre.

Il sait qu'il lui reste très peu de temps avant que le vampire ne vienne constater les dégâts. Il défait tous ses liens et se dirige à toute vitesse dans la grande pièce d'à côté.

L'image qui l'accueille le laisse sans voix.

Au sol, le vampire gît, un poignard en plein cœur.

Mort, lui aussi.

Myriam lève les yeux vers lui et murmure :

— Première mission accomplie.

Abasourdi, il remarque que plus aucun lien ne la retient.

Bon sang, comment s'y est-elle pris ?

Ensemble, ils regagnent la sortie et débouchent sur le Quai George V. Derrière eux, le *Casino du Havre* se dresse fièrement de toute sa hauteur.

Le « quartier général ».

Ils descendent les marchent menant à la rue précipitamment puis décident de courir jusqu'à leur hôtel.

Épuisés, ils sombrent dans un sommeil peuplé de rêves pleins de sang.

Plus tard, ils comprendront la gravité de leurs erreurs.

« Le vampire répand la nouvelle comme une traînée de sang. »

Christopher Jacky

Chapitre 2ème :
L'appel à l'aide

18 Juin 2015
Bibliothèque Oscar Niemeyer, Le Havre
Département de Seine-Maritime

Myriam

*M*yriam parcourt une énième fois ce livre sur les créatures surnaturelles. Aucune version dans ces livres ne concorde. Certains contes parlent de pieux d'argent, d'autres en bois ; certains disent que les vampires craignent l'ail, d'autres ne citent que leur peur de la lumière du jour.

Elle ne sait plus à qui se fier. Ce qu'ils ont vu dans ce sous-sol dépasse l'image brouillonne, incomplète et ô combien fausse qu'ils se sont faite de ces immondes créatures. Ils doivent l'admettre : ils sont débutants et manquent d'éléments indispensables pour l'accomplissement de leur mission.

Si leur première mission dans la chasse aux vampires s'est avérée être un succès, ce n'est que grâce à leurs réflexes d'Élus. Mais ils ont bien failli y rester, mari et femme en ont conscience.

Perplexe, elle ferme délicatement le livre et s'adosse lentement à la chaise. Elle frotte ses yeux puis consulte l'heure : ça fait trois heures au moins qu'ils sont assis à cette table. À côté d'elle, Sylvain rédige un rapport pour le Ministre par e-mail. Curieuse, elle porte son attention au texte qu'il s'applique à écrire et, après quelques secondes, elle se retient de tout corriger.

Déformation professionnelle.

Ou obsession personnelle, allez savoir.

Cependant, elle sait que son mari, une fois le rapport terminé, lui demandera de corriger ses fautes avant de l'envoyer.

Il doit sentir qu'elle regarde ce qu'il fait car il s'arrête et se tourne vers elle.

– Ces livres m'en apprennent encore moins que je l'imaginais, murmure-t-elle.

Il l'imite et s'adosse à son tour à la chaise. Un ange

passe. Au bout de quelques secondes, il finit par demander :

- À part notre peuple, qui aurait eu la malchance de croiser des vampires ?
- Comment savoir ? réplique-t-elle, presque résignée. Ce peut être des humains qui ont payé de leur vie, ou qui ont été transformés. Sans compter les Surhumains qui les ont combattus...
- On va avoir besoin de leur aide, affirme Sylvain. Eux seuls pourront nous dire qui sont ces créatures et comment les vaincre. Mais... qui sont-ils ?

Un autre silence tombe entre eux -plus long que le premier- durant lequel l'une réfléchit à la question et l'autre attend la réponse. Mais elle n'est pas vraiment en train de réfléchir à la question. Un Surhumain assez expérimenté et intelligent, elle l'a trouvé immédiatement. Il n'y en a qu'un seul qui lui est venu à l'esprit. À présent, elle pèse le pour et le contre afin d'en parler à son cher et tendre.

Au bout de ce qui semble une éternité, Myriam reprend son souffle et annonce :

- Il y a une dizaine d'années, j'ai connu un Surhumain capable de tout pour notre peuple. Encore plus courageux que nous deux réunis.
- Qui est-ce ? demande-t-il, soudain intrigué.
- Une longue histoire. Il s'appelle Théodore mais

je ne sais pas ce qu'il est devenu. Nous n'avons plus aucun contact depuis six ans, au moins.

— Tu veux bien m'expliquer ?

— Je t'ai déjà dit que c'est une longue histoire. Mais je peux le localiser.

Sans bruit, elle fouille dans son sac à main et en sort son portefeuille dont elle retire une photo bien cachée. Son regard s'attendrit instantanément. Cette photo a été prise le 22 avril de l'année 2009. Elle s'en souvient comme si c'était hier.

Elle sent Sylvain se pencher sur le cliché. Et elle suit ses pensées. « Ah, un couple... attends une seconde... ! Ce n'est pas n'importe qui ! C'est elle ! »

Elle sent la colère qui monte en lui.

— Tu es sortie avec ce type ?

— S'il te plaît, n'en parlons pas maintenant. Il est le seul à pouvoir nous aider. Ça ne m'enchante pas plus que toi mais c'est pour notre peuple.

— Et si je n'ai pas envie de faire appel à lui ?

— Tu as une autre solution ?

Elle a presque crié sa question. La bibliothécaire -une femme entre deux âges habillée à la mode des années 50- se déplace jusqu'à eux pour leur ordonner le silence.

— Ici, c'est un lieu de calme et de lecture, ce n'est pas un endroit pour les disputes conjugales, leur assène-t-elle.

Ils s'excusent, les joues rouges, comme des enfants

pris en flagrant délit. La bibliothécaire chausse ses lunettes papillon à montures noires et tourne brutalement les talons.

« Quel cliché, celle-là ! », pense-t-elle.

Aussitôt, elle reprend en chuchotant :

— Si la vie ne s'était pas acharnée sur lui, il aurait fait partie de la Ligue des Cinq. C'est l'un des plus puissants Surhumains que notre ère ait connu. Il est notre plus grand espoir.

Elle l'observe faire la moue mais elle sait qu'il considère la situation autrement. Enfin, il murmure :

— Je suis d'accord à une condition.

Elle ne répond pas et attend le deal.

— Tu me raconteras cette histoire.

Elle aurait dû s'en douter. Étrangement, elle pense que c'est une bonne chose et acquiesce d'un hochement de tête.

Elle reporte son attention sur la photo et ferme les yeux. En dépit de ses essais pour oublier ce visage, ce dernier vient tout de même la hanter. Et avec lui, des flash. Des souvenirs. L'avenir. Le présent. La douleur. La joie. Et puis la maladie...

Lorsqu'elle rouvre les yeux, c'est avec les larmes roulant sur ses joues qu'elle affirme :

— Je sais où le trouver.

19 Juin 2015
Route départementale 104F
Département de Moselle

Sylvain

Le trajet pour retrouver celui qu'on appelle Théodore se déroule dans le plus grand silence entre les Élus. Il se demande pourquoi il s'est infligé ces six heures de route alors qu'ils peuvent se téléporter en moins de quelques secondes.

Par préservation des habitudes, sans doute...

Par amour aussi, évidemment...

L'une redoute les réflexions déplacées, l'autre tente, tant bien que mal, de les contenir.

D'après sa femme, le « puissant Surhumain » s'est retiré dans une maison de campagne dans l'Est de la France. Ils dépassent un panneau d'entrée d'agglomération. Il ralentit la vitesse aux 50 km/h limités.

— Henridorff..., murmure-t-il pour lui-même. Il aurait pu choisir un autre patelin, ton protégé.

Elle ne relève pas. Ils apprendront plus tard que le village a été construit par le duc Henri II au début du XVIIème siècle et qu'il portait le surnom de « village-rue ».

Elle regarde partout autour d'elle, cherchant un signe de la présence de Théodore. Ils passent devant une église, la mairie. Il décélère encore jusqu'à 30 km/h.

— Tu es sûre que c'est ici ?

— Oui, continue tout droit.

Ils traversent la rue principale avec leurs maisons jouxtées et arrivent très vite à la sortie du village. Il fronce les sourcils. Mais une fois à proximité d'une maison isolée dans une grande étendue d'herbe, il sait que c'est là. Il se gare dans l'herbe, dans ce coin, les trottoirs et parkings ont disparu depuis quelques centaines de mètres.

La maison dans laquelle habite le Surhumain tombe en ruines et laisse fortement à désirer. Des marches délabrées, des fenêtres manquantes, des plantes fanées... Cet endroit empeste la maladie et le malaise. La façade se craquelle par endroits, la couleur a perdu tout de sa vivacité. D'un jaune soleil flambant, la couleur ressemble à présent au jaune terne du sable, sale.

Ils descendent de voiture, il remarque que sa femme tremble. Immédiatement, il la prend dans ses bras. Déterminée, elle s'écarte lentement de lui puis se dirige vers les morceaux de bois faisant office de porte d'entrée. Il reste délibérément en retrait mais ne la quitte pas des yeux. Elle se décide à frapper.

— Barrez-vous ! entend-il de l'autre côté de la

porte.

— Théo, tu es là ? demande Myriam.

— Mais purée, j'ai dit de vous barrer, vous êtes sourds ou quoi ?

Des pas résonnent avant que la porte ne s'ouvre brutalement devant elle. Dans l'encadrement, une silhouette qu'elle n'oubliera jamais.

Théodore.

Ses cheveux bruns lui tombent presque sur les épaules, sa barbe date au moins d'une semaine. Il porte un débardeur blanc crasseux, laissant ses bras tatoués à la vue de tous, un jean et des chaussures tout aussi sales. L'élément le plus frappant dans son apparition est le fusil Maverick qu'il tient dans sa main droite, prêt à tirer sur ces étrangers qui dérangent. Ses yeux se posent sur Myriam et, aussitôt, baisse la garde dès qu'il la reconnaît. Imperceptiblement, ses yeux s'embuent de larmes.

— C'est vraiment toi ? parvient-il à articuler au bout de quelques secondes.

— Oui, répond-elle simplement.

— Pardon de t'avoir accueillie de cette manière. Ici, les gens ne pensent qu'à vendre leur camelote aux portes. Venez, je vais vous offrir quelque chose à boire.

Sylvain suit sa femme, elle-même précédée de

Théodore. Il ne dit rien mais il est peu (en fait, pas du tout) convaincu par l'individu.

Lui, un Surhumain puissant ?

« Laisse-moi rire ! », pense-t-il.

Ils traversent un couloir sombre jonché de journaux et de livres sur les créatures surnaturelles. Ils déboulent dans une pièce où trône une grande table en chêne. Sylvain conclut qu'ils sont dans la salle à manger. Leur hôte les invite à prendre place.

    — J'ai de la bière et du soda, propose Théodore.

    — Soda, répondent-ils en chœur.

Sylvain capte le regard que lui lance l'autre, façon silencieuse de dire « tu es un homme et tu bois du soda ? ». Il lui renvoie une œillade tout aussi hostile. Mais, contrairement aux habitudes, son adversaire ne baisse pas les yeux.

    — Très bien, je reviens.

Il laisse les Élus seuls autour de la table. Sylvain fixe déjà son épouse d'un œil mauvais tandis qu'elle observe, intriguée, chaque détail de la pièce.

    — Est-ce que tu l'as bien regardé deux minutes ? lâche-t-il enfin.

    — Pourquoi me demandes-tu ça ?

    — Il ressemble à un zombie, ton type ! Et on ne sait même pas s'il est digne de confiance !

    — Chéri, le jour où tu perdras tout ce dont tu as de plus cher dans ta vie, on reparlera de ton état physique et mental. Avant toute chose, si nous sommes venus ici, c'est parce qu'il est une personne de confiance. La question, à présent, est : me fais-tu confiance ?

Il n'a pas le temps de répondre, Théodore revient déjà, boissons en mains. Sylvain a remarqué la façon dont sa femme a accentué le « est une personne de confiance ». Il décide de se taire et d'observer leurs réactions.

Qu'avait-il bien pu se passer entre eux pour que, même des années après, elle lui fasse autant confiance ?

Comment peut-elle être certaine qu'il n'ait pas changé en mal ?

Il intercepte plusieurs regards qu'il lance à Myriam et déjà, il n'apprécie pas sa manière de poser les yeux sur elle. Il fronce les sourcils mais ouvre grand les oreilles.

— Je me doute que tu n'es pas venue me voir pour me parler de la pluie et du beau temps, déclare soudain Théodore pour rompre le silence pesant.

— Effectivement, acquiesce-t-elle. On a un gros problème, Théo.

— Je t'écoute.

— Mon père est revenu il y a de cela quelques semaines, commence-t-elle, les yeux plongés dans ceux de Théodore. Suite à une discussion avec ma mère, j'ai appris l'existence des vampires. Aujourd'hui, ils sont à nos trousses et préparent sûrement quelque chose.

— Attends, tu as bien dit « vampires »?

— Oui, Théo. Sauf que nous n'en avons jamais combattus et nous manquons d'informations.

Théodore se lève brusquement de sa chaise afin de contempler les nuages gris à l'horizon. L'évocation de ces créatures a, sans aucun doute, réveillé de vieilles blessures en lui. Myriam ne le comprend que trop bien de par sa posture. Il soupire au bout de plusieurs secondes, qui paraissent des heures.

— Les vampires sont les pires créatures qui puissent exister dans ce monde, souffle-t-il en se retournant vers le couple. Vous avez craint les Licans ? Bagatelle. Les vampires possèdent à la fois les pouvoirs des Licans mais aussi ceux qui leur sont propres. Ils sont immortels, rapides, polymorphes, puissants.

— Ont-ils au moins un point faible ? murmura Myriam.

— Oui, le jour. L'argent, comment les Licans. Ils ont beaucoup en commun. Hormis le fait qu'il fallait du sang pur pour les exterminer. Pour vaincre les vampires, il vous faudra de l'argent mais surtout, de la vitesse. C'est primordial.

Un silence s'abat sur les trois Surhumains. Sylvain rumine les paroles de l'autre, y réfléchit et demande :

— Comment peut-on être certain qu'ils sont

vraiment morts ?

— Ils partent en fumée, au sens propre du terme.

Un sentiment de panique envahit les Élus. Les événements de l'autre soir sur la plage leur reviennent en mémoire subitement. Ils sont absolument certains de ne pas avoir vu les vampires partir en fumée. Ce qui veut forcément dire qu'ils sont toujours vivants. Bien que le terme soit inadéquat pour ces créatures.

— Quelque chose ne va pas ? s'enquit Théodore qui remarque leur expression de désarroi.

— Nous nous sommes retrouvés face à deux d'entre eux, explique l'Élue. Nous étions en très mauvaise posture. Et nous avions cru les tuer ce soir-là. Malheureusement, ils ne sont jamais partis en fumée.

— Comment les avez-vous tués ? questionne-t-il après quelques secondes de réflexion.

— Sylvain a planté un pieu en argent dans le cœur et moi un poignard.

— Pas le cœur. Ils n'en ont pas. Il faut toujours viser la tête. Le cerveau pour être précis. Le plus rapide pour arriver à ce résultat est, bien sûr, l'utilisation des armes à feu.

Il appuie son affirmation en montrant son fusil pour la deuxième fois depuis leur arrivée. Cependant, une question reste sans réponse dans l'esprit de la jeune femme. Sa mère lui avait dit que pour les tuer, il fallait leur planter un pieu en argent en plein cœur. Elle ne comprend pas ce paradoxe.

– Tu as l'air contrariée, dit Théodore pour briser le soudain silence.

– Il y a une chose que je ne comprends pas, répond-elle, les sourcils froncés. Ma mère m'a affirmé qu'elle a combattu les vampires et que pour les tuer, elle leur a planté son pieu en plein cœur.

– Tu penses qu'il y a contradiction.

Myriam hoche la tête.

– Ta mère a dû croire les exterminer à l'époque, c'est bien pour cela qu'ils refont surface aujourd'hui. En leur plantant son pieu d'argent dans le cœur, elle ne les a pas tués mais mis temporairement hors service.

– Tu veux dire que pendant vingt ans, mes parents ont mis les vampires sur la touche ? C'est possible de faire ça autant de temps ?

– Disons que ça dépend. Leur temps « hors service » varie selon les vampires. Néanmoins, si le vampire alpha est lui aussi sur la touche, ça peut durer très longtemps.

– Si je te comprends bien, on doit tout reprendre depuis le début.

Théodore acquiesce et reprend place à table avec les Élus. Son regard ne quitte pas le corps de la jeune femme. Sylvain résiste à l'envie de lui mettre son poing dans la figure.

Et pourquoi pas la table aussi.

Le silence pèse lourdement dans la pièce. Soudain, n'y tenant plus, il le brise après s'être brutalement levé :

- Il va falloir y aller. Je crois qu'on a pas mal de travail maintenant.
- Est-ce que..., commence timidement Myriam à l'attention de Théodore. Enfin, je me demandais si... tu veux bien venir avec nous ?
- Comment ça « venir avec nous »? répète Sylvain, visiblement irrité par la question de son épouse. Celui-là, poursuivit-il en montrant Théodore du doigt, « venir avec nous »? Il ne sait même pas tenir un fusil comme un véritable Surhumain et on devrait l'emmener combattre des suceurs de sang ?
- Dis donc, tu voudrais peut-être que je te montre comment je manie le fusil ? rétorque Théodore en pointant son arme sur Sylvain.

Par pur réflexe, ce dernier dégaine son arme, un Smith & Wesson 629 de calibre 44, afin de le pointer sur son agresseur. Les deux hommes se dévisagent, le regard sévère. Ni l'un ni l'autre ne baissera son arme de plein gré et chacun le sait. Myriam, qui voit l'altercation venir, s'interpose entre les deux hommes. Le regard plein de reproches vers eux deux, elle les réprimande :

- Calmez-vous, tous les deux et gardez vos testostérones pour vaincre l'ennemi !
- On dit que vous êtes Cinq, dit tout à coup Théodore. Les trois autres pourront aussi vous aider ?
- Nous étions Cinq, corrige-t-elle. L'une d'entre nous... a choisi un autre chemin. Cela dit, Arnaud et Deborah pourront certainement nous donner un coup de main.

Théodore hoche la tête et lance un regard de travers à Sylvain. Il baisse les yeux sur son fusil, marque un temps d'arrêt.

- Il va falloir que je prenne mes armes, déclare-t-il. Je reviens.

Il quitte la pièce et laisse une fois de plus le couple seul. Sylvain et Myriam échangent un regard.

- On peut savoir ce qui t'a pris ? commence-t-il.
- Je croyais qu'on avait besoin d'aide, non ? répond-elle. Il est le plus apte à nous la donner.

Il s'abstient de tout commentaire et décide de ne pas répondre. De ne plus lui adresser la parole le temps pour lui de se calmer. S'il ne tenait pas à sa femme, il y a belle lurette qu'il aurait mis son poing dans la figure de ce péquenaud.

Pour qui se prend-il pour la regarder de cette façon ?

Ce type a le don de le faire sortir de ses gonds.

Qui est-il d'abord ?

Ses pensées sont interrompues par le retour de

Théodore, une malle entre les mains. Il la dépose sur la table et l'ouvre, les yeux scintillants. Il y plonge les doigts, brandit fièrement un fusil d'assaut. Sylvain écarquille les yeux lorsqu'il reconnaît l'arme qu'il tient. Un Beretta AR-70 !

Doucement, Théodore repose le fusil sur la table et replonge ses mains dans la malle pour en sortir deux Colt python 357 Magnum. L'Élu ne peut s'empêcher de retenir un sifflement d'admiration. Finalement, il s'y connaît peut-être en armes.
Intrigué, il s'approche de la malle et ose un regard à l'intérieur. Ce qu'il voit dépasse de loin toutes ses attentes. Des fusils d'assaut, des fusils mitrailleurs, des pistolets... A lui seul, il peut ouvrir une armurerie !

- J'espère que tout ça fera l'affaire, murmure Théodore.
- Des armes, c'est bien, répond Sylvain en tentant de paraître le moins impressionné du monde. Mais les munitions qui vont avec, c'est mieux.

A peine a-t-il prononcé ces mots que Théodore fait apparaître devant eux des caisses remplies de munitions. Il les ouvre et leur fait découvrir des balles entièrement d'argent de différents calibres.

- Il suffisait de demander. Je crois qu'on est parés pour partir, ajoute-t-il après un court silence. Prêts ? Allons chercher vos amis.

CC

Casino du Havre, le Havre
Département de Seine-Maritime

Après avoir contacté Arnaud et Deborah, ils décident de réserver leur chambre dans l'hôtel où se cache le « quartier général » des vampires. Car le *Casino du Havre* n'est pas seulement un casino comme son nom l'indique, il fait également office d'hôtel et de restaurant.

Ils conviennent de se retrouver dans la chambre des Élus au crépuscule.

D'un commun accord, ils se téléportent dans la grande ville normande. Très vite, Sylvain et Myriam gagnent leur chambre et Théodore la sienne, par chance au même étage. Les Élus ne s'adressent pas la parole jusqu'à l'arrivée de leurs amis en début de soirée.

Arnaud et Deborah remarquent immédiatement l'ambiance tendue entre eux. Quelque chose se trame et, au vu de leur appel urgent, ils ont bien fait de venir.

— Que se passe-t-il ? se risque Arnaud.

— On a un énorme problème, répond Sylvain.

Alors, il leur raconte les événements depuis l'aveu de Carolina à sa fille. Les vampires qu'ils croyaient avoir vaincus. C'est à ce moment que Théodore choisit de frapper à la porte. Piqués de curiosité, Arnaud et Deborah regardent vers cette dernière tandis que Myriam se dévoue pour aller ouvrir. La silhouette de leur nouvel acolyte se dessine dans l'embrasure de la porte. Pas même un bonjour pour les nouveaux arrivants, il ne trouve rien de mieux à dire pour entrer en matière :

— Il y a des vampires dans cet hôtel.

Arnaud et Deborah se lancent un regard qui se traduit certainement par « c'est qui celui-là? ». Théodore entre dans la chambre d'hôtel et tous les autres remarquent qu'il n'a d'yeux que pour elle. Sylvain sent la colère monter à nouveau en lui mais cette fois, il ne la contient pas.

— Bien sûr qu'il y a des vampires dans cet hôtel ! C'est leur repaire !

Sa femme le fusille du regard, il n'en a cure. Ils sont tous rassemblés dans la chambre -grande d'une dizaine de mètres carrés- et son accès de colère vient de rendre l'espace encore plus exigu.

Soudain inquiète, Myriam se tourne vers son ami et demande des explications.

— Je les ai sentis. Leur odeur de... non vivant est si forte ! J'ai cru en sentir une demi-douzaine. Et un autre différent.

- Différent ? répète-t-elle. Que veux-tu dire ?
- L'odeur est différente. Une part de non-vivant et... d'autre chose mais je ne saurais pas dire quoi.
- On est dans de beaux draps, intervient Sylvain.
- Pardon, interrompt Deborah à l'attention de Myriam, mais qui est-ce ?
- Je suis désolée, je ne vous ai pas présenté Théo. C'est un ami de longue date qui a combattu des vampires. Une aide précieuse, ajoute-t-elle devant la perplexité de ses amis.
- Oh oui, extrêmement précieuse! raille Sylvain.

À son tour, Théodore le fusille du regard. Myriam poursuit les présentations. Assis sur le sol, formant une ronde, les Surhumains préparent un plan d'attaque. Il est convenu de s'occuper des vampires présents dans l'hôtel, de prime abord. Et en second lieu, débusquer tous les vampires de la ville.

- David nous rejoindra demain, affirme Arnaud dès élaboration de leurs plans.
- David ? répète Sylvain, surpris.
- Oui, il a décidé de... divorcer et de se ranger de notre côté.

Myriam est triste d'apprendre la décision de son ami concernant Cynthia.

Un divorce ?

L'Élue n'était donc pas la seule à qui Cynthia fait du mal ?

Une autre question cependant lui taraude l'esprit :

Réussiront-ils à vaincre les vampires à eux six au grand complet ?

Chapitre 3ème :
L'infiltration

I.

Casino du Havre, le Havre
Département de Seine-Maritime

Myriam

*T*ous les quatre acquiescent, plutôt mitigés. Ils savent pourtant qu'elle a raison sur ce point crucial : ils doivent jouer la carte de la discrétion dans cet hôtel. Agir telles des ombres. Myriam garde le silence depuis quelques minutes et attend les réactions de ses équipiers.

— Notre seule option, poursuit Théodore, ce sont les armes blanches. Elles sont silencieuses et tout à fait adaptées à la situation.

— Sauf qu'ici, objecte Sylvain une énième fois, il n'y qu'une seule personne qui manie les armes blanches comme nous, nous manions les armes à feu. Alors, à moins qu'elle y aille toute seule, je crains que nous soyons dans une impasse.

— Il n'a pas tort, appuie Arnaud. Il faut trouver un moyen de les faire sortir de leur cachette.

Un silence tombe entre les Surhumains. Chacun se creuse les méninges. En premier lieu pour être discrets dans l'exécution de leur mission, ensuite pour pousser leurs ennemis à sortir de leur planque, et enfin pour les anéantir de façon radicale et définitive.

Nerveuse, Deborah nettoie son arme, un Taurus PT-1911 de calibre 45 ; une pièce unique d'une collection bien fournie puisqu'il est de couleur doré.

Myriam, quant à elle, aiguise songeusement son poignard. Au bout de ce qui semble une éternité, elle affirme :

— Je peux le faire.

Tous la regardent, incrédules. Comme si elle venait d'annoncer qu'elle compte bombarder une ville au hasard dans le monde.

- Tu perds la raison, ma chérie, bafouille son époux.
- Absolument pas, dément-elle. Si on suit votre raisonnement, je suis la seule carte à jouer et je refuse de rester les bras croisés avec la nuit qui tombe. Ma mission est d'empêcher que d'autres innocents soient tués.

La jeune femme décide de ne pas prêter attention au regard désespéré de son mari. Elle se tient à présent solidement sur ses jambes, confiante et sûre d'elle. Rien ne la fera changer d'avis. Petit à petit, un plan se concrétise dans son esprit et le sait sans failles.

- Que proposes-tu ? s'enquiert Deborah, qui a abandonné le nettoyage de son arme.
- Il va falloir user de la ruse, intervient Théodore.
- Hé ! interrompt Sylvain. Je n'ai jamais dit que je suis d'accord pour qu'elle y aille !

Face à face, Théodore et Sylvain s'affrontent et se fusillent du regard, ce qui instaure à nouveau un silence gêné dans la pièce. Myriam redoute qu'ils n'en viennent aux mains, connaissant Théodore. Mais son inquiétude est soudain masquée par l'intérêt des paroles d'Arnaud, tant inattendues que justes :

- Ça va être difficile. Même si on décide de l'accompagner.
- Que veux-tu dire ? demande Myriam.
- Nous sentons l'odeur des vampires. Il en va de

même pour eux, je suppose. Si on décidait d'aller « frapper » à leur porte, ils sauront qui nous sommes.

— Tu crois qu'ils peuvent nous sentir à cette distance ?

— Je ne saurais dire, répond-il avec une moue dubitative. Le seul connaisseur, ici, est apparemment ton ami.

Aussitôt cette phrase prononcée, tous les regards convergent vers Théodore. Mal à l'aise, il finit par affirmer :

— Les vampires sont des êtres morts, ils ne peuvent pas sentir à proprement parler. Seuls les plus puissants d'entre eux ont une sorte de « sens » qui leur permet de détecter les êtres surnaturels d'entre les humains.

— Comment peut-on savoir s'ils sont puissants ou non ? reprend Deborah.

— Je… je ne sais pas, avoue-t-il. Ce sont des choses que je sens lorsque je les détecte.

— Cela voudrait-il dire que la créature différente que tu as sentie est la plus puissante du groupe ?

— Je crois bien.

Les Surhumains se lancent des regards consternés, désespérés, excepté Sylvain qui fixe Théodore sans ciller. Ses soupirs reflètent sa mauvaise humeur, ses signes de tête prouvent sa désapprobation. Au bout de quelques minutes, il se décide à prendre la parole, d'un air très sérieux :

— Moi je propose que tu y ailles, Théodore. Puisque tu as l'air de si bien t'y connaître en vampires, je pense que la meilleure chose à faire est de te laisser faire le héros. Qu'en pensez-vous, mes amis ?

— Autant dire mission suicide ! s'insurge Théodore.

— C'est le but, rétorque l'Élu avec un sourire si maléfique que son rival en a la chair de poule.

— Bon, trêve de plaisanteries, tranche Deborah. On doit trouver un plan tout de suite, la nuit commence à tomber.

Myriam jette un regard noir de reproches à son mari et annonce :

— J'ai un plan et vous allez tous m'aider.

Elle laisse volontairement un silence pour ménager son effet. Elle esquisse un geste, pioche dans la poche arrière de son jean et en sort un flyer aux couleurs criardes. Elle le déplie afin de le montrer à ses amis.

On peut y lire : *Le City Club fête la Musique les 19, 20 et 21 juin 2015. Venez nombreux !*

— J'ai vu ce flyer à l'entrée de l'hôtel tout à l'heure. D'après nos recherches, à Sylvain et à moi, cette discothèque appartient également aux vampires.

— Ingénieux, marmonne Arnaud. Et donc, quel

est ton plan ?

— Nous allons tous à cette fête. Je parie que tous les vampires de la ville y seront.

— Ça fait beaucoup, glisse Théodore.

Myriam pose le flyer sur le lit et revient s'adosser au mur face à la porte. Elle poursuit :

— Je vais demander à voir le chef et je le ferai parler.

Sylvain et Théodore retiennent un sifflement de surprise. Mais la jeune femme ne les voit pas. Intriguée, Deborah questionne :

— Comment comptes-tu t'y prendre exactement ?

— Je vais me montrer persuasive.

Elle joint le geste à la parole. Elle tournoie sur elle-même et, une fois immobile, sa tenue a changé. Le jean et le t-shirt sont troqués contre une longue robe noire absolument sublime.

L'expression abasourdie sur les visages des Surhumains lui arrache un sourire satisfait. Son mari met davantage de temps pour reprendre ses esprits. Mais elle ne laisse à personne le temps de dire quoi que ce soit.

— Vous serez mes renforts en cas de besoin.

Elle ne prête pas attention aux mines perplexes de ses amis, ni au regard appuyé de Théodore.

Elle n'a pas revêtu n'importe quelle robe : fendue sur le côté, elle laisse entrevoir une cuisse couleur de porcelaine tandis que le décolleté en forme de bénitier met en valeur -et même amplifie- la poitrine généreuse de la jeune femme. Les fines bretelles épousent ses épaules autant que les lanières de ses escarpins le font avec ses chevilles gracieuses. Elle porte un ras-de-cou noir en velours et un bracelet d'or blanc à son poignet. Bien caché, le poignard de Myriam est fixé à sa jarretière. Volontairement, elle se tourne face à la fenêtre. Une cascade de cheveux bouclés tombe à merveille sur son dos nu.

Dans le reflet de la vitre, elle surprend le regard d'avertissement que son mari adresse à son ami. Du genre : « je t'ai à l'œil, péquenaud ». Théodore se racle la gorge et pose la question que tous se posent :

— Peux-tu nous expliquer ?

Myriam revient face à eux et leur offre un sourire resplendissant. Comme si se jeter dans la gueule du loup est une blague à faire tous les jours. Comme si son plan est infaillible...

— Nous allons à cette soirée qu'organise cette discothèque. Une fois sur place, je demande à parler au patron.

— Pourquoi accepterait-il de te parler ? objecte Sylvain, sourcils froncés.

Cette fois, la jeune femme prend le temps de s'emparer de son poignard et le faire tournoyer entre ses doigts avant de répondre mystérieusement :

— Je vais lui faire une proposition que tout bon

vampire ne pourra pas refuser. Il sera obligé de me recevoir dans un lieu calme pour en discuter. Et c'est à ce moment que j'en profiterai pour le neutraliser.

— Je ne te suis pas, intervient Deborah. Pourquoi faire tout ça pour seulement le neutraliser ? Pourquoi ne pas le tuer ?

— Pour le faire parler !

Théodore a hurlé sans s'en rendre compte. Lorsque tous les yeux se posent sur lui, il baisse la tête, les joues rouges de honte. Mais c'est bien vite oublié car il reprend presque aussitôt :

— Son plan est vraiment ingénieux. Elle joue à la fois sur la discrétion puisqu'elle ne se dévoile pas et à la fois sur la ruse.

— Je compte lui soutirer des informations sur tout le réseau vampirique de la ville. Et même sur celui de la Terre entière. Après quoi, je m'en débarrasserai.

— Quelque chose me chiffonne.

Arnaud n'avait dit mot depuis un bon moment. Mais, à chaque fois, ses réflexions sont dotées de sens et de pertinence. Les Surhumains lui intiment de poursuivre.

— Sommes-nous certains que ce soient des vampires ?

— Non, concède Myriam. Cela dit, le but de la mission de ce soir sera aussi de les reconnaître.

Peut-être n'y en aura-t-il aucun. Peut-être y en aura-t-il quelques uns mais qui n'ont aucune influence sur le City Club.

— Une mission de reconnaissance avant tout, affirme Arnaud.

Ils hochent la tête. Enfin, ils sont tous d'accord.

Elle remarque le visage crispé de son mari. Ses sourcils ne se sont pas défroncés, sa moue trahit sa contrariété. Mais il ne dit rien.

Tous d'accord.

Ou presque.

II.

City Club, Le Havre
Département de Seine-Maritime

Ils arrivent devant le City Club, le cœur battant. Ils observent la bâtisse, tout en taule peinte de noir. Déjà, la musique résonne dans un vacarme entêtant : un mélange de trance et de techno, qui ne déplaît pas à la jeune femme.

Un groupe de six personnes attend de pouvoir entrer et parlemente avec le videur, un type grand et costaud au teint mat et au sourire à l'évidence facile. Myriam le voit poser sa main immense sur l'épaule d'un des hommes du groupe avant eux. Après quelques éclats de rire, ils pénètrent dans la discothèque tandis que l'Élue et ses amis s'avancent.

Au moment de partir, ils ont vêtu leur tenue de sortie ; Myriam s'avoue impressionnée par tant d'élégance.

Le videur ne regarde qu'elle, la transperce de son regard sombre de haut en bas, renforçant le malaise du groupe Surhumain.

— Bonsoir, lance-t-elle, enjouée. Ils sont avec moi.

Le videur daigne enfin lever ses yeux sur ses amis et, sans un mot -pas même un bonsoir-, leur ouvre la porte en grand. Tous les cinq remercient et entrent à leur tour dans l'antre de musique assourdissante. Bien qu'il soit encore tôt, la discothèque est déjà bondée de monde. Toutes les banquettes sont réservées, la piste de danse pleine à craquer, le bar à moitié envahi. Les hauts-parleurs crachent leur musique en émettant des vibrations au-delà de toute décence.

Mais Myriam ne se laisse pas démonter. Elle hurle à ses amis par dessus la musique :

> — Je vous laisse danser, je vais chercher les boissons !

Immédiatement, elle tourne les talons et se dirige vers le bar de l'autre côté. Tant bien que mal, elle se fraye un chemin parmi les danseurs et émerge enfin devant le bar. Par chance, elle trouve un tabouret vide. La main sur le cœur, elle en profite pour reprendre sa respiration tant le volume de la musique est intenable. Elle se tourne vers les barmen, au nombre de trois ce soir, leur fait signe pour passer commande. L'un d'entre eux la rejoint instantanément, plaquant sur son visage un sourire séducteur et parfaitement blanc.

> — Bonsoir ! crie-t-elle.

> — Salut, beauté. Qu'est-ce que je te sers ?

> — Cinq cocktails sans alcool, s'il te plaît. Pour mes amis et moi.

> — Vous avez tiré à la courte paille et tu as perdu ?

L'Élue se met à rire à gorge déployée.

« Quelle chance ! pense-t-elle. Il est drôle en plus ! ».

- On peut dire ça comme ça, répond-elle dans un sourire.
- Alors, c'est quoi ton petit nom ?

Il a posé sa question le plus innocemment du monde, pourtant, Myriam se méfie. Elle décide de donner son second prénom tandis qu'il s'affaire à la préparation des cocktails.

- Je m'appelle Sylvana.
- Enchanté ! Moi c'est Jo. Il est super ton prénom !
- Merci, Jo !

Il la regarde un court instant puis baisse les yeux sur ce qu'il fait. Durant une dizaine de secondes, ils ne disent pas un mot. La jeune femme se décide à attaquer.

- Dis-moi, Jo, il est comment le patron ici ?
- Le patron ?

Il a l'air déconcerté. Mais Myriam l'encourage par un hochement de tête et ne se départit pas de son sourire.

- Eh ben, c'est le patron, quoi. Les responsabilités, la sévérité, tu vois le topo.
- Il travaille beaucoup ?
- Oh, ça oui ! Il voudrait que tout le monde soit comme lui !
- Est-ce qu'il est là, ce soir ?

Elle le voit lever la tête imperceptiblement vers un point précis à l'étage du dessus.

— Oui, comme tous les week-ends ! Pourquoi ?

Il soulève deux cocktails prêts qu'il pose sur le comptoir devant elle.

— C'est possible de le rencontrer ?

— Ça dépend pour quoi, dit-il en fronçant les sourcils. Le patron n'aime pas être dérangé pour des futilités...

— J'aimerais lui faire une proposition qu'il ne pourra pas refuser. Tu pourrais lui en parler ? Ce serait vraiment adorable de ta part...

Innocemment, elle se penche pour faire mine de remettre en place la lanière de son escarpin, laissant une vue imprenable sur son décolleté. Elle note avec satisfaction que le dénommé Jo y plonge les yeux sans retenue. Enfin, lorsqu'elle hausse le visage, il fait semblant d'être occupé à finaliser sa commande. Un troisième cocktail rejoint les deux autres sur le comptoir.

— Oui, je peux faire le faire. Pas de problème !

— Merci, Jo ! Tu es un amour !

À ce compliment, son sourire s'élargit et ses joues virent à l'écarlate. Il soulève les deux derniers verres afin de les poser devant elle. Il lui annonce le prix des consommations, elle lui tend le billet de 50€ qu'elle cachait dans son soutien-gorge. Elle sait qu'il n'a rien loupé du geste tant sensuel de « fouiller » dans sa poitrine généreuse.

Une fois qu'il tient fermement le billet dans sa main (elle est sûre qu'il se retient de le renifler), elle lui lance joyeusement de garder la monnaie.

Le regard du jeune homme se trouble lorsqu'il se rend compte qu'elle doit porter cinq cocktails à elle seule. Elle quitte sa chaise au moment où il lui apporte un plateau.

— Ne t'inquiète pas pour moi ! assure-t-elle.

Concentrée, sous les yeux médusés des trois barmen et de quelques clients, elle cale un verre entre ses seins et deux dans chaque main. La boisson fraîche la fait frissonner mais elle n'en laisse rien paraître et s'en va rejoindre ses amis. Elle devine derrière son dos, les mâchoires tombantes de Jo et de ses collègues. À nouveau, elle se fraye un chemin parmi la foule. Cette fois, le DJ troque sa trance/techno contre de l'électro dance, les gens se déchaînent. La jeune femme repasse devant les hauts-parleurs et croit tomber à la renverse à cause des fortes vibrations. De justesse, elle garde l'équilibre et débouche de l'autre côté, parmi ses amis. Elle leur tend les cocktails qu'elle tient en main puis s'empresse de boire à grandes goulées son verre, niché il y a seulement quelques secondes entre ses seins.

— Tu en as mis du temps ! commence Théodore.

— J'ai discuté avec le barman et il va demander au patron si je peux le rencontrer.

— Et si ça ne marche pas ?

— Ça va marcher, affirme l'Élue.

Progressivement, le groupe de Surhumains se fond dans la masse et se met à danser mollement, timidement, nerveusement. Ils n'échangent pas un mot durant les interminables minutes qui suivent. Myriam remarque le DJ en hauteur, surplombant la piste de danse. Étrangement, le fait de rester au même endroit rend la musique plus supportable à entendre. Perdue soudain dans ses pensées, elle ne fait pas attention aux deux hommes qui s'approchent d'elle. Déjà, Sylvain et Théodore s'agitent.

— Mademoiselle Sylvana ?

L'un des deux gardes du corps a crié son prénom, elle se retourne, surprise. Immédiatement, elle croise leur regard particulier, luminescent, si propre aux vampires. Ils sont au bon endroit, à n'en pas douter.

Elle plaque un sourire sur son visage, hoche la tête, apaise ses amis d'un geste doux de la main.

— Le patron aimerait vous voir dans son bureau. Veuillez nous suivre, s'il vous plaît.

La jeune femme s'apprête à les suivre lorsque son mari la retient fermement par le bras. Elle fait volte-face, manquant renverser son verre sur sa robe parfaite.

— Tu crois vraiment que je vais te laisser y aller seule ? hurle-t-il tant pour couvrir le grondement assourdissant de la musique que pour extérioriser sa frustration, son inquiétude. Je viens avec toi !

— Pour nous faire tuer le plus rapidement possible ? rétorque-t-elle. Non merci, reste ici avec les autres.

— Mais je ne peux te laisser y aller sans broncher ! se récrie-t-il, désespéré.

— Fais-moi confiance, mon chéri.

Elle dégage sa main et lui envoie un baiser avant de rejoindre les deux gorilles, déjà au pied de l'escalier.

L'escalier se trouve dans le hall d'entrée sombre, à droite et fait face au vestiaire. Myriam s'avance, les deux gardes du corps s'effacent pour la laisser passer et l'escorter jusqu'à l'étage. Déterminée, elle foule les marches en linoléum noir taché à certains endroits. Les murs peints en bleu nuit offrent une impression particulière de renfermé, de claustrophobie. Pis, l'absence d'éclairage vif témoigne d'une habitude de vivre la nuit, de fuir la lumière du jour, du soleil à tout prix.

Une sensation étrange lui étreint la poitrine.

Arrivés en haut des marches, ils longent un couloir tout aussi obscur. Elle aperçoit quelques portes mais ils ne s'arrêtent pas à celles-ci. Le plus mince des deux gardes du corps prend soudain la tête du « cortège » afin d'ouvrir une porte qu'elle n'a pas vue au premier regard. Une porte tout au fond du couloir, pourtant bien en face. Elle l'observe frapper discrètement sur le bois et attendre. Derrière elle, le deuxième gorille ne bouge pas d'un millimètre. Enfin, la porte s'ouvre et on lui demande d'entrer.

Lentement, elle pénètre dans une pièce dont elle ne s'attendait pas à voir. Sauf pour le côté obscur, évidemment. La pièce faisant office de bureau au directeur de la discothèque est rouge du sol au plafond. Pour contraster, on a jugé bon de poser des meubles noir laqué : le bureau immense, les étagères surplombant des volumes de livres dont on n'aperçoit pas les titres, une grande armoire.

Face à la jeune femme, un homme nonchalamment assis sur son fauteuil. À son côté, une femme blonde au visage fermé.

Des vampires.

Les gorilles traversent la pièce et se placent de part et d'autre de leur chef.

Myriam prend son courage à deux mains et commence :

— Bonsoir !

Elle se met à sourire tandis que la créature darde son regard sur elle, progressivement. Après ce qui lui paraît une éternité, l'homme répond enfin :

— Bonsoir, Mademoiselle Sylvana. C'est bien ça, n'est-ce pas ?

L'Élue acquiesce vigoureusement, un sourire figé sur ses lèvres colorées. Le cœur battant, elle suit des yeux la vampire qui se penche vers son chef et lui murmure quelques mots en la regardant. Il hoche la tête, l'ombre d'un sourire se dessine fugitivement sur ses traits. Sa maîtrise de lui-même est parfaite, il ne laisse rien paraître de ses émotions. Il se lève, s'approche d'elle lentement. Myriam sent soudain son eau de toilette poivrée et retient sa respiration.

D'un ton extrêmement doux, il lui demande :

— Tu ne vois pas d'inconvénient à ce que je procède à une fouille ? Tu comprendras que je ne veuille prendre aucun risque. Tu sais, au cas où tu serais... une espionne.

Il prononce ces mots en insistant bien sur le dernier tout en appuyant son regard luisant.

« Il sait », pense-t-elle immédiatement.

Elle est coincée. Si elle se téléporte, le vampire et sa bande verraient leurs soupçons se confirmer, et la retrouveraient aussitôt. Néanmoins, elle n'a plus le choix, elle ne peut plus faire marche arrière.

Elle se reprend, sourit et répond par l'affirmative. Il la toise de son regard anormalement clair, elle voit ses narines frémir. Il s'avance si près d'elle qu'elle distingue sans effort, les détails de sa peau. Elle lève les bras horizontalement, le vampire entreprend sa fouille. Ses mains froides tâtent le buste de la jeune femme, descendent jusqu'à sa taille, puis sur ses hanches. Le cœur de Myriam bat de plus en plus vite. Les doigts du vampire continuent leur descente jusqu'à ses cuisses où ils trouvent le poignard. L'arme en main, il lève sur elle des yeux pleins de reproches.

- Tu comprendras que je veuille me protéger. Tu sais, au cas où je serais... agressée.
- Oh, mais personne ne va t'agresser. Du moins, pas tant que j'en donne l'ordre.

Myriam entend une alarme silencieuse retentir dans un coin de son esprit. Quelque chose dans le ton de cette phrase fait hérisser ses cheveux sur la tête. Elle tente de chasser la mauvaise impression d'être tombée dans un piège et plonge ses yeux dans ceux du vampire. Il tient le poignard entre le pouce et l'index -comme s'il détenait LA preuve qu'il ne faut pas contaminer- et, alors qu'elle ne s'y attend pas, fait une révérence puis déclare :

- Je manque à tous mes devoirs. Je me présente, je suis Steve. Voici, Tom et Nico qui t'ont accueillie tout à l'heure. Et à côté de moi, Jenny, mon associée. Maintenant, dis-nous ce que tu viens faire ici.

Le ton ne plaît toujours pas à la jeune femme qui s'empresse de répondre :

- J'ai à te parler en privé. Seul à seule, insiste-t-elle.
- Certainement pas ! s'insurge la dénommée Jenny.

Le vampire lève la main, lui ordonnant silencieusement de se taire. Au bout de quelques secondes, il crache à ses subordonnés :

— Sortez !

Aucun des trois ne demande son reste et sortent, chacun leur tour, précipitamment. Le chef replonge son regard dans celui de son invitée et lui intime de poursuivre.

— Je t'écoute.

Elle hésite un bref instant puis finit par se jeter à l'eau :

— Je n'irai pas par quatre chemins. Je sais qui tu es et je sais ce que tu recherches.

— Vraiment ? réplique-t-il, l'air faussement surpris. Et comment sais-tu tout ça, au juste ?

— J'ai mes sources.

— Et qu'est-ce que je recherche, selon toi ?

Elle laisse passer volontairement de petites secondes de silence. Un rictus aux lèvres, elle souffle tout bas :

— Du sang. Et figure-toi que j'en ai plein à t'offrir. Des litres et des litres. Comment pourrais-tu refuser ?

— Effectivement, convient-il. Comment le pourrais-je ? Ceci dit, chère *Sylvana*, je me doute que tu ne m'offres pas tous ces litres de sang sans contrepartie. Que souhaites-tu en échange ?

— Tu ne le devines pas ? questionne-t-elle sur un ton hautain. Je veux que tu me vendes cette discothèque en échange.

Imperceptiblement, il s'avance encore, obligeant la négociatrice à se coller contre le bois froid de la porte. Mentalement, elle se prépare à un duel. Mais il lance simplement :

— Ta proposition ne m'intéresse pas. Pourquoi voudrais-je de litres de sang que je ne vois pas alors que je peux boire celui d'une Surhumaine ?

Son cœur fait un bond dans sa poitrine.

« Il sait ! », hurle-t-elle, intérieurement.

Instinctivement, elle reprend possession du poignard que le vampire tient mollement entre ses doigts et le pointe sur la gorge de ce dernier.

— Si j'étais toi, je reculerais si je ne veux pas mourir une deuxième fois.

— Une femme à caractère ! Comme ça manque de nos jours !

Myriam ne voit pas une once de panique dans le regard de Steve, cependant, elle ne perd pas de sa détermination.

— La ferme et recule !

Le vampire finit par obtempérer. Myriam cligne des yeux mais, lorsqu'elle les rouvre, il a disparu. Là où il se tenait il y a seulement un dixième de seconde, le vide le remplace effroyablement. La détresse envahit la jeune femme. Elle se met à regarder partout alentour. Pas une ombre. Elle se pétrifie lorsqu'elle sent deux bras puissants s'emparer d'elle. La lame froide de son propre poignard -ne le tenait-elle pas en main ?- effleure sa gorge. Elle sent la rage monter en elle, elle n'a pas eu le temps de déployer ses katanas. Figée, elle retient son souffle.

— Et maintenant ? Ce serait tellement dommage de te tuer maintenant alors que j'ai une sacrée soif... Et le sang de Surhumain est délicieux.

— Comme si j'allais te laisser faire, maugrée-t-elle.

— Dis-moi seulement ce qui se passera, ma très chère Myriam ?

Il détache nettement chaque syllabe, comme s'il se régalait de son prénom. Un nouveau frisson parcourt son corps entier.

— Oui, je sais très bien qui tu es, reprend-il, je l'ai su à la minute où tu es entrée dans mon bureau.

— Comment... ? demande-t-elle, trop abasourdie pour terminer sa question.

— Jenny est une vampire très puissante, elle l'a sentie. Moi-même, je ne suis pas un simple vampire. Je suis un Hybride.

— Un... Hybride ? répète-t-elle, bêtement. Mais...

— Assez bavardé, décrète-t-il soudain.

Sans prévenir, elle sent que le vampire, ou plutôt l'Hybride, les a téléportés tous les deux.

Où l'emmène-il ? Qu'allait-il faire d'elle ?

III.

Théodore

Théodore se fige soudain, son verre à la main. Son cœur se met à battre à tout rompre, il en a mal. La douleur l'a envahi d'un coup et il prie intérieurement que ce ne soit pas encore un infarctus. Un mauvais pressentiment le secoue et il hurle à l'intention des autres Surhumains :

— Il faut qu'on sorte !

— Pourquoi faire ? répond Sylvain sur le même ton.

— Il se passe quelque chose.

— Si c'est le cas, c'est à l'étage qu'on doit aller, pas dehors !

Théodore secoue la tête, tentant d'ignorer la douleur lancinante dans sa poitrine. La déflagration de musique autour d'eux l'empêche de réfléchir et d'identifier son mal.

Est-ce son propre cœur qui s'emballe ou bien est-il en train de capter les émotions de quelqu'un ?

En proie à un sentiment violent de panique, il crie presque au visage de son rival :

— Non... elle n'est plus ici. Et elle est terrifiée.

— Bien sûr qu'elle est terrifiée ! s'insurge l'Élu. Elle est partie toute seule au milieu de créatures buveuses de sang !

Les clients à proximité leur lancent des regards courroucés, méprisants, prêts à les attaquer. Arnaud est le premier à réagir. Il les empoigne par le bras et les tire vers la sortie de la discothèque.

Le videur ne bronche pas plus à leur arrivée qu'à leur sortie aussi, dès qu'ils sont dehors, Sylvain fait exploser sa colère.

Il ne comprend pas immédiatement ce qui se passe lorsque Théodore ne touche plus le sol et se retrouve collé au mur du bâtiment mitoyen du City Club. Bien qu'ils soient tous les deux de taille égale, l'ami de Myriam est plus musclé que son mari. Cependant, ça ne pose pas problème à ce dernier pour attraper le « péquenaud » par le col et serrer jusqu'à l'étrangler.

— Si jamais ces fumiers ont osé lui toucher un seul cheveu, avoir à faire à eux sera le dernier de tes soucis ! C'est par ta faute qu'elle est partie alors maintenant, t'as intérêt à réparer ça et me la ramener saine et sauve !

— Je te conseille de me lâcher, répond seulement le Surhumain. Je ne vois pas comment je vais pouvoir faire quelque chose si tu continues à me malmener comme ça.

Ils s'affrontent du regard quelques instants durant. Arnaud et Deborah chuchotent discrètement, lorgnant de temps à autres la scène se déroulant sous leurs yeux.

— Sylvain, ce type a raison, finit par dire Arnaud. C'est pas comme ça qu'on va la retrouver.

Il soutient son regard encore un instant puis le relâche mais ne le quitte pas des yeux.

— Alors, Surhumain de pacotille, dis-moi un peu ce que tu sens ?

— Est-ce que tu pourrais préciser ta question ? répond l'intéressé en remettant ses vêtements en place.

— Déjà : où se trouve *ma* femme ? rétorque-t-il, insistant bien sur le mot « ma ».

— Tout ce que je peux dire, c'est qu'elle n'est plus dans cette discothèque. On l'a téléportée ailleurs.

— On l'a téléportée ailleurs ? Et pourquoi ne se téléporte-t-elle pas ?

Théodore lui lance un regard noir. Il sait que jamais il ne sera accepté par le mari et les amis proches de Myriam mais s'il les aide, en premier lieu, c'est pour elle. Il n'a pas prévu, cependant, que ce serait aussi difficile d'affronter l'Élu et de lui expliquer que son don ne se contrôle pas. Certes, il ressent des choses mais dans le cas présent, c'est comme si...

— Le fait est que, bien que nous soyons des Surhumains, nous ne sommes pas invincibles. Il y a bien quelque chose qui nous empêche d'utiliser nos pouvoirs pleinement.

– Le cuivre angélique, complète Deborah, qui a levé un sourcil en signe de curiosité.

– Exact. C'est ce qui m'empêche de savoir précisément où elle se trouve et qui, en plus, ne lui permet pas de se téléporter.

– Et maintenant, interrompt Arnaud, on fait quoi ? Si jamais on la retrouve et que, finalement, on ne peut même pas utiliser nos pouvoirs...

– Ça veut surtout dire qu'elle est sans défense, à l'heure qu'il est ! s'écrie Sylvain. Nous devons la retrouver coûte que coûte, tant pis si nous n'aurons pas de pouvoirs, nous aurons au moins ça.

Joignant le geste à la parole, il s'empare de l'un de ses Desert Eagle de calibre 50 qu'il arme.

Et soudain, la réponse lui paraît claire. C'est comme une illumination : il sait où elle se trouve et s'en veut de ne pas y avoir pensé plus tôt.

– Je sais où elle est, affirme l'Élu.

– Comment... ? s'enquiert Arnaud.

– Une évidence, répond-il seulement. Il va falloir qu'on se munisse au maximum d'armes et qu'on se montre malins.

– Mais où est-elle ? demanda enfin Théodore.

– Dans leur repaire, là où tout a commencé.

– T'as un plan ?

— Je crois qu'on va laisser tomber les plans, rétorque-t-il. Regarde où ça nous a menés.

Tandis que l'un recharge ses Smith & Wesson, l'autre compte les balles d'argent sans se préoccuper des passants dont la plupart est éméchée. Pourtant, personne ne hurle à l'attentat, ni n'appelle la police. Comme s'ils avaient compris qu'il se passe quelque chose de grave. Comme s'ils savaient que l'Élue du peuple Surhumain est en grand danger.

D'un commun accord -et surtout pour rester discrets-, ils décident de se téléporter à l'hôtel Mercure se situant chaussée Georges Pompidou et de faire le reste du trajet à pied.

Ce qui laisse tout le temps à Théodore de réfléchir. Il ne pense qu'à elle. Il brûle d'envie de lui demander ce qui lui est arrivé ces dernières années. Lorsqu'elle a refait apparition dans sa vie, aussi incroyable et inespéré soit-il, il l'a trouvée encore plus belle que dans ses souvenirs. Elle est... épanouie et cela se voit. Son mari la rend heureuse plus qu'il n'en aurait jamais été capable. Il en est jaloux, viscéralement.

Plusieurs fois, il a résisté à l'envie de prendre ses mains comme à l'époque pour l'écouter, de recréer cette intimité qu'ils ont autrefois connue, de passer ses doigts dans sa chevelure bouclée. Sa magnifique chevelure bouclée...

Elle lui a tellement manqué. Mais il doit ne rien laisser paraître. Elle est venue le voir pour solliciter son aide et, en tant que Surhumain, il est de son devoir de la lui accorder.

Il y a des années, il s'est juré de se venger de ces créatures maléfiques. Myriam lui apporte aujourd'hui l'occasion pour tenir sa promesse et venger son père. Les Licans lui ont pris ses deux enfants, les vampires ont tué ses parents et la vie, après lui avoir pris son frère, lui a donné un seul et unique objectif. Il vengera sa famille grâce à elle.

Mais il la sauvera avant toute chose.

Car sans elle, il n'est plus rien. Sa promesse n'aurait plus lieu d'être.

Il la sauvera.
Autant de fois qu'il le faut.

Car elle est tout ce qui lui reste.

Chapitre 4ème :
Les sauvetages

I.

20 Juin 2015
Casino du Havre, Le Havre
Département de Seine-Maritime

Sylvain

Il est minuit passé lorsque, sur le chemin les menant à l'hôtel du *Casino du Havre*, ils conviennent de se réunir dans la chambre de Théodore pour s'organiser. Mais ce que le groupe veut surtout, c'est la confirmation de la présence de Myriam ici. Sylvain répugne à demander l'aide de cet homme. Il sait cependant qu'il n'a pas le choix.

Que feraient-ils si son intuition est fausse et que Myriam n'est pas là ?

Dépités, ils entrent chacun leur tour dans la chambre de Théodore. Sans un mot, ils se rassemblent, Arnaud et Deborah sur le lit, Sylvain sur une chaise et son rival debout. Mais l'Élu ne tient pas cinq minutes assis. Il ne supporte pas que le campagnard aux allures de clochard le domine de toute sa hauteur. Alors, il lui fait face.

   — Alors, le Surhumain prodige, tu peux nous dire
     où elle est, maintenant ?

L'intéressé le fusille du regard. Mais ne s'attarde pas, cette fois. Aussitôt, il ferme les yeux et se concentre. Sylvain le voit froncer les sourcils, puis grimacer. Après quelques instants, des gouttes de sueur se forment sur son front. Sur le lit, ses amis s'agitent. Alors que lui reste impassible devant la douleur de son rival. Ce dernier porte une main sur son cœur, ses traits se déforment. Lorsqu'il tombe à genoux, Sylvain ne bouge pas d'un millimètre. De marbre, il observe la scène comme si la masse à ses pieds n'était qu'un tas de déchets.

Enfin, Théodore affirme dans un râle essoufflé :

   — Elle est au sous-sol.

Avant même de pouvoir esquisser le moindre

mouvement, il choit face contre terre. Inquiet, Arnaud court et tente de le rattraper mais le Surhumain s'affale sur le sol.

> — Aide-moi ! hurle-t-il à l'attention de son meilleur ami. On va le soulever et le mettre sur le lit.

Tel un automate, Sylvain obéit. Si ça ne tenait qu'à lui, il l'aurait laissé là.

Le corps immobile de Théodore allongé sur le lit, ils se regardent sans savoir quelle attitude adopter.

> — Il respire encore, annonce Arnaud.
> — À mon avis, il est juste mort de fatigue. Laissons-le se reposer et allons chercher ma femme. On a un soucis en moins, avec celui-là, ajoute-t-il.
> — C'est quand même grâce à lui qu'on sait où est Myriam, rétorque le Surhumain.
> — Tu parles !
> — Tu pourrais au moins le reconnaître !
> — Je te rappelle que c'est à cause de lui qu'elle se trouve là où elle est ! Toi, la tienne, elle est là...
> — Sylvain ! l'interrompt Arnaud, en colère. Je te rappelle qu'on est tous dans le même bourbier. Et je crois que tu es en train de l'oublier.

Deborah n'a osé dire un seul mot. Mais elle n'en pense pas moins. Après un regard vers le lit, elle finit par les suivre.

Ils réfléchissent un court instant devant l'ascenseur. Bien que Sylvain soit déjà allé dans ce sous-sol, il n'aurait su dire ce qu'ils trouveraient à la sortie de l'ascenseur. Ce sous-sol a l'air immense, il est persuadé qu'il n'a vu qu'une partie la dernière fois. Était-ce seulement il y a deux jours ?

Ils décident finalement de descendre au sous-sol par les escaliers. Dès le premier jour de leur mission, la discrétion a toujours été le maître-mot.

Déterminés, ils empruntent la cage d'escaliers et entreprennent la descente, Sylvain ouvrant la marche, Deborah puis enfin, Arnaud. Ils auraient préféré que la lumière soit éteinte mais cette dernière s'active avec le détecteur de mouvements. Silencieux comme des chats, ils arrivent enfin devant la porte où est peint en gros caractères noirs : **-1**. Sylvain n'hésite pas et franchit cette dernière. Ils pénètrent dans un sas dépourvu de couleur, comme si les travaux de construction ont été stoppés en plein milieu. Le béton des murs est à nu, pas de peinture, de vernis ou quoi que ce soit d'autre. Une fois la porte refermée, ils sont brutalement plongés dans le noir. Pas de lumière à détecteur de mouvements dans ce sas. Sylvain se demande même s'il y a une quelconque ampoule au plafond.

Seul un rai de lumière filtre par l'interstice du

dessous de la porte qu'ils viennent de franchir. Intrigué, L'Élu rebrousse chemin vers cette dernière et l'entrouvre juste assez pour distinguer une autre porte face à eux avec l'inscription : ENTRÉE PRIVÉE. À leur gauche, les portes métalliques de l'ascenseur attendent en silence.

Sylvain leur fait signe de le suivre.

— Attends, chuchote soudain Arnaud. Et si c'est fermé ?

— Tu sais crocheter les serrures ? lui répond son meilleur ami sans se retourner.

— Non.

— Alors on l'enfoncera.

Arnaud écarquille les yeux devant tant de nonchalance. Sa réponse lui cloue le bec. Mais déjà, Sylvain abaisse la poignée de la porte et, heureusement, elle n'oppose aucune résistance. Une lumière blafarde les accueille. Avec les mêmes murs nus, les mêmes portes lourdes, au nombre de trois cette fois. Sur celle d'en face, l'inscription « BIENVENUE » les nargue.

— Je pense qu'il faut faire cette pièce en dernier, suggère Sylvain. Qui prend à droite ?

Tacitement, Arnaud se dévoue. Sylvain reste planté là, les observant franchir la porte. De l'autre côté, il aperçoit un long couloir flanqué d'autres portes. La dernière fois qu'il a vu autant de portes... Il réprime un frisson.

Une bonne dizaine de minutes passe avant qu'il ne se décide à ouvrir la porte opposée. Un couloir aussi. Des portes, des portes et encore des portes. Il se retient de crier sa frustration, ça n'aurait servi fichtrement à rien.

Soudain, dans le silence presque fantomatique du couloir, il remet en question les paroles de Théodore. Il remet même en question la véritable raison de l'« aide » de ce péquenaud. Et s'il n'était pas du tout un Surhumain mais un satané vampire ? Et si ce sous-sol inachevé n'était qu'un piège ?

« Pense à ta femme ! », s'admoneste-t-il.

Ses pensées vagabondent une nouvelle fois vers une autre préoccupation. Si Théodore était un vampire, il aurait dû le sentir.

Mais si Théodore était un Surhumain qui sert la mauvaise cause ?

Il ne peut pas le savoir ni le deviner, il ne peut que s'en méfier. Il essaye cependant de comprendre la confiance aveugle que sa femme place dans cet énergumène. Ils ont été ensemble, c'est certain.

Mais que s'est-il passé pour que leur histoire se finisse et qu'ils en soient là aujourd'hui ?

Il reprend ses esprits et, par la même occasion, sa lampe torche. Heureusement qu'ils ont pensé à les prendre ! Et décide de commencer par les portes de droite. Toutes vides. Vides de meubles, de lumière, de vie. Il poursuit son inspection et veut ouvrir la porte du fond à gauche mais elle reste résolument fermée. Il fronce les sourcils.

Bizarre...

Pourquoi les autres sont-elles ouvertes et pas celle-ci ?

Il tient à en avoir le cœur net. Il abandonne la porte un moment, le temps de vérifier les autres de la rangée. Aussi vides. Intrigué, il revient devant la verrouillée. Il retente de l'ouvrir en abaissant la poignée. Fermée. Comme si elle allait prendre peur et faire sauter ses verrous pour ses beaux yeux.

Il grimace. Mais l'idée d'enfoncer la porte comme il l'a suggéré tout à l'heure ne le quitte pas. Décidé, il recule de deux ou trois pas et envoie toute la force de sa jambe dans le bois. Il sourit lorsqu'elle cède et entre dans la pièce baignée de ténèbres. Il aperçoit une ombre, il croit à une hallucination. Il cligne les yeux, se les frotte et les repose au même endroit, l'ombre est bien présente et n'a pas bougé d'un iota. Il s'approche.

Qu'est-ce que c'est ?

L'ombre se mue en silhouette. Un homme. Il est allongé sur le côté, enchaîné, dos à Sylvain. On aurait pu le croire mort mais son torse se soulève et s'abaisse au rythme de sa respiration. Une respiration lente et régulière, comme si la silhouette était plongée dans un profond sommeil.

Une question s'impose à son esprit : un humain

prisonnier ?

Il s'empare de son Desert Eagle et s'avance vers l'inconnu. De la pointe de son canon, il pousse l'épaule de l'homme et attend une réaction... qui ne vient pas. Sylvain fronce les sourcils tandis qu'il pose la lampe torche à côté de lui.

Un Humanoïde ?

Il ne comprend pas quelle est cette créature, ni ce qu'elle faisait là. Il regarde autour de lui mais, comme dans les autres pièces, ce n'est que le néant. Les chaînes qui retiennent captif l'inconnu sont fixées à l'un des murs. Le pauvre n'a pratiquement pas de liberté de mouvements puisque ses pieds ainsi que ses mains sont liés.

Sylvain s'approche plus près encore et tente de retourner l'homme sur le dos. Or, dès son contact, le prisonnier prend peur et s'agite sur le sol.

– Tout va bien, calmez-vous ! hurle-t-il. Je ne vous veux aucun mal.

Rassuré, quoique encore méfiant, l'homme le regarde, une lueur de désespoir dans les yeux. Sylvain est surpris par la jeunesse de son visage, il l'a cru plus âgé au premier abord. Ses prunelles semblent d'un bleu pur, cachées en partie par des mèches rebelles de couleur châtain. Ses lèvres subissent, à n'en pas douter, les gerçures de la déshydratation. Ses joues sont mangées par une barbe de plusieurs jours. Son œil droit est tuméfié, ses pommettes gonflées et du sang séché macule une bonne partie de son visage. Il porte un jean noir dont les jambes sont retroussées jusqu'à ses genoux. Pas de chaussettes, ni de chaussures. Même son torse est nu. Instantanément, Sylvain éprouve de la peine pour cet inconnu.

– Vous êtes qui ? demande l'homme d'une voix rauque.

– Je m'appelle Sylvain, répond-il en l'aidant à s'asseoir mais se ravise lorsqu'il comprend que les chaînes l'en empêchent. Et vous ? Comment vous êtes-vous retrouvé là ?

– Damien, dit-il à grand-peine. J'étais sur la trace des vampires et ils m'ont capturé. J'ai échoué.

Le dénommé Damien met tant de tristesse dans ses mots que le sentiment de pitié n'en est que plus terrible. Un silence s'installe entre les deux hommes durant lequel l'un refoule des larmes d'humiliation et l'autre tente de déchiffrer les possibilités qui s'offrent à eux deux. En un mot : peu.

– Vous êtes un Surhumain ? questionne Sylvain.

Damien acquiesce d'un signe de tête. Intentionnellement, Sylvain choisit de ne pas parler de son rang d'Élu. En l'occurrence, cela n'est d'aucune utilité.

– Il y en a d'autres ? s'enquiert-il, réfléchissant au moyen de briser les chaînes du jeune homme.

– Pas à ma connaissance, répond faiblement

Damien. J'ai toujours travaillé en solo et donc, capturé de la même manière.

— Tu es là depuis longtemps ?

— Je ne sais pas. Combien de temps on peut tenir sans boire ni manger ?

— Tu ne dois pas être là depuis plus d'une semaine, à mon avis. Ils t'ont... torturé ? ajoute-t-il comme si ce dernier mot était du feu pur.

— Le premier jour oui. Ils se sont amusés à me frapper dans le ventre, au visage. Ils m'ont traîné dans un tas de pièces qui se ressemblent... Mais j'ai dû m'évanouir parce que je me rappelle de plus rien après ça.

Sylvain se demande pourquoi ils ne l'ont pas tué. Il fronce les sourcils.

Alors pourquoi le laisser croupir dans cette pièce ?

Les projets des vampires restent obscurs pour lui, cependant, il a l'intuition que le sort réservé à Damien est bien différent du sien.

Et si, ensemble, ils déjouaient les plans de ces satanées créatures ?

Néanmoins, Damien a besoin d'eau pour se remettre d'aplomb. Et de sucre. Sylvain réfléchit.

Ils se trouvent dans un hôtel-restaurant, pas vrai ?

Un début de solution commence à se former dans sa tête. Il le met de côté, pour l'instant. L'Élu brise soudain le silence :

– Je vais avoir besoin de ton aide.

– De mon aide ? répète-t-il, après avoir difficilement dégluti.

– Oui, ma femme est retenue ici. Du moins, c'est ce que mes amis et moi pensons.

Le prisonnier prend un air soucieux, comme si un détail important lui revenait à l'esprit.

– Les vampires ont parlé de l'Élue comme appât... Tu veux dire que... Oh...

Les rouages s'assemblent, il comprend.

– Tu es l'Élu ? demande-t-il dans un souffle.

– Oui. Dans le cas présent, ce n'est pas mon rang qui sauvera ma femme. On va droit dans un piège d'après ce que tu dis.

– Je crois bien... Si seulement j'arrivais à comprendre pourquoi mes pouvoirs sont nuls ! Je serais libre depuis longtemps.

– Tu n'es pas le seul. Tous les pouvoirs des Surhumains en cet endroit sont inexistants. Le sous-sol est recouvert de cuivre angélique.

Damien jure en italien. Sylvain croit comprendre que c'est en rapport à la ville de Naples mais il n'en met pas sa main à couper.

Le jeune homme tente de se redresser pour mieux l'observer. Il plisse les yeux tout en regardant autour de lui, Sylvain sait qu'il cherche le moyen de briser ses chaînes. Le regard de Damien se pose ensuite sur le Desert Eagle de Sylvain.

— Je suppose que ça ferait trop de bruit de se servir de ton arme ?

— Oui, c'est certain. De plus, il me faudrait presque vider mon chargeur pour toutes les briser tant elles sont solides.

— On fait comment alors ?

La question flotte dans l'air et résonne inlassablement aux oreilles de Sylvain. Si seulement Myriam avait pu être là avec ses katana... Les chaînes auraient pu être brisées d'un coup sec et de manière plus discrète. Une idée, toutefois, germe dans sa tête.

— Dis-moi, lorsque tu es venu ici, tu avais des armes ?

— Bien sûr, mais les vampires me les ont retirées dès ma captivité.

— Tu avais quoi, comme armes ?

— Un Beretta m92F et un katana.

— Un katana ? répète-t-il, surpris.

— Oui, pourquoi ?

— Comme ça. Tu t'entendrais bien avec ma femme.

— Oh tu sais, on raconte partout les exploits de Myriam, l'Élue qui a exterminé des centaines d'ennemis avec ses katanas. C'est elle qui m'a décidé à en utiliser. Je comprends pas comment elle a pu se faire capturer, ajoute-t-il pour lui-même.

— Un plan qui a foiré, répond Sylvain, contrarié. Cela dit, je pourrais te poser la même question.

Damien secoue la tête en signe d'impuissance, l'incompréhension et la tristesse envahissent ses yeux une nouvelle fois. Il soupire. L'Élu croit comprendre ce qu'il ressent.

— Les vampires m'ont coincé parce qu'ils m'ont senti, annonce-t-il. Je ne vois que cette option parce qu'ils n'ont pas pu me voir.

— Qu'est-ce que tu veux dire ? s'enquiert Sylvain, une pointe de curiosité dans la voix.

— Je suis invisible quand je veux. Et je l'étais quand je suis parti en mission. Comment auraient-ils pu savoir que je me cachais derrière ce mur ? Je ne comprends pas comment j'ai pu me laisser capturer aussi facilement.

Une fois de plus, Sylvain le comprend. Damien se sent humilié malgré son pouvoir extraordinaire. Lui-même se serait demandé comment l'enlèvement aurait pu être possible si Théodore n'avait pas déjà parlé des pouvoirs exceptionnels de ces vampires. Des plus puissants, de surcroît.

— Ce n'est pas ta faute, dit-il au bout de quelques secondes. Je te raconterai ce que je sais sur le sujet une fois que je t'aurai libéré. Est-ce que tu sais où ils ont mis tes armes ?

— Il y a une pièce où ils entassent les armes et les

objets personnels de leurs victimes. J'ai pas eu le temps de m'y attarder mais mes armes sont sûrement là-dedans.

— D'accord. Écoute, je vais chercher tes armes et de quoi te remettre sur pieds. Je vais demander à mes amis de rester avec toi pendant ce temps et à mon retour, nous pourrons te libérer.

Damien acquiesce d'un signe de tête puis reprend sa position initiale : couché sur le côté, dos à la porte. Sylvain s'empare de sa lampe torche et prend son téléphone portable dans sa main droite. L'intention d'appeler Arnaud et Deborah est réduite à néant. Les barres de réseau sont vides.

Appel d'urgence uniquement.

On peut dire que la nouvelle technologie ne manque pas d'humour.

cc

Deborah

Elle sait qu'ils n'auraient pas dû s'arrêter en plein milieu de leur vérification. Elle tient son Taurus doré dans sa main, un Beretta dans l'autre. Et son mari entre ses bras. Elle murmure trois mots que jamais elle ne se serait permis de dire auparavant.

— J'ai peur.

Sa voix tremble, son corps est pétrifié mais pour rien au monde elle ne lâcherait son arme. Ils se trouvent dans une sorte de débarras où sont déposés des armes diverses et quelques objets personnels : des portefeuilles, des téléphones portables, des clés, etc... Ce qui les a d'emblée marqués, ce sont les katanas de Myriam, sagement rangés dans leur fourreau. Ils savent qu'ils ne se sont pas trompés.

L'Élue est bel et bien ici.

Mais où ?

— Tout va bien se passer, assure Arnaud.

— Comment peux-tu en être aussi sûr ?

— Grâce à lui.

Il pointe son index vers le ventre de sa femme. Ils ont appris qu'elle est enceinte il y a seulement quatre jours. Le bonheur qu'ils ont ressenti à cet instant est unique, ancré dans leur mémoire et dans leur cœur. Ils vont fonder une famille après des années de mariage.

Mais à la joie de cette nouvelle s'est aussitôt ajoutée la crainte. Car son travail est dangereux. Elle manie tous les jours des armes, fait affaire à des criminels ou à des créatures notoirement maléfiques. Elle risque sa vie.

Comment expliquer à ses amis qu'elle se liquéfie littéralement de peur pour son bébé ?

Ils ont exploré chaque porte du couloir. Toutes

vides à part une, celle où ils se trouvent en ce moment. Elle se demande où se trouvent les vampires. Et se demande surtout pourquoi cet endroit du sous-sol est désert.

Collée au mur, elle ne trouve pas la force de se mouvoir. Pourtant, elle sait qu'ils ne doivent pas rester là.

– On devrait retrouver Sylvain, voir s'il a trouvé quelque chose, dit-elle au bout d'un moment. Peut-être a-t-il eu plus de chance que nous.

– Ou l'inverse, réplique sombrement Arnaud.
Ignorant son commentaire, Deborah se force à bouger et sort de la pièce. Comme s'il les avait entendus, Sylvain a rebroussé chemin lui aussi et se retrouvent tous les trois à leur point de départ, au milieu des trois portes. Deborah a un mauvais pressentiment. Mais elle n'en dit mot et annonce sans préambule :

– On n'a rien trouvé. Et toi ?

– Un Surhumain retenu en captivité dans une des pièces. Il est trop faible pour se lever.

– Il est digne de confiance celui-là ? demande Arnaud, doucement.

– Enchaîné comme il est ? Il est plus digne de confiance que ce péquenaud qui a jeté ma femme dans les bras de l'ennemi. Cela étant, j'ai besoin que vous montiez la garde avec lui le temps de lui chercher de l'eau et de récupérer ses armes.

— On les a ! affirme Deborah avec entrain.

Arnaud agite les katanas sous son nez et Deborah le Beretta. Il leur explique où trouver le Surhumain prisonnier puis, sans un mot, repart vers le sas avec l'ascenseur et la cage d'escaliers.

Arnaud et Deborah partent de leur côté. Ils n'ont aucun mal à trouver le Surhumain enchaîné, apparemment plongé dans un état inconscient. Arnaud pose sa lampe de poche près de l'entrée, ainsi la pièce s'éclaire. Deborah regarde l'homme et réalise qu'elle ne connaît même pas son nom. Elle se penche et pose une main qu'elle veut rassurante sur l'épaule inerte.

— Monsieur ? Si vous m'entendez, nous sommes les amis de l'Élu et nous sommes là pour vous protéger le temps que nous puissions vous libérer. Est-ce que ça va ?

Pas de réponse. Elle pense qu'il est trop faible pour dire quoi que ce soit. Elle se poste devant lui mais face à l'entrée de la pièce, de même qu'Arnaud, son fusil d'assaut à bout de bras. Pas un bruit ne brise le silence. Le fait que les deux côtés du sous-sol qu'ils ont inspectés soient vides, hormis eux quatre, paraît plus que suspect aux yeux de Deborah. Elle ne voit que deux réponses possibles à cette question : soit Théodore leur a menti et ils ne trouveront pas de vampires ici ; soit les vampires leur ont tendu un piège de taille. Ni l'une ni l'autre ne lui fait bonne impression. Un frisson intense la parcourt. Une sensation étrange naît au creux de son ventre et se répand dans tout son corps. La tête lui tourne tandis qu'une image floue emplit son esprit. Deux silhouettes qu'elle reconnaît immédiatement. Cynthia et Myriam se font face. Du moins, croit-elle que c'est Cynthia car ses yeux sont d'une couleur inquiétante. Elle semble complètement transformée, sûre d'elle et même... arrogante. Elle tient fermement une épée qu'elle pointe sur sa dite meilleure amie, Myriam la menace de son Glock.

- Tu ne peux pas me vaincre ! disait Cynthia, amusée.
- Je vais te tuer ! répliquait l'Élue, agacée. Pour le bien de notre Peuple !

L'ultime image que perçoit Deborah est celle de Myriam appuyant sur la détente. Quand la vision se dissipe, elle se rend compte qu'elle est dans les bras de son mari, visiblement inquiet. Le prisonnier, qui jusque là n'a pas bougé, s'est retourné un peu pour l'observer.

- Tu vas bien ? lui demande aussitôt Arnaud. C'est le bébé ?
- Non, répond-elle faiblement. Je... j'ai eu une vision.
- Une vision ?
- Elle était... horrible.

Elle lui raconte sa vision, ne négligeant aucun détail.

Et surtout, ce qu'elle ressent. Lorsqu'elle a terminé, Arnaud se fige soudain de stupeur mais Deborah comprend que ce n'est pas elle la source de sa peur. Quelqu'un approche. Des pas qu'on devine rapides, pressés. Sans plus attendre, le couple se lève et se retourne pour faire face à l'ennemi. Le cœur de la jeune femme fait un bond dans sa poitrine lorsqu'elle reconnaît Sylvain. Aussitôt, ils abaissent leurs armes.

— Sylvain ! Tu nous as fait une de ces peurs !

— Désolé. J'ai enfin ce qu'il me faut, annonça-t-il en agitant deux canettes de jus d'orange et une bouteille d'eau.

Deborah observe leur Élu s'agenouiller devant le captif et lui donner à boire. Aussitôt, le visage reprend un peu de couleur. Ensuite, il fait couler de l'eau sur sa tête, Damien soupire de soulagement.

— Acceptes-tu de nous aider ? demande Sylvain.

— Si je tiens debout, compte sur moi.

— Essayons.

Il arrache presque les katanas des mains de son meilleur ami puis, sans même se concentrer, frappe les chaînes. Rapidement, elles se brisent dans un bruit métallique et Deborah sourit. Diablement efficaces ces katanas !

Ils aident Damien à se relever. Ce dernier prend brutalement le jus d'orange et la bouteille d'eau que lui tend Sylvain. Il boit goulûment le reste de la canette et s'asperge le fond d'eau sur le visage. Il envoie la canette vide percuter le mur de gauche, se frictionne les joues, les yeux et, enfin, le menton. La bouteille d'eau vole à travers la pièce. La jeune femme voit Sylvain hésiter puis lui tendre la deuxième canette que l'homme vide d'un trait. Alors, il se tourne vers elle et, pendant un instant, elle écarquille les yeux de terreur. Jusqu'à présent, elle n'a pas eu l'occasion de le voir en face et en détails. Les contusions et le sang étalé sur son visage font de lui une brute. Pourtant, il n'est pas grand ni costaud. Et les yeux qui la toisent font preuve d'une étonnante douceur.

Perdue dans ses pensées, elle n'entend pas ce qu'il dit et lui demande de répéter. De sa voix faible, rauque, il bredouille :

— Je peux avoir mon flingue ?

— Oh, oui bien sûr.

Lentement, elle lui tend le Beretta. Une lueur dans les yeux, il le prend avec la main droite et vérifie le chargeur. Vide. Il fronce les sourcils.

— Elles sont où, toutes les balles ?

Personne ne répond. Deborah s'excuse et repart en sens inverse chercher des munitions.

Quelle idiote !

Pourquoi n'a-t-elle pas pensé à regarder le chargeur ?

Elle pénètre dans la pièce qu'ils ont quittée peu de temps auparavant. À l'aide de sa lampe torche, elle éclaire les étagères qui croulent sous les différents types d'arme. Elle aperçoit le Glock de Myriam et un autre katana ; plus loin, dans un coin, un carton avec quelques chargeurs pleins. Elle repart les mains encombrées de ses trouvailles.

— J'ai le Glock de Myriam ! s'écrie-t-elle en les rejoignant. Et le katana de...

— Damien, révèle le concerné. Merci.

Il accepte le katana et les deux chargeurs que lui présente la jeune femme.

— On va pouvoir leur faire la peau, affirme-t-il.

— Comment savez-vous que les vampires sont là ? ne peut-elle s'empêcher de demander.

— Le péquenaud l'a senti, souligne l'Élu. Et puis Damien est là, ce n'est pas un hasard.

— Et si jamais il n'y a personne derrière la dernière porte ? insiste-t-elle.

— Alors là, je le tuerai moi-même, le « prodige » de pacotille !

Sylvain est clairement certain que les vampires les attendent ici, dans ce sous-sol. Elle remarque que le regard de Damien fixe un point derrière Arnaud et avant même de pouvoir esquisser le moindre mouvement, il tire deux balles en direction de la porte. Tous les regards convergent au même endroit. Au sol, deux vampires gisent, sans vie, une balle chacun en plein milieu des deux yeux. Impressionnée, Deborah reporte son regard sur le Surhumain, lequel s'adresse à Sylvain :

— Finalement, t'auras peut-être pas besoin de le

tuer ce « péquenaud ».

– Moi qui pensais que tu étais rouillé, réplique Sylvain.

– C'est comme le vélo, ça s'oublie pas. Bon alors, on attend quoi ? On avait pas une demoiselle en détresse à sauver ?

II.

Myriam

Encore cet endroit. Elle le connaît presque mieux que sa propre maison.

En deux heures seulement de captivité, les vampires l'ont changée déjà trois fois de pièce. Et celle-ci ne se différencie en rien des autres. Les mêmes tapisseries gothiques ornent les murs et jonchent les sols, les mêmes meubles datant de la Renaissance se dressent fièrement dans les recoins. Une lampe à huile brûle sur la coiffeuse, Myriam se bute à la fixer. Ses mains sont liées dans son dos, un bâillon l'empêche de parler, de hurler son désespoir. Mais elle ne cesse de se répéter que tout ça n'est qu'un mauvais rêve.

Steve la jette violemment sur le lit à baldaquin et referme bruyamment la porte, la laissant seule dans ses pensées. La pièce est dénuée de fenêtre et un sentiment de claustrophobie l'envahit soudain. Elle ne supporte plus d'être enfermée sans pouvoir passer à l'action, sans pouvoir poser les questions qui lui brûlent les lèvres. Elle a la fâcheuse impression qu'elle n'est qu'une moins que rien, un paquet encombrant dont on veut à tout prix se débarrasser.

Elle réprime un sanglot. Elle va mourir ici.

Comment son mari et ses amis peuvent-ils la

retrouver ?

C'est impossible. Elle pense à son fils. Son petit Ezio qui attend bien sagement son retour à l'Isle-sur-la-Sorgue. Elle pense à son père entre la vie et la mort sur son lit et à toutes ces choses qu'elle n'a jamais pu lui dire... Les regrets ont un goût amer. Myriam, au lieu de trembler de peur, n'a que des regrets. Elle a frôlé la mort à maintes reprises, la peur ne l'atteint pas aujourd'hui. Lasse, elle se laisse tomber sur le lit, quitte à s'engourdir les bras sous son dos.

La tête lui tourne tout à coup, une drôle de sensation apparaît au creux de son ventre et envahit tout son corps. Sa vision soudain se brouille et une image floue remplace le plafond sombre de la pièce. Son cœur s'accélère, ça lui fait mal comme jamais. L'image se fait plus nette et elle discerne Théodore, inerte sur son lit à l'hôtel, en proie à une crise cardiaque. Elle le voit grimacer de douleur, la main sur le cœur. Dans une ultime tentative désespérée, elle l'entend l'appeler.

« Myriam ! ».

Le bruit de la porte la ramène brutalement à la réalité. Elle réalise que les douleurs qu'elle a eues dans la poitrine ne se sont pas estompées, bien au contraire. Elle a l'impression qu'une main de fer se referme sur son cœur et le serre, sans pitié. L'air lui manque cruellement, elle peine à respirer. La douleur s'élève à un tel point que les larmes coulent sur ses joues. Elle mord le bâillon de toutes ses forces mais il l'empêche de respirer, son cœur menace d'exploser dans sa poitrine.

Elle refuse de mourir comme ça !
Pas maintenant !

À peine a-t-elle pensé ses mots que des mains d'une blancheur cadavérique, froides comme la glace, lui retirent son bâillon. L'air entre dans ses poumons -avec soulagement- si vite que ces derniers ne semblent plus savoir comment réagir. Petit à petit, sa respiration reprend un rythme normal.
Myriam risque un coup d'œil vers celui ou celle qui l'a sauvée.

— Toi ! hurle-t-elle en se redressant.
— Ne rêve pas, ma belle. Je ne t'ai pas sauvée, ce n'est pas à toi que je rends ce service.

Le vampire s'approche d'elle et se penche.

Auparavant, elle a gravé ce visage dans sa mémoire. Des cheveux aussi noirs que la nuit, un teint blafard, un rictus sur les lèvres et un regard limite amusé. Son cœur cogne douloureusement.

Alex.

— Et on peut savoir à qui tu rends service, buveur de sang ? rétorque-t-elle.
— Tu le sauras bien assez tôt, dit-il simplement. Je suis chargé de veiller sur toi pendant ce temps.

— Où est ta petite copine ? demande-t-elle après un instant.

— Tu veux parler de Marina ? Elle a d'autres chats à fouetter.

La réponse d'Alex reste en suspens entre eux.

Durant le silence qui semble durer une éternité, le vampire entreprend d'attacher ses chevilles aux barreaux du lit. Sans même se défendre, elle le regarde faire.

Sa vision l'a troublée.

Est-ce une diffusion du présent ou bien du passé ? De l'avenir, peut-être ?

Est-il en train de mourir seul dans sa chambre ou alors attend-il sagement qu'elle revienne de sa mission d'infiltration ?

Son instinct opte pour la première option. Quelque chose en elle sait que cette vision n'est qu'un pur reflet du présent. Elle a ressenti exactement ce que Théodore éprouvait, comme si leurs esprits ainsi que leurs corps sont liés, connectés.

Comme avant.

Une question s'impose alors : si Théodore est seul dans sa chambre, que font les autres ?

Elle lève les yeux vers le vampire et fronce les sourcils. Elle se souvient très distinctement que Théodore leur a dit qu'un pieu en plein cœur met les vampires hors service. Et pour longtemps.

Comment se fait-il qu'Alex soit déjà remis sur pieds ?

- Qu'est-ce que je fais là ? demande-t-elle encore.
- Ça, c'est une question intelligente, répond-il en souriant. Mais je ne suis pas autorisé à te donner la réponse.
- Le contraire m'aurait étonnée, dit-elle dans un souffle. Je peux au moins savoir pourquoi je ne peux pas utiliser mes pouvoirs ?
- Encore une bonne question, approuve-t-il. Je ne te répondrai pas non plus mais je vais t'aider.
- Trop aimable à toi, réplique-t-elle, pince sans rire.
- Je t'en prie. Alors, dis-moi, que craignent les Surhumains ?

La réponse à la question jaillit dans la tête de l'Élue : l'azote, le regard des Licans et...

Le cuivre angélique.

Alex se met à rire lorsqu'il voit le visage dépité de sa prisonnière.

Elle est piégée.

☙☙

Sylvain

Il regrette de plus en plus d'avoir fait confiance à ce péquenaud. Si, dès le début, il lui avait mis une balle entre les deux yeux, sa femme ne serait pas captive et ils ne seraient pas tous en danger à cet instant.

La colère fait cogner son cœur dans sa poitrine. Hésitants, ils ont ouvert la porte avec le « BIENVENUE » inscrit. À partir de ce moment, il a su que la mission de sauvetage serait des plus épineuses.

La pièce où lui et Myriam ont été prisonniers -il y a deux jours seulement- est bondée de vampires. Par chance pour eux, on ne les remarque pas. Un cercueil est posé à l'horizontal devant, ils courent s'y mettre à couvert. Certains vampires sont assis sur les deux autres cercueils, à l'opposé l'un de l'autre. Un vampire monte la garde à chaque porte. Sylvain ne dénombre pas moins d'une demi-douzaine d'ennemis. Et ne peut s'empêcher de se demander :
Y a-t-il autant de gardiens que de prisonniers ?

Il espère que non.
Le silence dans la pièce est totale, en harmonie avec l'éclairage tamisé des candélabres muraux.

Il a l'intuition que ce remue-ménage n'est

qu'un prélude à une fête plus joyeuse. Et que sa femme en est l'invitée d'honneur. Il doit tout faire pour l'en empêcher.

Mais comment la trouver ?

— Comment peut-on être sûrs qu'ils ne nous sentent pas d'ici ? avance pertinemment Deborah.

— Aucune certitude, répond-il sans la regarder. On n'a pas le choix.

— Pour l'instant, ils ont pas l'air de nous avoir repérés, remarque prudemment Damien.

— Puissent les Éternels t'entendre, prie Arnaud. On a un plan ?

Seul le silence répond à sa question. Non, il n'en a pas. Les vampires sont bien trop nombreux pour se frayer un chemin parmi eux et rechercher sa femme. Si ça ne tenait qu'à lui, il tenterait de tous les tuer mais ils n'ont pas prévu autant de munitions. Il sent le désespoir le gagner. Sa femme est là, quelque part, inaccessible. Il le sait.

Souffre-t-elle ?

Peut-être est-elle déjà... morte. D'affreuses images affluent dans son esprit. Des vampires buvant son sang, pendus à son cou, à ses poignets, à sa poitrine. Il l'entendrait presque hurler de douleur. Une sueur froide coule le long de sa colonne vertébrale. La force l'abandonne, il tombe à genoux. Inquiet, Arnaud le soutient.

— Sylvain ? Qu'est-ce qui se passe ?

— On n'y arrivera jamais, parvient-il à articuler. Ils sont trop nombreux et on ne sait pas où elle est.

Un silence gêné accueille ses paroles. Chacun d'eux se met à réfléchir plus intensément.

— Si seulement on avait nos pouvoirs, se plaint Arnaud, tu aurais pu illuminer toute cette salle...

Cette remarque fait tinter une cloche invisible dans l'esprit de Sylvain.

Illuminer toute cette salle...

Il se redresse un peu, lampe torche éteinte à la main.

— Dis, chuchote-t-il à Arnaud, tu crois que ça marcherait avec les lampes torches ?

— Je ne pense pas, répond-il après avoir sincèrement réfléchi à la question. La lumière n'est pas assez forte.

Désemparés, les trois Surhumains gardent un œil hagard sur les vampires. Sourcils froncés, Sylvain se concentre sur une silhouette qu'il croit reconnaître. L'incompréhension déforme ses traits.

« Impossible, je suis en train d'halluciner ! », pense-t-il.

Il ferme les yeux quelques secondes mais lorsqu'il les rouvre, la silhouette est toujours là. Il l'observe (il ne la quitte pas des yeux, plutôt) se mouvoir entre les convives, souriant comme si elle se trouvait dans son élément, dans son monde. Son cœur bat la chamade ; il ne comprend clairement pas ce qu'il voit. La silhouette s'arrête un instant, comme si elle hésitait et se tourne soudain vers lui. Une vingtaine de mètres les séparent et, s'ils n'avaient pas été dissimulés par le cercueil, il aurait juré qu'elle les avait repérés.

— Tu vois ce que je vois ? murmure-t-il à Arnaud.

— J'en crois pas mes yeux, répond son meilleur ami sur le même ton. Que fait-elle ici ?

Sa question reste en suspens dans cet air brusquement chargé en électricité. La silhouette, à présent, se dirige vers la plus grande, la plus belle des portes à l'arrière de la pièce, qu'elle ouvre aisément puis entre.

— Si ça se trouve, Myriam est dans cette pièce, chuchote-t-il. On va faire le tour.

— Comment ça : « faire le tour » ? répète Arnaud, les yeux ronds.

— Les piliers vont nous dissimuler... Viens avec moi !

— Euh... je préfère autant rester avec Deborah. Damien pourrait venir avec toi ?

L'intéressé jette un œil à Sylvain et hoche la tête. C'est l'occasion ou jamais de voir s'il sait se dissimuler sans pouvoirs.

Myriam

Elle le regarde fixement, sans ciller. Son regard s'est considérablement durci et elle espère bien qu'on le remarque.

Alex sourit, dévoilant fièrement ses canines longues et pointues. Il croit avoir gagné, mais il se trompe.

Lourdement.

Il s'approche d'elle, hume son doux parfum et sourit encore. Il promène son regard sur les formes généreuses de la jeune femme et une mauvaise étincelle s'allume dans ses yeux.

— J'ai vraiment de la chance que Steve a réussi à te capturer, murmure-t-il. Je te croquerais bien mais... les ordres sont les ordres. Cela dit, les ordres ne mentionnent pas les autres services que tu pourrais me rendre.

Le ton qu'il a employé annonce quelque chose de terrifiant. Et pour joindre le geste à la parole, ses doigts aussi froids que la glace caressent ses jambes ligotées. Un frisson de peur et de dégoût parcourt Myriam. Elle retient sa respiration et ferme les yeux. Elle croit entendre la porte s'ouvrir puis se refermer mais la main remonte toujours vers sa cuisse.

Quelqu'un est entré ?

— Ne la touche pas, ordonne une voix qu'elle reconnaîtrait entre mille. Bonjour, ma chère Myriam ! Quoique je devrais dire : bonne nuit !

Tandis qu'elle rouvre les yeux pour regarder vers la porte, elle ne remarque même pas que la main d'Alex s'est subitement retirée. Le désarroi s'empare d'elle lorsqu'elle comprend que, hélas, elle n'est pas victime d'une hallucination.

— Cy... Cynthia ? balbutie-t-elle.

— Pour servir, répond-elle en s'inclinant. En fait, non. Surtout pas.

— Mais que... ?

— Je me doute bien que tu ne comprends strictement rien à ce qui se passe ici, l'interrompt-elle en s'approchant plus près encore. Disons que c'est au-dessus de tes... capacités. Alex, ils s'apprêtent à entrer. Empêche-les par tous les moyens.

— Oui, maîtresse.

Myriam croit défaillir. Son cerveau travaille sans relâche afin de traiter toutes les informations qui fusent vers lui et de saisir la situation.

Est-ce bien sa meilleure amie qui lui fait face ?

Par « ils s'apprêtent à entrer », parle-t-elle de son mari et de ses amis ?

Dès la porte refermée, Cynthia prend un fauteuil et s'installe près du lit. Perdue, Myriam plonge un regard dérouté dans celui de la personne qui fut jadis celle qui comptait le plus pour elle. Ce qu'elle voit dépasse en tout point ce qu'elle s'est imaginé. Le bleu qui, auparavant, faisait le charme de ses belles prunelles, est maintenant d'un rouge effrayant. Cynthia sourit, comme pour confirmer ses soupçons. Elle découvre des dents anormalement longues et pointues.

— Tu aimes mon nouveau look ? s'enquiert-elle.

— Tu es...

— Une Hybride, achève sèchement Cynthia. Les avantages des deux camps.

Malgré la confusion qui envahit son esprit, Myriam tente de paraître calme, imperturbable. C'est la deuxième fois qu'elle entend ce mot mais elle ne sait toujours pas ce que cela implique. Avec toute la froideur dont elle est capable, elle demande :

— Qu'est-ce que je fais là ?

La question provoque un rire à Cynthia. Un rire faux, dénué de chaleur. Elle replonge son regard terrifiant dans les yeux désemparés de l'Élue et répond :

— Tu n'as pas encore compris ? Je vais te tuer, tout simplement.

Ce n'est pas une affirmation, mais une promesse. Elle tressaille.

L'Hybride lève une main, paume en avant, l'empêchant de toute éventuelle réplique. Myriam ravale de justesse une pique cinglante.

Comme si un détail l'avait attirée, Cynthia

penche la tête du côté gauche et concentre son regard sur le ventre de sa prisonnière. Au bout de quelques secondes, elle murmure :

— Tiens, tiens... Intéressant... Tu n'es pas sans savoir qu'en tant que demi-vampire, mes sens sont décuplés.

Myriam ne répond pas.

— Une ouïe plus fine, en l'occurrence. Et en plus de ton cœur qui bat...

Elle appuie son doigt sur le côté gauche de la poitrine de Myriam. Son souffle se coupe.

— Il y en a un second qui lui fait écho.

Cette fois, son doigt montre le ventre de la jeune femme. L'Élue reste abasourdie devant la révélation de Cynthia. Ses yeux s'écarquillent, sa bouche s'entrouvre.

A-t-elle bien compris qu'un bébé grandit en elle ?

Elle repense soudain à son fils, Ezio. Ignorant ce qui se passe dans cet endroit et se demandant sûrement que font ses parents.

Cette guerre finira-t-elle sans fin catastrophique ?

Elle pose ses yeux sur celle qui fut autrefois sa meilleure amie. L'image de Chiara lui vient subitement en mémoire.

Que doit ressentir cette pauvre petite fille dans une pareille situation ?

Elle a de la peine. Et d'un coup, cette peine se mue en une colère sourde et froide.

– C'est toi qui me parles d'enfants alors que tu as abandonné ta propre fille ?

Une lueur de haine et de tristesse mêlées s'allume dans les yeux de l'Hybride. Pendant une fraction de seconde, ils redeviennent bleus.

« Dans le mille ! », pense-t-elle.

Cependant, Cynthia ne dit rien. Myriam remarque qu'elle tremble et se demande si elle ne va pas la frapper pour son affront. Mais elle ne bouge pas. Ses yeux clignotent, passent du rouge au bleu sans se décider sur la couleur dominante.

Cynthia les ferme. Dix bonnes secondes. Lorsqu'elle les rouvre, les tremblements ont cessé et le sourire mauvais déforme son visage blafard. L'Élue ne se démonte pas :

– Pourquoi tu fais tout ça ?

Cynthia ne répond pas. Elle se retourne, comme au ralenti, face à la porte et fixe la poignée des yeux. Myriam sait qu'elle entend quelque chose. Qu'il se passe quelque chose de l'autre côté. Un grognement de rage jaillit de la gorge de l'Hybride.

– Je n'aurais pas dû sous-estimer Sylvain. Il est prêt à n'importe quoi pour te sauver. Je te retrouverai, déclare-t-elle après une courte pause, et cette fois-ci, on jouera cartes sur table.

Cynthia se volatilise, sans autre forme de politesse. Myriam se retrouve seule, allongée sur le lit, décontenancée.

Si le cuivre angélique bloquait tous leurs pouvoirs, comment peut-elle se téléporter ? Pourquoi parait-elle si affolée ?

Elle s'attend au pire : Cynthia l'a livrée à ses vampires, ses serviteurs. Ils vont boire son sang, l'en vider entièrement et tout sera fini...

Ses pensées vagabondent vers un avenir sombre et sans espoir. Elle ne va pas pleurer, non. Ce n'est pas digne de l'Élue.

La poignée s'abaisse soudain.

Elle ferme les yeux, incapable de regarder ses tueurs en face.

CC

Sylvain

Dès l'instant où ils changent de place, ils sont repérés. Et bien sûr, Sylvain regrette aussitôt d'avoir sous-estimé leurs ennemis.

Pourquoi ne s'est-il pas méfié ?

Pourquoi s'est-il cru invisible, invincible ?

Il fait un rapide calcul et conclut que si chacun

de son groupe élimine deux ennemis, ils auraient leurs chances de réussite. Mais il s'est déjà trompé sur le compte des vampires et, pour la première fois depuis leur arrivée, il doute sincèrement de ses capacités d'Élu du peuple.

Il suit des yeux les vampires en approche, le cercle autour d'eux se resserre. Il en dénombre huit, précisément. À présent, les Surhumains reculent, presque acculés à la porte d'où ils sont venus. Les iris mordorés les toisent, leur aura de puissance et de pouvoirs les réduit au silence, à l'inaction.

Contre toute attente, Damien lance la première offensive avec un cri de guerre que Sylvain aurait lui-même poussé s'il n'avait pas la gorge nouée de peur.
Le jeune courageux tire les katanas de leur fourreau et tranche la tête du vampire pile à sa gauche. Le sang gicle partout et éclabousse les ennemis, les Surhumains, les piliers, le sol noir et blanc.

C'est le signal de départ. Les vampires restant leur sautent au cou, les ruant de coups tous aussi puissants les uns que les autres.
Sylvain, Arnaud et Deborah n'étaient pas prêts pour la riposte.

Damien, si. Depuis longtemps.
Malgré l'épuisement visible, la faiblesse de son corps mal en point, malmené, il esquive les coups, les pare et les rend avec encore plus de rage. Comme s'il avait retrouvé toute sa forme, son ardeur, il roule sur le

côté pour éviter de justesse les crocs acérés du vampire lui faisant face.

Sylvain en aurait été impressionné s'il n'encaissait pas déjà les coups de deux vampires.

À côté de lui, cependant, Deborah s'en sort mieux. Après un coup de pied bien placé, elle dégaine son Taurus et tire une balle, une seule, parfaitement entre les deux yeux de son ennemi. Mais le répit est de courte durée.

L'Élu parvient enfin à se dégager de l'étreinte étouffante et dangereuse d'un vampire aux allures de biker. De sa main gauche, il dégaine son Desert Eagle, de la droite, le Glock de son épouse. Il vise deux vampires mais il ne remarque pas le troisième qui s'est faufilé derrière lui.

— Sylvain ! hurle Deborah.

L'adversaire passe son bras autour de son cou, serrant, lui coupant cruellement la respiration. Rapidement (trop rapidement), Sylvain voit danser des étoiles sous ses paupières ; l'air se raréfie, ses jambes se dérobent sous lui. Dans un ultime effort, il donne un coup de coude dans les côtes de l'autre. Rien ne se produit. Alors, il réitère son geste et, cette fois, le vampire lâche prise, pas complètement mais assez pour lui permettre de se tourner. Un autre coup -de pied pour changer- fait perdre l'équilibre au monstre, qui s'affale lourdement sur le sol.

Tandis que Sylvain braque son Desert Eagle sur

le vampire à terre, Deborah élimine ceux qui rouaient de coups l'Élu un instant avant. Synchros, Sylvain, Arnaud et Deborah appuient sur la détente dans une explosion de bruit, de sang, de fumée. Inquiets, ils tournent la tête vers Damien, craignent de le voir mortellement blessé. Mais le courageux Surhumain, concentré sur son affaire, ne leur prête pas la moindre attention. Il plante son katana dans le dos d'un des deux vampires qui l'attaquaient et, d'un mouvement ample vers le haut, scinde le corps en deux, lequel se met à vomir des gerbes de sang et de fumée. Impressionnés, les trois Surhumains le regardent ensuite pivoter sur lui-même -comme s'il dansait- et trancher la tête du dernier suceur de sang.

Un air de triomphe sur le visage, Damien se tourne vers eux.

Devant les regards interrogateurs de ses nouveaux équipiers, il jette un œil autour de lui : les tas de cendres, les éclaboussures de sang , le cercueil renversé sur le côté.

— Quoi ? crie-t-il presque.

Sylvain balaie la question d'un geste de la main, un sourire soulagé apparaît timidement sur les lèvres. Décidément, le libéré leur serait d'un grand secours dans leur mission face aux vampires.

— J'espère qu'il vous reste des munitions, hasarde Damien.

Perplexes, les trois autres vérifient leur chargeur. Et

acquiescent avec une certaine retenue à la question, d'un hochement de tête.

— Alors, on y va.

Comme s'il était le nouveau leader du groupe, Damien prend la tête et se dirige sans hésitation aucune vers la porte tant désirée. Il remet les katanas à leur place dans leur fourreau et dégaine son Beretta pour la première fois depuis leur arrivée dans cette pièce étrange. De l'autre main, il abaisse rapidement la poignée et pousse la porte. Après un examen de la pièce, il fait signe à Sylvain d'entrer.

Là, sur le lit, Myriam est attachée, paupières serrées. Comme si elle attendait la mort sans pouvoir la regarder en face.

Pas de Cynthia. Nulle-part.

Mais leur mission de sauvetage est réussie.

cc

Myriam

Elle est abasourdie lorsqu'elle découvre l'ampleur des dégâts. Des tas de cendres jonchent le sol pourtant si beau. Des bougies sont renversées, un des cercueils est retourné, semant le désastre dans la pièce devenue sombre. Seuls les faisceaux issus des lampes torches l'aident à savoir où aller. Ses jambes se dérobent sous elle, son corps entier tremble suite au choc. Elle se demande comment elle va réussir à en parler au groupe sans verser une seule larme et sans tremblements dans la voix. Elle s'interroge quand ses yeux se posent sur l'inconnu qui les accompagne. Elle décèle une lueur de bienveillance, d'admiration et de respect dans les prunelles du jeune homme. Lorsque leurs regards se croisent, il cesse de marcher et s'incline devant elle. Gênée, elle porte une main à ses lèvres tandis que ses joues virent au cramoisi. Sylvain, en fin observateur de la scène, annonce à son épouse :

— Je te présente Damien, c'est grâce à lui qu'on a pu venir te délivrer.

Le dénommé Damien se redresse.

— Je suis enchanté de vous rencontrer, Élue. C'est un honneur.

— J'ai vu ça, coupe Sylvain soudain de mauvaise humeur. Mon amour, je vois bien que tu es fatiguée. Tu veux que je te porte ?

Les larmes aux yeux, elle résiste à l'envie de refuser mais finit par accepter.

Après tout, ils sont deux à présent.

Chapitre 5ème :
Le Miraculé

20 Juin 2015
Casino du Havre, Le Havre
Département de Seine-Maritime

Sylvain

Le soulagement de revoir sa femme saine et sauve est si fort qu'il l'a presque étouffée dans son étreinte. Il remarque les larmes qui coulent le long de ses joues mais il ne sait dire si c'est de soulagement ou le contrecoup du choc subi. Il voit bien qu'elle est épuisée, éprouvée. Tendre, il la soulève, la porte dans les escaliers puis dans l'ascenseur jusque dans leur chambre.

Arrivé, Sylvain prend place sur la chaise tandis que les autres s'assoient sur le lit. Il ordonne à Myriam de prendre une douche, qu'elle va prendre avec un plaisir manifeste. Après plus d'une dizaine de minutes durant lequel personne n'a osé prendre la parole, sa femme déboule de la salle de bains. Emmitouflée dans un drap de bain de couleur sable, les cheveux mouillés, il la trouve tellement sexy qu'il oublie tout autour de lui. Soudain, plus rien n'existe sauf elle en face de lui et leur amour indissoluble.

Mais la question qu'elle pose le ramène brutalement à la réalité.

– Où est Théo ?

– Le péquenaud ? demande Damien.

Sylvain intercepte le regard dur que Myriam lance à Damien et ce dernier pique un fard et baisse aussitôt les yeux. Le ton qu'emploie sa femme ensuite ne lui dit rien qui vaille.

– Je peux savoir ce que tu as fait de lui ?

– Ce que *moi* j'ai fait de lui ? C'est à cause de lui que tu t'es retrouvée dans ce piège et tu voudrais peut-être que je le remercie ?

– Si *je* n'étais pas tombée dans ce piège -car oui j'y suis tombée *toute seule* !- je n'aurais jamais su qui est à la tête de tout ça !

Les derniers mots de l'Élue restent en suspens. Sylvain fronce les sourcils, craignant d'avoir compris sans en être vraiment certain. Deborah, cependant, le devance.

- Qu'est-ce que tu veux dire ?
- Les vampires ont un chef, quelqu'un qui les commande, répond Myriam. Et leur « maîtresse » est quelqu'un que nous connaissons bien, ou du moins que nous avons cru connaître...
- Cynthia..., souffle Sylvain.

Il est à la fois rassuré et inquiet. Il n'a donc pas eu d'hallucinations. C'était bien elle. Il lève des yeux ahuris sur son épouse, qui affiche un air surpris.

- Attendez deux secondes, interrompt Damien. C'est qui Cynthia ?
- Elle était l'une des Cinq, précise Myriam sèchement. Et elle est aujourd'hui dans le camp ennemi. Mais ça ne répond pas à ma question, reprend-elle durement en regardant Sylvain. Où est Théo ?

Sylvain aperçoit le regard coupable qu'Arnaud lui jette. Myriam pousse un soupir rageur et repart dans la salle de bain. Arnaud en profite pour lui chuchoter :

- On devrait le lui dire, Sylvain.
- On n'a rien à gagner à ce que péquenaud revienne, objecte résolument l'Élu.
- Tu préfères t'attirer la colère de Myriam, c'est ça ?
- Si j'étais toi, je lui dirais, glisse Damien sur le

ton du conseil.

– Depuis qu'il est là, on ne s'est jamais autant disputés. Alors, je ne tiens pas à ce qu'il revienne.

– Tête de mule ! Tu veux le laisser mourir ou quoi ?

La question d'Arnaud ne trouve pas de réponse. Myriam revient habillée et sort en trombe de la chambre. Deborah se lève puis, après avoir lancé un regard réprobateur aux hommes, quitte la pièce à son tour. De plus en plus en colère, Sylvain serre le poing et se demande une fois de plus ce qui arrive à sa femme.

Deborah

Elle réussit à la rattraper dans le hall, au rez-de-chaussée, et lui prend la main, solidaire. Elle met dans ses yeux toute la tendresse et l'affection qu'elle éprouve pour son amie.

– Je sais où il se trouve, lui dit-elle. Allons le retrouver ensemble.

Deborah sait que Myriam apprécie ses mots ; elles font demi-tour vers l'ascenseur. Une fois à l'intérieur, le silence s'installe entre les deux amies. L'Élue ne parle pas, la gorge bien trop nouée pour dire quoi que ce soit. Deborah aurait tant voulu discuter avec elle de ce qui lui arrive à elle mais aussi à son couple. Au bout de quelques secondes, elle prend son courage à deux mains.

— Est-ce que je peux te parler, de femme à femme ?

Quelque chose dans le ton qu'elle a employé éveille toute l'attention de l'Élue. Elle relève la tête et la dévisage intensément.

— Bien sûr, je t'écoute.

— J'ai des visions depuis quelque temps, commence-t-elle. Et dans la dernière que j'ai eue, je t'ai vue affronter Cynthia.

— Quand as-tu eu cette vision ? questionne Myriam après un instant.

— Cette nuit, quand Sylvain, Arnaud et moi avons libéré Damien.

L'ascenseur arrive maintenant à leur étage. Les portes s'ouvrent et les deux Surhumaines se dirigent vers la chambre de Théodore, lentement.

— J'ai appris par ailleurs que je suis enceinte, poursuit Deborah.

— Oh... ! s'exclame Myriam. Je suis si contente pour toi !

Les deux femmes s'étreignent. Lorsqu'elles se séparent, l'Élue murmure.

— Moi aussi, je suis enceinte.

— Quel bonheur ! Depuis quand ?

– A vrai dire, je ne sais pas. J'ai aussi eu une vision, ajoute-t-elle après quelques secondes de silence gêné.

– C'est vrai ?

Myriam acquiesce d'un signe de tête. Deborah fronce les sourcils un instant, en proie à un intense moment de réflexion et demande enfin :

– Serions-nous liées ?

– Excellente question. La dernière fois que nous avons eu de nouveaux pouvoirs, les Cinq étaient formés. Je ne comprends pas pourquoi nos capacités s'améliorent puisque les Cinq n'existent plus.

– Très juste, approuve Deborah. De quoi s'agissait-il dans ta vision ?

– J'ai vu Théo victime d'une crise cardiaque. Il était enfermé et je pense que ça s'est produit en temps réel.

– Tu crois qu'il est... mort ?

Bien que Myriam ne réponde pas à sa question, Deborah la connaît. Sa curiosité prend le dessus une fois de plus en observant le visage inquiet, presque terrifié, de son amie. Tout en marchant, les deux Surhumaines regardent leurs mains, embarrassées.

– Je peux te poser une question personnelle et sûrement indiscrète ?

– Venant de ta part, bien sûr.

– Que s'est-il vraiment passé entre lui et toi ?

La question surprend Myriam et la laisse un instant bouche bée. Son regard se perd au loin, comme mélancolique. Deborah regrette sa curiosité, elle s'en veut d'avoir froissé son amie. Cependant, elle ajoute, doucement :

– Tu sais que tu peux tout me dire, je serai toujours à l'écoute et je ne te jugerai jamais.

– Je le sais bien, Deborah, je te fais confiance. C'est juste que c'est difficile d'en parler.

– Je ne te force pas, prends tout ton temps.

Sur ces mots, elles s'arrêtent. Deborah observe la jeune femme qui lui fait face et qui, visiblement, cherche comment tourner ses phrases pour les rendre plus simples. Et aussi, pour gagner du temps. Car, si la vision de Myriam se révèle juste, un Surhumain est en train de lutter pour rester en vie.

Elle prend une inspiration et commence :

– Avant Théo, son frère Éric et moi étions fiancés. On avait tant de projets ensemble..., poursuit-elle avant de s'arrêter, comme si les mots étaient trop durs à prononcer. Théo était marié à cette époque et avait deux enfants, un garçon et une fille.

– Tu parles de tout ça au passé, remarque tristement Deborah. Que s'est-il passé ?

Myriam s'adosse au mur, ses yeux s'embrument. Elle tremble, tente de contenir ses émotions. Puis elle lâche soudain, dans un mince filet de voix :

– Éric est mort subitement d'une crise cardiaque. La vie n'aurait pas pu faire plus cruel, c'était un coup dur, pour Théo comme pour moi. On s'est rapprochés suite à ça, mais la douleur était trop forte. Je ne supportais pas sa mort. J'étais partie à faire... ce qu'il ne fallait pas.

Silence.

Deborah ne s'impatiente pas, attend que les mots sortent. Elle l'encourage, une main rassurante sur son épaule.

– Théo m'a sauvée. S'il n'était pas intervenu, je ne serais pas là pour en parler. On a fini par tomber amoureux, il a divorcé et on s'est fiancés. Mais il est tombé gravement malade. La même anomalie cardiaque qu'avait eue Éric. Il a préféré mettre un terme à notre histoire.

– Je vois. Votre amour ne s'est jamais vraiment éteint...

– Si, pour moi. Je veux dire : je suis toujours attachée à lui, je ne peux pas le nier. Un lien nous unit encore même après tout ce temps. Je ne me le pardonnerais jamais s'il vient à mourir lui aussi...

Cette fois, Myriam ne retient pas ses larmes. Elles coulent sur son visage, preuve de culpabilité mêlée à des sentiments plus forts que Deborah ne l'a soupçonné avant de connaître l'histoire. Elle n'a pas besoin d'en entendre davantage pour la comprendre.

Elle passe son bras autour de sa taille afin de l'inciter à reprendre le chemin mais aussi de lui faire comprendre qu'elle la soutient.

Pourtant, Myriam ne bouge pas. Inquiète, Deborah se tourne face à elle. L'Élue paraît se concentrer, yeux fermés, sur quelque chose.

— Myriam, tout va bien ?

Cette dernière rouvre les yeux mais au lieu d'y trouver détermination, Deborah ne voit que des larmes.

— Laisse-moi y aller seule, s'il te plaît.

Elle n'attend pas la réponse de son amie et s'oriente aussitôt vers la chambre de Théodore. Perplexe, Deborah l'observe quelques secondes, les sourcils froncés. Elle sait cependant qu'elle peut lui faire confiance. Si l'Élue lui demande de la laisser seule, Deborah sait qu'il faut accéder à son souhait.

Enfin, elle tourne les talons et rejoint le groupe de Surhumains.

Le dernier « renfort » qu'ils attendaient est enfin arrivé. Elle l'accueille avec un immense soulagement.

Myriam

Aucun bruit ne passe à travers la porte. Elle redoute qu'il ne soit trop tard. Elle tente de calmer les tremblements de ses mains et, retenant sa respiration, ouvre la porte. Son cœur fait un bond lorsqu'elle découvre le corps inanimé de Théodore sur le lit. La panique s'empare d'elle ; sans réfléchir davantage, elle le rejoint sans même fermer la porte et le secoue de toutes ses forces.

Aucune réponse.

Il ne dort pas.

Dans un geste de désespoir, elle penche l'oreille sur son cœur. Un sanglot lui serre la gorge.

Pas de battements.

Son corps n'est pourtant pas froid.

Est-il entre la vie et la mort ?

Elle laisse libre cours à ses larmes, gémissant de tristesse son nom, priant pour qu'il l'entende. Mais seul le silence fait écho à ses pensées douloureuses, ses supplications. Il est de son devoir de le sauver, comme il l'a fait pour elle il y a tant d'années. Alors, les larmes ruisselant sur ses joues, elle entreprend un massage cardiaque et un bouche-à-bouche.

Elle sait qu'elle n'a plus le choix. Elle contourne le lit et s'y agenouille, au côté droit de Théodore. Les gestes, qu'elle a appris à un moment dans sa scolarité, lui reviennent avec une rapidité et une netteté fulgurantes. Elle jette les oreillers au sol et bascule sa tête vers l'arrière.

Les deux mains placées justement sur la poitrine, elle tend les bras. Au-dessus de lui, elle peut désormais effectuer les compressions thoraciques. Trente. Puis deux insufflations.

— Reviens Théo... reviens... tu peux le faire...

À nouveau trente compressions, deux insufflations.

Pendant plus d'une minute, elle tente de le réanimer mais elle ignore depuis quand il est dans cet état. Peut-être est-il déjà mort...

Elle chasse cette pensée négative farouchement, violemment, se promet d'essayer jusqu'à l'épuisement. Perdue dans son sauvetage désespéré, sanglotante, elle croit rêver la voix qui lui demande dans son dos :

— Tu as besoin d'aide ?

La jeune femme se retourne vers son interlocuteur. Se tient devant elle un homme qu'elle ne pensait pas revoir de si tôt.

Le guérisseur.

Peut-être que... Peut-être peut-il sauver Théodore. Elle se lève et lui désigne d'un geste mou de la main le corps sur le lit.

— Qui est-ce ? s'enquiert David.

— Un Surhumain très puissant à l'époque où je l'ai connu. Il était venu spécialement pour nous aider. Peux-tu... faire quelque chose ?

Elle a prononcé les trois derniers mots comme un appel au secours. Immédiatement, David s'agenouille à côté du lit (à l'endroit même où elle se trouvait) et pose ses mains sur le cœur de Théodore. Il fronce les sourcils. Son regard se lève, il annonce, désolé :

- Il est atteint d'une grave maladie...
- Oui, répond-elle simplement.
- Je suis désolé, mais je ne peux rien faire. Mon pouvoir ne peut guérir les maladies incurables...
- Je ne peux pas le laisser mourir, murmure-t-elle tandis que les larmes retracent de larges sillons sur ses joues écarlates.

Les regards de Myriam et de David se croisent un bref instant. Le désespoir s'empare d'elle une seconde fois.

Non, non, NON !

Il ne mérite pas ça !

- Je t'en supplie...

Elle baisse les yeux sur Théodore et regrette de l'avoir embarqué dans cette histoire sans issue. S'il gisait sur le lit d'un hôtel dans cette belle région normande, c'est uniquement sa faute à elle.

- Il ne reste qu'une seule option.

Elle ne comprend pas les mots de David au moment où elle les entend. Elle relève le visage sur lui et lance une interrogation muette.

- Il y a quelques années, j'ai été secouriste. Pour faire repartir un cœur, il y a l'option de l'adrénaline par injection intracardiaque.

Elle s'apprête à lui demander de répéter mais à peine a-t-il prononcé ces quelques mots qu'une seringue se matérialise dans sa main droite. Il ne prend pas la peine de lui demander si elle est prête. Brusquement, il plante l'anguille dans le cœur immobile et l'adrénaline se diffuse rapidement. Quelques secondes passent avant que Théodore se mette à tousser et à chercher avidement de l'air. Il tente de respirer tandis que David lui retire la seringue. Soulagée, Myriam l'aide à se redresser. Il tourne la tête et croise le regard plein de larmes de l'Élue.

— Myriam... Tu es saine et sauve !

Sa voix est rauque, saccadée. Mais réelle, vivante.

— Théo, je suis tellement désolée, réussit-elle à articuler entre deux sanglots.

— Tu ne dois pas.

Il la prend dans ses bras et, lui caressant les cheveux, la rassure. Elle se sent terriblement coupable.

— Si je suis ici, c'est parce que je l'ai voulu. Tu n'as pas à te sentir responsable de quoi que ce soit.

— Théo...

— Non, écoute-moi. Je savais que ça allait arriver tôt ou tard. La dernière action que j'ai faite était bonne et la dernière chose que je t'ai dite avait pour but de te protéger. Je pouvais partir sans regret.

— Mais... pourquoi ?

– Parce que je t'aime, tellement et depuis toujours... Si toi tu es en vie, peu m'importe le reste. De toute façon, il valait mieux pour moi de partir, ajoute-t-il après un silence.

– Qu'est-ce que tu veux dire ?

– Ton mari me hait. Je sais qu'il croit que je suis revenu pour toi. Je sais qu'il rêve de me tuer. Mais ce que je sais surtout, c'est qu'il t'aime à en mourir. Alors, je ne veux plus être une gêne, je m'en irai après avoir récupéré mes affaires.

Il ne dit plus un mot. Désemparée, Myriam accepte l'aide de David et se remet lentement sur pieds. D'un geste, il lui intime de sortir de la chambre. Machinalement, ils prennent la direction de l'ascenseur.

– J'ai rêvé ou bien il t'a fait une déclaration d'amour ?

– Tu n'as pas rêvé, affirme-t-elle. Mais il sait très bien que ça ne mènera nulle-part. Je te remercierai jamais assez de l'avoir sauvé, David.

– Je t'en prie. Alors, qu'est-ce que j'ai raté en mon absence ?

☻☻

Théodore

La décision qu'il a prise est la meilleure, il le sait.

Alors pourquoi l'a-t-il regrettée au moment même où il l'a formulée ?

Avant de sortir de sa chambre, Myriam et l'homme avec elle lui ont proposé de le ramener à l'hôpital. Il a sèchement refusé et leur a sommé de partir. Il l'a vue hésiter, elle se fait du souci pour lui, il le sait. Autant que lui-même s'en fait pour elle. Il l'a rassurée d'un regard, elle a consenti à quitter la chambre.

Enfin seul, il se laisse du temps pour reprendre ses esprits. Sa cage thoracique le fait souffrir, le moindre mouvement le fait plier, grimacer de douleur. Mais qu'importe, il est un Surhumain après tout.

Il survivrait. Comme toujours.

Sa tête bourdonne, le sang bat à ses tempes. Il se redresse difficilement. La pièce tangue. Mais il n'est pas du genre à se laisser aller. Il puise de la force au fond de lui, sa force interne lui répond. Il parvient à s'asseoir. Alors, sur sa lancée, il prend appui sur ses mains et pousse sur ses jambes pour se mettre debout. Erreur. Elles se dérobent sous lui, il tombe lourdement sur le sol moquetté de la chambre. Il reste à plat ventre un moment, essaie de maîtriser les battements de son cœur dopé à l'adrénaline. Il a la curieuse impression d'être sur un bateau. Après de longues minutes à lutter contre l'épuisement, il fait un nouvel essai pour se relever. Comme tout à l'heure, sur le lit, il prend appui sur ses mains et pousse dessus. Il grimace. De la sueur perle sur son front mais il s'en moque : il a réussi à se mettre à genoux. Il passe sa jambe devant lui, tout en gardant appui sur ses deux mais, puis se relève.   Doucement.   Mais sûrement.

Un sourire de triomphe illumine son visage. Il est enfin debout !

Il titube jusqu'à sa valise et rassemble ses affaires. Doucement. Lentement. Le fait qu'il ait besoin de soins ne semble pas le déranger outre mesure.

Non. Il ne restera pas ici une minute de plus. Il a pris la bonne décision. S'il restait davantage dans ce groupe, la carapace mentale qu'il s'est forgée des années durant disparaîtrait. Il en a déjà trop dit, trop fait.

Il secoue la tête. Rien que ce simple geste lui provoque des pics de douleur dans la poitrine. Il n'est pas venu pour briser le couple de celle qu'il aime depuis toujours. Il est venu venger sa famille.

Est-ce chose faite ?

« Négatif », se réprimande-t-il, les sourcils froncés. Il n'a même pas affronté un seul vampire en face-à-face. Il a été si faible et si inutile qu'on l'a enfermé dans sa chambre, comme un gosse qu'on punit. Le seul qu'il a affronté jusque là, c'est le mari de Myriam. Pas très malin puisqu'ils sont dans le même camps.

Son rival l'a-t-il seulement compris ?

Il soupire. Pour tout le monde, il vaut mieux qu'il s'en aille. De cette façon, il ne se retrouvera pas avec un poing en pleine figure par le Surhumain le plus redouté au monde.

Pensif, il porte sa main droite à l'endroit où sa cicatrice dessine une ligne blanche sur son torse. Aujourd'hui, il a frôlé la mort une fois de plus. La quatrième. Comme si deux entités se disputaient son âme, l'une l'entraînant vers les ténèbres et l'autre vers la lumière de la vie. Théodore redoute chaque jour son heure et pourtant, quelque chose le pousse à croire qu'on l'appelle pour une tâche bien précise.

Mais, si cette tâche ne consiste pas à combattre les vampires, qu'est-elle donc ?

Le bruit sourd de la poignée de la porte le fait se retourner. Son cœur -qui s'est arrêté peu de temps auparavant- fait un bond spectaculaire dans sa poitrine. Face à lui, un Surhumain, un seul.

L'Élu.

Le regard dur, les sourcils froncés, les lèvres

retroussées, les poings serrés. Théodore comprend immédiatement que Sylvain n'est pas d'humeur à bavarder devant le thé mais à décapiter des têtes.

La sienne, en l'occurrence.

C'est d'une voix forte, déterminée mais pleine de colère, que Sylvain hurle sa question :

— Où est ma femme ?!

Sylvain

Face à lui, Théodore cesse toute activité, stoppe ses mouvements. À présent, ils se dévisagent et la question que Sylvain a posée impose le silence. La colère bout en lui, il craint de ne pouvoir la contenir.

Après tout, où est le problème ?

Il est temps qu'ils règlent ça comme des hommes. Le fait de l'avoir trouvé là, dans sa chambre, comme si de rien n'était alors que sa femme n'est pas revenue, met ses nerfs en pelote. Il prend une profonde inspiration afin de se calmer et répète sa question, articulant chaque mot :

— Où est ma femme ?

Théodore ne prend pas la peine de le regarder pour répondre. Il retourne à ses affaires et les range dans une valise.

— Je ne sais pas.

Imperceptiblement, Sylvain s'approche. Après

quelques secondes de silence, Théodore ajoute, plus pour lui-même que pour son rival :

— Elle m'a sauvé la vie...

Sylvain n'en attend pas moins de sa femme. Il la connaît. Mais qu'elle ait sauvé la vie de ce péquenaud...

Qu'a-t-il donc de si spécial ?

— Dis-moi, je peux savoir ce que tu as fait à ma femme ?

Il a pris soin de bien insister sur le « ma femme ». La question, aussi surprenante que déplacée, fait faire volte-face à Théodore. Il fronce les sourcils.

— Qu'est-ce tu veux dire ?

— Je veux dire : tu sors de nulle-part et ma femme te voue une confiance aveugle. Je n'aime pas ça. Tu as le soi-disant pouvoir de sentir des personnes et tu n'es même pas capable de flairer un piège. Permets-moi de douter de tes capacités comme de tes intentions. Qui me prouve que tu n'es pas un espion ? Ou que tu n'essaies pas de la conquérir ?

Théodore ouvre grand les yeux de surprise et d'indignation.

— Je ne suis pas venu pour espionner ou briser votre couple. J'ai bien trop de respect pour Myriam pour faire ça. Je pense juste que tu es jaloux parce qu'elle a pris ma défense plutôt que la tienne.

– Alors là, tu te trompes. Je suis observateur, c'est tout. J'ai vu comment tu la regardes. Et je vois bien qu'elle te laisse faire. Alors je reviens à ma question : que lui as-tu fait ?

Sylvain s'est tellement rapproché de son ennemi qu'une vingtaine de centimètres seulement les séparent. Il le met au défi. Au défi de le contredire. Il peine à croire qu'il peut exister sur Terre un bon samaritain qui, de plus, louche un peu trop sur sa femme.

– Et si on s'expliquait dehors ? propose-t-il dans un souffle. Entre hommes, juste moi l'Élu et toi le péquenaud.

– Oh mais, je sais bien que tu en rêves depuis que Myriam t'a parlé de moi. Je ne serai plus un problème pour personne puisque je m'en vais.

– Ah, vraiment ?

Nullement perturbé par le ton qu'emploie son rival, Théodore s'empare de sa valise et quitte la chambre. Fronçant les sourcils, Sylvain veut le suivre.

Une fois dans le couloir : personne.

Se serait-il téléporté ?

Perplexe, il prend l'ascenseur jusqu'au rez-de-chaussée. Quel lâche ! Il aurait au moins pu avoir la décence de répondre à sa question. Arrivé au-dehors, il jette un œil de tout côté mais ne voit pas le péquenaud. Il se défile... !

Comment peut-il seulement se considérer comme Surhumain s'il n'affronte même pas son rival ?

Dégonflé !

Il décide de laisser tomber. Ce type n'en vaut vraiment pas la peine. Déterminé à retrouver Myriam, il prend le chemin de la plage. Le seul endroit auquel il n'a pas encore pensé. Au loin, il distingue la silhouette mince d'un homme assis en tailleur, comme s'il méditait.

Un adepte de yoga ?

Au moment où il se pose la question, il se demande pourquoi il manifeste autant d'intérêt pour un inconnu.

—   Tu tiens vraiment à me faire la peau n'est-ce pas ?

L'homme qu'il a cru en plein séance de yoga vient de lui adresser la parole.

Comment a-t-il su que c'est lui ?

—   Je t'ai senti, affirme Théodore comme s'il avait lu dans ses pensées. Tu dénigres mes pouvoirs et pourtant ils sont bien réels. Peut-être en as-tu peur ?

—   Peur de tes pouvoirs ? ricane-t-il. Certainement pas. Je suis l'Élu, pourquoi j'aurais peur d'un minable dans ton genre ?

La pique fait tomber un silence pesant entre eux durant lequel Théodore décide de reporter sa méditation à plus tard. Il se met sur pieds, toise

Sylvain. Malgré l'heure matinale, le soleil brille déjà de mille feux dans le ciel. La mer est calme, à l'inverse de l'esprit des deux hommes.

- Dans ce cas-là, explique-moi quelque chose. Comment se fait-il que tu aies peur qu'un « minable dans mon genre » essaye de reconquérir ta femme ? Tu crains peut-être que j'y arrive ?

La question fait plisser les yeux de Sylvain. Son regard aurait tué au moins dix fois son ennemi s'il l'avait pu. Imperturbable, il réplique :

- Tu n'es rien pour elle.
- Au contraire. Je suis celui à qui elle doit la vie sauve. Tu ne sais pas qui je suis, ne te permets pas de me juger parce que je suis son ex.
- Ta place n'est pourtant pas ici. Ne t'approche plus d'elle sinon...

Il n'a pas le temps d'achever sa menace. Théodore, contre toute attente, lui décoche une droite qu'il a pourtant essayé de retenir. L'impact fait reculer Sylvain de quelques mètres. Humilié.

Ce simple coup le fait sortir de ses gonds. Le péquenaud lui déclare ouvertement la guerre. Alors, mu par une rage trop souvent contenue, l'Élu parcourt la courte distance qui les sépare et se jette sur l'autre. Il fait pleuvoir les coups : droite, gauche, droite, gauche. La colère l'aveugle, il ne prend pas la peine de mesurer la force de ses poings.

Il insinue qu'il a sauvé la vie de sa femme.
Mais quand, comment, pourquoi ?

Pas le temps de réfléchir. Le lourdaud doit comprendre que jamais il n'aurait dû le provoquer.

Le sable est frais sous leurs corps échauffés de rage. Le ciel est bleu, d'un bleu pur, propice aux plus belles promesses. L'arcade sourcilière et la lèvre inférieure de Théodore saignent maintenant. Mais il ne s'arrête pas pour autant. Des heures de frustration guident ses gestes, la jalousie brûle son cœur même si jamais il ne le dira clairement. Il ne peut pas concevoir qu'avant lui, sa femme ait pu aimer quelqu'un d'autre. L'idée lui est insupportable.

Soudain, la douleur lui traverse le ventre et il se plie en deux. Immédiatement, Théodore en profite pour prendre le dessus, lui rend chacun de ses coups de poing. La douleur envahit son ventre, chaque centimètre carré de son visage. Sa vue commence à se troubler, ses forces l'abandonnent. Dire qu'il a cru que ce péquenaud est un faible... ! Il l'a lamentablement, et lourdement, sous-estimé.

Les coups cessent subitement. Dans un état second, Sylvain lève les yeux. Les mots que son ennemi prononce arrivent à ses oreilles comme à travers un nuage de coton.

— Si tu t'intéressais un tant soi peu au passé douloureux de ta femme, tu aurais peut-être su pourquoi elle ne me rejettera jamais !

Il s'apprête à lui décocher son ultime coup de poing mais s'arrête au beau milieu de son geste, le poing suspendu à hauteur de son propre visage. À seulement une dizaine de centimètres de son nez, le canon d'un colt se pointe furieusement sur lui. Ses yeux s'écarquillent de surprise. Sylvain savoure l'expression sur le visage de son ennemi.

– Je pense que tu ne fais pas le poids face à l'Élu, murmure-t-il. Et je ne sais pas ce qui me retient d'appuyer sur la détente.

– Peur de te faire gronder par Myriam, peut-être ? suppose Théodore, sarcastique.

– Moi, je pense plutôt que tu es suicidaire. Il faut vraiment être un imbécile pour dire de pareilles stupidités alors qu'une arme est en face de toi.

– Tu penses beaucoup trop, affirme le Surhumain en se levant. La mort me fait moins peur que ce que tu crois.

Sans un mot supplémentaire, Théodore s'empare de sa valise, laissée sur le côté. Le regard au sol, il s'éloigne en sens inverse, tourne le dos à son rival.

Abasourdi, Sylvain le regarde, son colt toujours en main.

Une douleur -qu'il n'a pas sentie jusque là- s'éveille brutalement. Il porte la main à sa lèvre. Il saigne.

Lorsqu'il tourne la tête pour fusiller son ennemi du regard, il a déjà disparu.

Damien

La tournure qu'a pris les événements déroute Damien. Nouveau dans le groupe et pourtant du même peuple, il ne se sent pas tout à fait à sa place. Une sorte de cinquième roue du carrosse. Bien qu'il apprécie chacune des personnes présentes, il sent la tension qui règne, elle est plus que palpable. Pourtant, il ne la comprend pas. En arrivant, personne ne lui a donné de cours, personne ne l'a briefé sur la situation au sein du groupe. Il a manqué « le début du film ». Pour une énième fois, il se demande qui est ce « péquenaud » que Sylvain déteste et à qui Myriam tient.

Assis sur une des chaises que lui a gentiment offerte Sylvain, il regarde autour de lui, timidement, poursuivant distraitement l'esquisse dans son cahier de dessins.

On frappe discrètement à la porte. Alors qu'il jette un œil inquiet en direction d'Arnaud et Deborah, Myriam franchit le seuil avec l'homme qu'ils appellent « le guérisseur ».

— Tu l'as trouvé ?

— Oui, répond-elle mais Damien croit percevoir

une note de tristesse dans sa voix. Mais il ne nous rejoindra pas. Où est Sylvain ?

– Parti à ta recherche, affirme Arnaud.

Damien voit les yeux de la jeune femme s'agrandir de surprise. Puis de stupeur. Elle murmure des paroles incompréhensibles et sort précipitamment de la pièce. Intrigué, il la suit.

– Je peux vous accompagner ? demande-t-il, gêné.

– Bien sûr, approuve-t-elle après s'être arrêtée. À la condition qu'on se tutoie.

– D'accord.

Ils marchent vers la chambre de Théodore mais, lorsqu'ils veulent y entrer, la porte est résolument verrouillée. Damien voit passer une ombre sur le visage de celle qu'il admire. Après quelques secondes de réflexion, elle ferme les yeux, se concentre, les mains sur le ventre. Puis, allant vers l'ascenseur, elle lui intime de la suivre. De plus en plus déconcerté, il obtempère et se surprend à lui demander :

– Je peux te poser une question indiscrète ?

– Tu peux la poser, mais je ne promets pas de pouvoir y répondre.

– D'accord. Qui est Théodore ?

– Mon mari te dira qu'il n'est que source d'ennuis. Et moi je te dirai qu'il m'a sauvé la vie en plus d'avoir été un Surhumain puissant.

– Pourquoi Sylvain le déteste tant ?

– Il en est jaloux. Et c'est justement pour cette raison que je veux le retrouver. Il est capable du pire quand il croit qu'on me tourne autour.

Damien se tait. Il observe longuement et attentivement Myriam. Elle porte un jean et un t-shirt noir décolleté. Il a toute la peine du monde à ne pas y jeter un œil et lève les yeux sur ses cheveux longs. Bouclés et foncés comme du chocolat noir. Ils arrivent à hauteur de ses reins. Ses yeux marron sont d'une telle intensité qu'il s'y noie. La blancheur de sa peau... Ses lèvres roses... Il pense à un ange. Et aussitôt, il secoue la tête.

Qui sait ce que lui aurait fait subir Sylvain s'il l'avait vu regarder sa femme de cette manière.

Il s'engouffre avec elle dans l'ascenseur.

– Peut-être est-il à la plage.
– On devrait jeter un œil avec prudence, suggère Damien afin de dissiper ses pensées.
– Il a l'air très en colère alors doucement.
– Comment tu sais tout ça ?
– Je le sens.

L'effet sonore des portes qui s'ouvrent sur le rez-de-chaussée ne lui laisse pas le temps de répliquer. Cette femme, décidément, le désarçonne, le bouleverse. Tant par sa personnalité étonnante que sa beauté discrète. Belle et intelligente à la fois, elle n'est pas une Surhumaine ordinaire. L'Élue qui se trouve devant lui dépasse tout ce dont il s'est imaginé.

Déterminée, elle sort de l'hôtel et part à la recherche de son mari sur la plage. Heureusement, elle le trouve vite. Assis, le regard dans le vide, il ne les entend pas arriver.

– Mon amour ?

Sylvain se tourne légèrement vers eux, le visage tuméfié et un œil qu'il ne peut déjà plus ouvrir. Immédiatement, Myriam se penche vers lui pour le prendre dans ses bras, les larmes débordant des yeux. Mais l'Élu reste de marbre. Damien devine un malaise. Quand il ouvre la bouche, c'est d'une voix sûre et froide qu'il ordonne à sa femme :

– Dis-moi ce qui s'est passé entre vous. Plus de secret. Je veux tout savoir.

Alors Damien se sent de trop. Il ne se résigne pas à partir, préfère de rester près d'eux en se faisant invisible.

Il observe Myriam, les larmes aux yeux, s'asseoir à côté de son mari et commencer le récit de son histoire. Et sans même apercevoir les expressions de Sylvain, Damien sait que chacun des mots de sa femme lui brise le cœur.

Chapitre 6ème :
La Captive

I.

21 Juin 2015
Maison d'un allié, La Frenaye
Département de Seine-Maritime

Cynthia

Elle a échoué dans la mission qu'elle s'est donnée. Lamentablement. Contrariée, elle fixe sa coupe de sang, l'air absent. Elle aurait dû prévoir les choses, elle aurait dû savoir que Sylvain parviendrait à ses fins.

Elle le connaît pourtant, pourquoi l'a-t-elle sous-estimé ?

Pourquoi ne l'a-t-elle pas mis hors d'état de nuire avant qu'il n'arrive dans son antre ? Tout ça parce que les vampires n'ont pas fait le poids !

En colère, elle jette sa coupe contre le mur, laquelle se brise en milliers de paillettes sanglantes. De par son erreur, elle a dû se replier ailleurs et recruter d'autres vampires.

Autour d'elle, la pièce est parfaitement hermétique à la lumière. Tout est de marbre, comme elle face à ses ennemis. Le lieu où elle se trouve n'est composé que de deux pièces : celle-ci, dont elle se sert pour faire le point avec ses alliés et une autre qu'elle a aménagé comme chambre personnelle.

Elle songe soudain à sa fille. Sa seule réussite. Sa fierté. Celle pour qui elle a tout fait jusqu'à présent.

Ses yeux s'étrécissent à n'en devenir que deux fentes.

« Tu auras ta vengeance, pense-t-elle. Comme j'aurai la mienne aussi. »

Elle est brusquement tirée de sa rêverie. Des talons claquent sur le sol, déterminés. Sans se retourner, Cynthia sait qui se trouve derrière elle. Lorsque les bruits de pas cessent, la voix fière et pleine de dureté jaillit des lèvres de la nouvelle venue.

– Maîtresse ?

Cynthia discerne une pointe de sarcasme. Elle n'aime

décidément pas le ton qu'emploie cette femme. Un soupçon de moquerie, de supériorité hautaine qui ne lui plaît pas du tout. Comme si une Surhumaine pouvait lui être supérieure... Elle utilise le ton le plus cassant dont elle est capable.

— J'espère que tu m'apportes de bonnes nouvelles. Où sont-ils ?

— Toujours à l'hôtel pour l'instant. J'aimerais que nous reparlions de ma transformation.

Cynthia se tourne face à son interlocutrice.

Pour qui donc se prend-elle ?

Elle l'observe plus attentivement. Ses cheveux lisses et marron arrivent au niveau de sa poitrine et son teint hâlé trahit de régulières vacances au soleil. Ou des séances d'UV. Ou des origines latines.

Voire les trois à la fois.

Elle porte des lunettes à petits carreaux mais à grosses montures noires, ce qui lui donne un air sévère et beaucoup trop sérieux. Perdue dans son inspection, elle en oublie presque la question dérangeante.

— Il n'y en aura pas tant que tu ne l'auras pas méritée. Est-ce compris ?

— Bien, Maîtresse. Mais vous comprendrez que j'ai besoin d'une garantie. Qui me dit que vous ne vous servez pas de moi et qu'une fois la sale besogne accomplie vous ne me tuerez pas ?

— Ne t'avise pas de me doubler, tu n'as pas

encore gagné ma confiance. Tu n'es personne pour me parler d'une telle manière. Si ce que je te propose ne te plaît pas, tu n'as qu'à retourner dans ton camp.

Un silence oppressant s'abat entre les deux femmes. Aucune des deux n'est disposée à céder à l'autre et Cynthia sait qu'elle a d'autres recours pour cette mission qu'elle s'apprête à lui confier. Cependant, à sa grande surprise, la jeune Surhumaine répond :

— Je ne désire pas servir les Surhumains. Nous avons une ennemie commune, Maîtresse. C'est pourquoi j'attendrai vos ordres.

— Vraiment ? J'aime mieux ça.

La jeune femme réajuste ses lunettes sur son nez sans quitter des yeux l'Hybride. Elle croise les bras, dans l'attente des ordres et soupire. Tout dans son attitude trahit son ennui, son désir d'être partout ailleurs sauf ici avec elle. Serrant le poing et faisant abstraction de ce constat tant bien que mal, Cynthia lance sèchement :

— Mets le plan à exécution. Pas le droit à l'erreur. Est-ce bien clair ?

— Oui, Maîtresse. J'y vais de ce pas.

Les talons claquent une nouvelle fois sur le sol.

La vengeance est un plat qui se mange froid, à ce qu'on dit. Si son plan fonctionnait parfaitement, elle mangerait son plat carrément congelé. Diviser pour mieux régner, Cynthia adore ce proverbe.

Elle jette un œil sur sa montre. Il ne va plus tarder. À peine a-t-elle formulé cette idée dans son esprit que des pas résonnent doucement. Elle attend patiemment le moment où le silence revient et la sublime voix susurre :

– Maîtresse ?

Son cœur fait un bond dans sa poitrine. Un sourire jaillit sur ses lèvres. N'y tenant plus, elle se retourne. À genoux devant elle, Steve ne souffle pas un mot et n'esquisse pas le moindre geste, tête baissée. Il attend l'autorisation de Cynthia.

Comme à chaque fois qu'elle se trouve face à celui qui l'a transformée, tant mentalement que physiquement, son cœur se met à battre follement. Elle perd ses moyens.

Leurs lèvres se scellent en un baiser pressant. Elle ne tient pas à se l'avouer, mais elle est heureuse dans ses bras. Pour la créature qu'elle est, elle n'a connu qu'une seule fois l'amour avant Steve. Une seule fois pour engendrer sa fille. Sa merveille. Elle se rend compte aujourd'hui combien sa notion d'amour était fade, fausse, insignifiante à côté de ce qu'elle vit avec lui. Car, sous les caresses de son amant, elle n'a jamais été épouse, ni mère et encore moins le fléau de son ennemie jurée. Elle garde bien secret au fond d'elle que rien, pas même l'échec de sa vengeance, ne peut être pire que de le perdre.

∞

22 Juin 2015
Maison de Damien, Le Havre
Département de Seine-Maritime

Sylvain

Deux jours se sont lentement écoulés depuis le sauvetage de Myriam. Une tension palpable s'est installée entre les Élus après les confidences sur la plage. Comme deux enfants en dispute, ils ne s'adressent plus la parole et le groupe s'en retrouve scindé en deux. D'un côté, Arnaud, Damien, David et Sylvain qui réfléchissent à un plan d'attaque ; de l'autre, Deborah et Myriam qui partagent leurs sentiments sur leurs grossesses respectives.

Après plus ample connaissance avec Damien, ils ont appris qu'il logeait dans la résidence secondaire de ses parents, le temps de sa mission. De bon cœur -mais aussi par sens pratique-, il leur a offert de les héberger. Touchés, les Surhumains ont accepté et ont, de ce fait, bénéficié d'un gain d'argent et de place considérable.

La maison comprend trois chambres, un salon, une salle à manger, une cuisine et deux salles de bain. Bien qu'elle ne soit pas à proximité de la plage, contrairement à l'hôtel, elle a l'avantage de se situer au Havre et reste discrète.

Assis autour de la table basse du salon (tout de même plus confortable que le sol de la chambre d'hôtel), les quatre hommes poursuivent l'élaboration de leur plan.

Du moins, essaient-ils.

- Sans Théodore, on est quand même coincés, remarque Arnaud.
- Qu'est-ce que tu veux dire ? demande innocemment Damien tandis que Sylvain fusille son meilleur ami des yeux.
- Ce que je veux dire, c'est que Théodore nous permettait de « flairer » les ennemis.
- Oh oui, le péquenaud sait très bien flairer les ennemis mais pas les pièges, interrompt l'Élu d'un ton pince-sans-rire.
- Mais Myriam aussi a ce pouvoir..., affirme Damien.
- Elle en a assez subi, décrète Sylvain d'un ton sans appel.

Damien regarde les trois hommes sans rien dire. David observe le silence.

- Tu devrais vraiment apprendre à te battre, conseille Arnaud quelques secondes plus tard en se retenant de rire.
- J'aimerais t'y voir à ma place !
- Je n'aurais pas fait mieux que toi.

L'Élu jette des regards autour de lui, comme s'il s'apprête à révéler un secret important et que les femmes ne doivent pas en connaître le sujet. Immédiatement, Damien, David et Arnaud se penchent et prêtent une oreille plus qu'attentive.

— Ce qui m'inquiète, les gars, c'est ça.

Il ouvre la paume de sa main et surgit soudain une boule de feu. Surpris, Damien sursaute et manque de tomber alors qu'Arnaud et David écarquillent les yeux.

— C'est quoi ça ?! s'exclame Damien.

— Justement, répond Sylvain, ça n'a rien à faire là. C'est un pouvoir des Cinq. Mais comme tu le sais, les Cinq ont été dissous il y a quelques semaines. Si j'ai retrouvé le mien, ça veut dire que chacun des Cinq a récupéré le sien.

— Et donc, Cynthia aussi, murmure David pour la première fois.

— Je comprends pas. Y a quoi de si grave ?

— Si Cynthia a récupéré le pouvoir de la Quintessence et qu'en plus, c'est une Hybride... Elle est indestructible.

David laisse sa phrase faire son chemin dans l'esprit de Damien. Sylvain jette un œil à son meilleur ami, devine à l'expression de son visage qu'il a quelque chose sur le cœur.

Peut-être attend-il le bon moment pour en parler ?

— On n'a toujours pas de plan et un nouveau problème sur les bras, dit Arnaud. Et j'ai quelque chose à vous montrer.

Il joint le geste à la parole. Il extirpe une photo de son portefeuille qu'il a lui-même sorti de la poche arrière de son jean. Du moins, c'est ce que Sylvain a cru au premier abord. Une photo. Mais en y regardant de plus près, il voit que ce n'en est pas une. Plutôt... une échographie. Les larmes aux yeux, le Surhumain regarde son meilleur ami et annonce, un sourire heureux sur les lèvres :

– Je vais être papa !

Aussitôt, les deux hommes s'étreignent. Arnaud n'entend plus que les mots de félicitations sortir de la bouche de ses trois acolytes.

– Je comprends pourquoi tu voulais tant la protéger et pourquoi elle, qui d'ordinaire n'a pas froid aux yeux, devenait distante.

– Je n'avais pas le choix, répond Arnaud. Depuis qu'elle est enceinte, Deborah a peur de tout. Pas commode pour une Surhumaine. D'autant plus qu'elle a développé un nouveau pouvoir en plus de l'Air.

– Un nouveau pouvoir ? s'enquiert l'Élu.

– Oui, elle a des visions. Des sortes de prémonitions.

La nouvelle invite le silence. Songeur, Sylvain ressasse les paroles d'Arnaud et tente de comprendre la source de ces nouveaux pouvoirs.

Pourquoi ont-ils tous récupéré leur pouvoir des Cinq ?

Et surtout, comment se fait-il que Deborah en a acquis un supplémentaire ?

Il pousse un soupir qui en dit long, se sert une canette de soda au mini bar. La canette dans la main droite, la cigarette électronique dans l'autre. La boisson gazéifiée lui picote la gorge et ravive une douleur dans son cœur. L'image de sa femme dans les bras de ce péquenaud le hante depuis qu'elle lui a raconté leur histoire. Il se demande encore une fois si elle a des sentiments pour son ex-fiancé. Et aussitôt, il regrette sa question. La vision de leur fils le ramène à la raison.

Perdu dans ses pensées, il ne voit pas tout de suite sa femme pénétrer dans le salon. Son attention s'éveille lorsqu'elle prononce ces mots :

– On a repéré des vampires dans un autre quartier. Ils sont à la vallée Béreult, au sud du Havre.

Deborah suit son amie. Sylvain remarque que le visage de son épouse s'est durci, comme si elle avait mûri de quelques années en seulement deux jours.

Où est la douceur dans son visage qu'il aime tant ?

Où est l'étincelle dans ses yeux qui le fait frémir dès qu'il la regarde ?

Arnaud pose la question qui brûle les lèvres de tous :

– Comment as-tu fait pour les sentir d'aussi loin ?

Myriam ne répond pas immédiatement. Deborah

prend place sur le canapé et soupire en grimaçant. L'Élue s'approche d'eux et daigne enfin répliquer.

- Je les ai sentis, c'est tout. Et ils ne sont pas protégés par du cuivre angélique.
- C'est pas possible, murmure Damien pour lui-même. C'est forcément un piège.
- Piège ou pas, je ne les ai sentis qu'à cet endroit. Il faut que nous allions voir de quoi il s'agit.

Un silence accueille les paroles de la jeune femme. Chacun se regarde, hésite, baisse la tête. Sylvain observe sa femme un instant, il reconnaît ce regard qu'il a autrefois tant aperçu.

- Tu as un plan.

Ce n'était pas une question mais une affirmation. Affirmation qui soutire un joli sourire à son épouse. Il sent son cœur s'envoler dans sa poitrine tant son sourire le touche. Elle hoche la tête en signe d'acquiescement et il attend l'exposition de son plan.

Tout le monde est attentif et regarde sa femme avec cette admiration dans les yeux qui lui insuffle un sentiment de fierté. Myriam prend une inspiration et jette un coup d'œil vers Damien.

- Damien et moi allons partir en éclaireurs. Le fait qu'il soit invisible est une faculté qu'il nous faut exploiter.

Le concerné hoche la tête, docilement, sa curiosité piquée.

- D'accord, dit doucement David. Ensuite ?
- Après ça, j'envoie le signal pour vous informer de la situation.
- Quel signal ? s'enquiert Arnaud.
- Étant donné que nous avons retrouvé nos pouvoirs des Cinq, ça veut dire que je peux à nouveau faire usage de la télépathie.
- Je peux émettre une objection ?

Myriam tourne la tête vers Arnaud. Elle acquiesce en silence et il se met debout. Comme si le fait d'être sur ses pieds plutôt que sur ses fesses lui permet d'avoir de meilleures idées. Il arpente le salon, le menton entre son pouce et son index : la grande réflexion.

- Je vais d'abord poser une question pour être sûr que je ne fais pas erreur.
- On t'écoute, s'impatiente Sylvain.
- Qui peut entendre ce que tu dis par télépathie ?
- Seulement Sylvain, répond-elle sans hésiter après avoir jeté un bref coup d'œil dans sa direction. Pourquoi ?

Arnaud semble rassuré par la réponse de l'Élue. Il change soudain de ton, de visage, d'attitude.

- Donc seul Sylvain peut t'entendre, c'est à lui que tu vas envoyer le signal.
- C'est tout à fait ça. Et une fois le signal reçu, vous rappliquez. Sauf Deborah qui restera ici pour monter la garde.

– Tu veux la laisser toute seule ? interrompt Arnaud, visiblement contrarié.

– Si tu veux rester avec elle, notre mission risque d'être difficile.

– Ce ne sera pas la première fois, réplique-t-il. Non, je suis désolé, je reste avec elle si personne ne veut le faire à ma place.

Sylvain observe son meilleur ami et tente de se mettre à sa place. S'il savait sa femme enceinte, lui aussi aurait peur de la laisser seule... D'un geste de la main, il fait comprendre que le sujet est désormais clos.

– Très bien, laissons-les ici monter la garde. Maintenant que nous avons David et Damien à nos côtés, ce ne sera peut-être pas aussi difficile qu'on le pense. Donc, pour reprendre ton plan, mon amour, on rapplique et on les tue tous.

– C'est à peu près ça, approuve-t-elle. Des questions ?

Le silence accueille la question de Myriam. Damien réfléchit un instant puis finit par demander.

– Avec quoi on les tue ? Je veux dire, ajoute-t-il après quelques secondes, on a pas de munitions adaptées ?

– Nous les avons, répond Myriam. Théo nous a laissé toutes ses armes et munitions en partant. Des munitions exclusivement en argent. Assez discuté, nous y allons maintenant. A l'heure qu'il est, ils doivent être en train de dormir. Tu es prêt ?

Déterminé, Damien lève le pouce et court rassembler ses affaires.

Quartier de la Vallée Béreult,
Le Havre

Damien

Il ne sait pas quoi penser de la mission dans laquelle il se lance avec Myriam. Il appréhende.
Et s'il n'était pas à la hauteur ?

Après tout, faire équipe avec l'Élue n'est pas une mince affaire, ni donné à tous les Surhumains. D'autant plus qu'il la trouve jolie.
De toute beauté.
« Et très mariée », se réprimande-t-il aussitôt.

Il ne peut s'empêcher de regarder son visage sévère, son air concentré. Il se demande quel genre de personne elle est. Son caractère, ses passions, sa personnalité.

Dès les préparations terminées, ils se sont retrouvés dans le vestibule. Elle s'est plantée face à lui, l'a observé un long moment. Enfin, elle a pris une grande inspiration et s'est enquis :

– Prêt ?

Il a hoché la tête. Alors, dans un geste qui l'a fait rougir malgré lui, elle a saisi ses mains et se sont téléportés ensemble.

Le lieu dans lequel ils atterrissent ne ressemble en rien à l'ancien repaire des vampires. Une maison. Ni plus ni moins. À ceci près qu'une maison banale n'a pas deux agents de sécurité devant chaque porte. Damien est surpris de les voir là, avec autant de soleil au-dehors. Quelque chose ne tourne pas rond.

– Ce ne sont pas des vampires, entend-il comme réponse à sa question muette. Je n'ai jamais vu autant de Surhumains rallier une cause ennemie.

– Ils sont tous corrompus ? réplique Damien, de plus en plus effrayé.

– Je ne sais pas, murmure Myriam. Peut-être que ce sont des humains.

– Alors on fait quoi ?

Sa demande reste en suspens. Cachés dans les haies qui entourent la maison, ils risquent à chaque seconde de se faire repérer. Il voit l'Élue réfléchir au meilleur plan possible. Elle baisse les yeux sur ses mains, qui font apparaître des couteaux. Fins, en cuivre. Efficaces. Des couteaux de lancer, comprend-il. Il saisit peu à peu le plan qui germe dans l'esprit de la jeune femme. Cependant, une question le turlupine.

– Est-ce que tu sais combien de vampires il y a,

là-dedans ?

– Je doute qu'ils y soient tous. Comment peut-on savoir combien ils sont réellement ? J'en compte une bonne cinquantaine.

Damien déglutit péniblement. Ils vont forcément les sentir approcher. Il redoute l'échec de leur plan. Cependant, il n'a pas n'importe qui à ses côtés. Il décide de faire confiance à Myriam. D'un coup d'œil dans sa direction, il lui signifie qu'il attend patiemment la suite des opérations.

– Je vais les neutraliser avec ces couteaux, l'un après l'autre. Ton rôle sera de nous en débarrasser pour ne pas nous faire repérer.

– J'utilise mon pouvoir d'invisibilité, bien sûr.

– Exactement. Tu les entasseras là.

De sa main droite, elle désigne un endroit derrière les haies, au nord. Damien hoche la tête bien qu'une question germe dans son esprit.

– Je vois bien que quelque chose te gêne, dit-elle au bout d'un court silence.

Il écarquille les yeux de surprise tandis que le rouge monte à ses joues.

Mais comment diable sait-elle ?

Il prend une petit inspiration et souffle, presque honteux :

– Tu vas vraiment tuer tous ces Surhumains et/ou humains innocents ?

– Je ne crois pas avoir le choix de faire

autrement, rétorque-t-elle.

- On pourrait pas se contenter des les assommer seulement ?
- Comment peux-tu être certain qu'ils soient inoffensifs ?
- J'ai pas dit inoffensifs, corrige-t-il, j'ai dit innocents. Peut-être qu'ils sont sous l'emprise de quelque chose de puissant.

Le cœur battant à tout rompre, il la regarde un instant, guettant la moindre réaction. Il la voit baisser les yeux, comme coupable, vers le creux de ses mains. Les couteaux, qui brillaient jusqu'à cet instant, se transforment en seringues pleines de liquide. Toujours de la main droite, elle s'en saisit fermement et se met en position.

Elle lui jette un ultime regard, et, tacitement, elle lance le signal. Il se fait invisible. Il n'est pas encore arrivé à hauteur du Surhumain qu'il entend déjà la seringue siffler quelque part sur sa droite. Devant lui, le Surhumain cherche à retirer le projectile fiché dans son cou mais, sous les yeux médusés de Damien, le piston s'enfonce tout seul. Quelques secondes s'écoulent avant qu'il ne s'effondre.

Il n'a jamais vu une Surhumaine aussi douée avec la télékinésie !

Remis de sa surprise, il soulève le corps inconscient et, aussi vite que possible, l'emmène à l'emplacement indiqué par son « équipière ». Ils répètent l'opération pour chacun des gardes.

Une fois la voie enfin libre, Damien rejoint Myriam. Le temps presse.

– Et maintenant ? On a pas beaucoup de temps...

– Je sais, l'interrompt-elle. Tu vas rester invisible et ouvrir la porte par n'importe quel moyen. Ensuite on entre et on neutralise les vampires présents.

– On fait appel quand aux autres ?

– On n'y fera pas appel.

Le ton sans réplique qu'elle emploie fait presque sursauter le jeune homme. Elle ne lui laisse pas le temps de dire quoi que ce soit, elle attaque déjà avec une question :

– As-tu la capacité de me rendre invisible aussi ?

Comprenant où elle veut en venir, il secoue la tête. Il admet que s'il pouvait la rendre invisible en la touchant, ce serait beaucoup plus pratique.

Elle fait un geste du menton vers la maison. Son ordre est silencieux mais parfaitement clair. Sagement, il se rend une nouvelle fois invisible et se dirige vers la porte d'entrée. Il doute qu'elle soit ouverte mais par simple réflexe, il abaisse la poignée qui ne montre aucune résistance.

Une demi-douzaine d'agents de sécurité et la porte n'est pas verrouillée ?

« Bizarre », pense-t-il, les sourcils froncés.

Dans les secondes qui suivent, Myriam se

téléporte à ses côtés. Hormis la lumière du jour qui passe par la porte grande ouverte, l'intérieur de la maison est plongé dans l'obscurité. Leurs yeux s'y accommodent avec peine. Lentement, ils avancent. Le silence est total, dérangeant, oppressant : pas même le bruissement de leurs vêtements, ni leur respiration ne brise le calme.

Soudain, sans comprendre ce qui se passe, il heurte Myriam de plein fouet et chute lourdement. Question discrétion, il repassera.

Elle s'est brusquement arrêtée en chemin. Comme si de rien n'était, il se remet sur pieds et chuchote :

— Il se passe quoi ?

— Chut, répond-elle, agacée. Tu entends ?

Il se fige, prêtant l'oreille à la moindre fausse note dans ce silence glacial. Mais il n'entend que son cœur qui cogne contre ses tempes. Au bout d'une longue minute à ne rien déceler, il se décide à lui dire que non.

Cependant, il se ravise tout à coup. Finalement, il perçoit quelque chose. Comme des sanglots. Oui, il en est sûr, maintenant.

Quelqu'un pleure.

Ses sourcils se froncent une fois de plus.

— On dirait que ça vient d'au-dessus, murmure-t-elle. Je sens la présence d'un autre Surhumain.

— On devrait commencer par là, suggère Damien.

— Suis-moi.

Ils poursuivent le chemin jusqu'au bout du couloir. Pas d'escaliers menant à l'étage par ici. Ils font demi-tour et finissent par trouver des marches, qu'ils montent lentement. Ils arrivent sans bruit à l'étage, les sanglots s'intensifient. Ils progressent dans un couloir, entourés de portes, et poussent l'une d'entre elle. Alors qu'ils pensent découvrir une pièce vide, ils sont, au contraire, face à la source des pleurs.

La pièce n'est guère plus grande qu'un cagibi et aussi obscure que le reste de la maison à cause de la fenêtre condamnée par des planches en bois. Des tuyaux de canalisations d'une vingtaine de centimètres de diamètre, repeints en blanc, sortent du sol pour rejoindre le plafond. Pas de lit. Aucun meuble.

Seule une femme assise par terre, dos au mur, attachée aux tuyaux. Ses longs cheveux marron sont en bataille, sa tête cachée entre ses bras.

Les murs, blancs aussi, donnent une impression étrange. Un mélange entre une maison refaite à neuf et un hôpital. Avec la même odeur de produits chimiques.

À qui donc appartient cette maison ?

Damien ne peut s'empêcher de penser que quelque chose cloche. Une mauvaise sensation. Mais lorsqu'elle lève vers eux des yeux humides et sales, tous ses doutes se dissipent instantanément. Il

l'entend murmurer, la voix brisée :
    – Pitié, sortez-moi de là.

II.

Myriam

Des larmes coulent de ses yeux, font baver son mascara noir. Des yeux aussi noirs que du charbon. Son teint est livide, exsangue. Myriam note dans un coin de son esprit que les poignets de la jeune femme ne sont pas meurtris par ses liens. Elle en déduit qu'elle est prisonnière depuis peu. Son regard, cependant, ne manifeste pas de la peur ou du désespoir mais de la détermination. Et fixent Myriam avec insistance.

Damien, lui, ne s'en rend pas compte. Il ne réfléchit pas une seconde de plus et se rue vers la jeune inconnue.

— Vous inquiétez pas, on va vous aider. Comment vous vous appelez ?

— Laura, souffle-t-elle. Faites vite, ils vont vous repérer.

L'Élue jette un œil à Damien, lequel se retourne. À sa demande, ils se mettent à l'écart des oreilles de la dénommée Laura.

— Tu vas la libérer et de mon côté, je descends au sous-sol pour exterminer les vampires présents.

– T'y arriveras pas seule ! proteste-t-il.

– Mais si, ne t'en fais pas.

– Mais...

Il ne finit jamais sa phrase.

Elle décide de ne dire rien de plus, tourne les talons et entreprend la descente a sous-sol.

Ses yeux accoutumés à l'obscurité, elle progresse vers ses cibles sans aucun bruit ; s'appliquant même à bloquer sa respiration. Elle atteint la dernière marche, ses pensées vagabondent vers une seule et unique personne. Et, comme à chaque fois qu'elle y pense, elle ne peut s'empêcher de se demander comment la détentrice de la quintessence en est réduite à ça. Toute cette haine dans son regard...

Pourquoi ?

Myriam a beau tenter d'y comprendre quelque chose, elle bute contre un mur.

Un bruit la stoppe dans ses réflexions. Comme un frottement de vêtements. Elle fait volte-face mais ne voit rien. Deux bras puissants et froids comme la glace l'enlacent soudainement. La panique l'envahit tout entière tandis qu'elle cherche un moyen de se défendre. L'inconnu(e) resserre son emprise sur elle, indéniablement, lui bloque la respiration, lui ôte l'usage de ses bras. Elle essaie un coup de coude dans les côtes de son adversaire mais l'étreinte ne se relâche pas. Bien au contraire. Désespérée, elle hurle :

— Lâchez-moi !

— Oh non, je ne peux pas.

Cette voix... Elle la reconnaîtrait parmi toute une foule. Et sa présence n'augure rien de bon. En à peine quelques secondes, elle est pieds et mains liés. Bien que ses yeux se soient habitués à l'obscurité, elle ne discerne pas son assaillant. Elle fait alors une tentative de téléportation, frôle la crise de nerfs à son échec. Et, alors qu'elle se rend compte que sa télékinésie est inutilisable, la voix derrière elle lâche, suave :

— Tes pouvoirs sont vains ici, ma chère.

— Encore du cuivre angélique ? soupire-t-elle.

— Oh non, c'est beaucoup plus sournois que ça. Toute cette obscurité est un obstacle à ton pouvoir, je me trompe ?

Elle ne répond pas. Plusieurs facteurs l'empêchent de se concentrer et d'utiliser pleinement ses pouvoirs : ses liens, le noir, la peur. Et dans sa confusion, une question la taraude :

Où sont les autres vampires ?

Comment expliquer qu'elle sent leur pouvoir mais pas leur présence ?

Néanmoins, elle décide de répondre par une autre question :

— Ce n'est plus Alex qui s'occupe de moi ? Serais-tu monté en grade, Steve ?

La demande semble le mettre en colère. Il pousse un grognement significatif. Elle peut presque le voir froncer les sourcils.

- Je n'ai pas besoin de monter en grade, comme tu dis. Je suis un Hybride, je suis supérieur à tous les vampires. Alex n'est qu'un minable.
- Mais il est puissant, ajoute-t-elle, une pointe de défi dans la voix.

Il ne relève pas. Déçue, elle laisse le silence peser de tout son poids entre eux. Elle inspire, expire deux ou trois fois de suite pour reprendre son calme. Puis ferme les yeux. Elle profite de cet instant vide. Concentration. Elle l'entend soudain reprendre sa respiration avant de déclarer :

- Si tu es ici aujourd'hui, c'est parce que nous aimerions te tuer.
- « Nous » ?
- Nous, oui. Les vampires et les Hybrides. Plus particulièrement, ma maîtresse.

Myriam se met à rire. Convulsivement. Ce qui déstabilise Steve, et bafouille alors :

- Que... ? Pourquoi tu ris ?
- Ta « maîtresse » ? répète-t-elle comme si c'était la meilleure blague du siècle. Cynthia ?

Elle se met à rire de plus belle. Encore et encore. Plus moyen de l'arrêter.

Soudain, elle cesse aussi brusquement que la crise de rire est arrivée. Elle prend son air le plus sérieux et ponctue sa phrase de toute la froideur dont elle est capable.

- Cynthia a trahi les siens. Si c'est la guerre qu'elle veut, je vais la lui donner.
- Vous n'êtes même pas dix, rétorque-t-il, suffisant. Nous sommes une bonne cinquantaine.
- Je suis l'Élue, j'ai éradiqué des dizaines de Licans et des centaines d'Humanoïdes. Ce n'est certainement pas cinquante vampires et deux Hybrides qui vont me faire trembler.
- Tu devrais.

La voix est sortie de nulle-part. Myriam l'a déjà entendue, il y a très longtemps.

Est-ce seulement possible ?

Est-elle victime d'une hallucination auditive ?

Car, si elle ne se trompe pas, elle est dans de beaux draps. Pour rester polie.

cc

Maison de Damien, Le Havre
Département de Seine-Maritime

Sylvain

Pour la cent-quarante-sixième fois, au moins, il

jette un œil à sa montre. Et commence à trouver le temps plus que long.

Pourquoi n'appellent-ils donc pas ?

Son cœur bat à tout rompre dans sa poitrine.

Et s'il leur était arrivé quelque chose ?

Inquiet, il vapote frénétiquement sa cigarette électronique.

– Tu devrais arrêter de fumer, suggère Arnaud.

– Il n'y a que ça qui me calme.

– Ils vont appeler.

– Et si elle en est incapable ?

– Qu'est-ce que tu proposes ? demande David.

– On doit y aller.

Un bruit effrayant les fige sur place. Une explosion retentissante, comme si quelqu'un tombait de haut.

– Aidez-moi, les gars !

Le cœur de Sylvain manque un battement lorsqu'il entend la voix de Damien dans la pièce. Immédiatement, il le rejoint. Et sa surprise s'intensifie. Alors qu'il pense -espère- trouver son épouse, il découvre une jeune femme puiser dans ses dernières forces pour garder la tête levée.

– Qui est-ce ? demande aussitôt David.

– On l'a trouvée là-bas, prisonnière. 'Faut qu'elle se repose.

– Où est Myriam ?

La question de Sylvain claque comme un fouet. David s'occupe d'installer la jeune femme dans une chambre tandis que Damien entreprend d'expliquer les récents événements.

—   Elle est descendue au sous-sol, seule. Elle voulait pas de coup de main, ni de vous tous ni de moi. Alors je suis venu vous chercher, je pense qu'elle a des problèmes.

—   Qu'est-ce qui te fait dire ça ? réplique Arnaud.

—   Je l'ai entendue crier.

—   Tu aurais dû la couvrir ! hurle Sylvain. Bon sang, comme si on avait besoin de ça maintenant... !

Il soupire bruyamment. Un sentiment d'urgence le prend au ventre, une inquiétude sourde lui tambourine le cœur. Nerveux, il s'empare de ses armes et gronde :

—   On y va !

On décide que David reste avec Laura, et Arnaud avec Deborah.

Stressé, Sylvain s'adresse à Damien :

—   Tu vas me guider.

Les deux hommes se téléportent, déterminés. Ils se retrouvent devant une belle maison entourée de haies et de buissons.

Méthodiquement, l'Élu observe les alentours. Tout semble calme. Trop calme. Et étrangement vide. Il fronce les sourcils.

—   Le chemin était-il aussi dégagé quand vous êtes venus tout à l'heure ? demande-t-il.

—   C'est Myriam et moi. On a mis les gardes dans

le coaltar. Mais je sais pas combien de temps ça va tenir. Viens.

Le jeune homme entame une marche rapide vers la maison restée entrouverte. Ils s'y engouffrent. Sylvain sent le métal froid et rassurant de ses Desert Eagle entre ses mains.

Dans quoi sa femme s'est-elle donc embarquée ?

Et surtout, pourquoi seule ?

Que cherche-t-elle à prouver ?

L'arrêt brutal de Damien le tire de ses pensées. Malgré l'obscurité alentour, il plisse les yeux, tourne la tête de droite à gauche. Il se demande ce que Damien fabrique.

— C'est ici, chuchote-t-il enfin.

— J'y vais, annonce Sylvain. Couvre-moi.

Enfin repérées, il descend lentement les marches une par une. Il n'entend rien venant d'en bas.

Y a-t-il encore quelqu'un ?

Plus il descend, plus la lumière se raréfie. Il est surpris de constater que d'une douce obscurité, il pénètre à présent dans le noir total. Ses yeux mettent un certain temps à s'habituer à la pénombre. Son cœur cogne de plus en plus dans sa poitrine, bloquant par instants sa respiration. Son sang se fige dans ses veines lorsqu'il entend enfin sa femme :

— Je t'ai tué ! Tu ne peux pas être là...

— Oh, tu sais, la vie ça part, ça vient.

Sylvain se statufie, ses yeux s'écarquillent. Cette voix

teintée d'amusement... Il n'entend presque rien tant les battements incontrôlés de son cœur résonnent à ses tempes. Il doit les maîtriser. Se concentrer sur ce qui se dit. Une erreur peut être fatale à Myriam.

- C'est Cynthia qui t'a redonné la vie ? hasarde-t-elle après un silence.
- Non, poupée. C'est beaucoup plus simple que ça. Je ne suis pas un Lican.
- Mais..., bredouille-t-elle, tu t'es désintégré quand je t'ai...
- Téléporté, corrige-t-il, avec délectation. Je me suis téléporté quand tu m'as poignardé. Voilà la phrase politiquement correcte.

Un silence oppressant tombe subitement. Sylvain se souvient tout à coup où il a déjà entendu cette voix. Demetrio ! Ou Kévin. Il est ces deux personnes -monstres- à la fois. Une vague d'incompréhension le submerge.

Comment est-ce possible ?

- Qui es-tu ? demande-t-elle enfin, criant presque.
- Je suis le Grand Maître Polymorphe. Il m'a été si facile de changer de corps durant toutes ces années. J'ai d'abord servi Callista, je t'ai suivie d'aussi près que je le pouvais. Puis, quand tu l'as mise hors-service, je me suis mis à mon compte, en quelque sorte.
- Dem...

— Non. Pour toi, c'est : Grand Maître.

Sylvain entend un homme s'esclaffer. Il serre le poing.

— Tu peux rêver, réplique son épouse.

— Tu crois ça ?

Il n'attend pas de réponse.

Sylvain ne saura jamais ce qu'il fait à Myriam. Elle hurle. Si fort que son cri rebondit contre les murs et semble les traverser. Pétrifié, l'Élu jette un œil derrière lui. Les cris de sa femme ne faiblissent pas. Au contraire.

Que doit-il faire ?

Que *peut*-il faire sans lumière ?

L'impuissance l'envahit en même temps que la rage. Plus il pense à ce que ce monstre lui fait subir, plus la haine grandit en lui. Il refuse qu'elle... Il refuse que qui ce soit la touche !

La peur quitte son corps et fait place à la colère. Aussitôt, il hurle, lui aussi. Une force nouvelle s'empare de lui. Alors, comme il y a des années auparavant, il s'illumine. Comme une douce explosion. Les hurlements de Myriam cessent et ne deviennent que de faibles gémissements à moitié conscients. Lorsqu'il ouvre les yeux, la lumière que son corps dégage éclaire suffisamment la pièce. Vide d'ennemis. Attachée au mur à sa droite, il la voit. Sa tête pend mollement sur sa poitrine. Inanimée. Déjà, la peur reprend le dessus.

Damien surgit derrière lui, incertain, hésitant.

- C'était quoi ça ?!
- C'est mon pouvoir spécial, répond Sylvain, lentement. Toi, tu es invisible. Moi, je suis le Soleil.

Il détache précautionneusement sa femme, la tient fermement dans ses bras. Elle saigne.

Elle saigne entre les jambes.

Elle tremble et pourtant elle est brûlante, trempée de sueur.

« Pourvu que ce ne soit rien de grave », prie-t-il en son for intérieur.

Au ralenti, elle relève la tête et murmure péniblement :

- Chéri, tu brilles...

cc

Deborah

Sur le qui-vive, elle aperçoit les yeux de Myriam s'ouvrir lentement. Comme Deborah s'y attendait, la jeune femme fronce les sourcils. Elle n'a aucune idée de ce qu'elle fait ici. Elles sont dans l'une des chambres, l'une allongée sur le lit, l'autre assise sur une chaise.

- Myriam ?

L'Élue jette à Deborah un regard plein de larmes.

– Le bébé ? parvient-elle seulement à articuler.

– Tout va bien, David a réussi à le sauver.

Les larmes de Myriam redoublent mais de soulagement cette fois. Quelques mèches de cheveux rebelles retombent sur son visage ; elle les repousse d'un geste las de la main.

– Que s'est-il passé ? s'enquiert Deborah, brisant soudain le silence.

– Un désastre, répond-elle après un instant. J'ai cru pouvoir venir à bout toute seule face aux vampires. Mais ils m'ont retenue prisonnière.

– Les vampires ?

– J'aurais aimé que ce ne soit que des vampires, soupire la jeune femme en détournant le regard.

– Que veux-tu dire ?

Intriguée, Deborah rapproche sa chaise du lit de son amie. Dehors, c'est la nuit noire ; pas même la lune ne réussit à briller dans le ciel d'encre.

– L'Hybride était là, finit-elle par lâcher. Le même qui m'a enlevée au City Club. Et il était accompagné.

La détentrice de l'air ne dit rien, tentant de faire le point dans son esprit. Cynthia n'est donc pas la seule Hybride. Et celui qu'ils ont pris pour un vampire, ce Steve, n'en est pas un.

Y a-t-il d'autres Hybrides ? D'autres monstres dotés de pouvoirs incroyables et quasi invincibles ?

Elle remarque dans ses yeux un mélange de terreur et d'horreur, comme si ce qu'elle a vécu là-bas la hanterait jusqu'à la fin de sa vie. Elle devine sans mal que d'avoir presque perdu son bébé lui est insupportable.

– J'ai été arrogante, dit soudain Myriam. J'avais l'impression que la peur ne faisait plus partie de moi. Comme si j'en étais immunisée. Mais quand j'ai entendu sa voix, tout s'est effondré autour de moi.

– Mais... qui ça ?

Deborah revoit les larmes dans ses yeux et toute la peur que ce nom lui insuffle :

– Aaron.

Elle l'a dit si doucement qu'elle croit l'avoir rêvé. Alors, elle reste la tête penchée plusieurs secondes, se convainquant qu'elle a mal compris. Qu'elle a rêvé le nom soufflé de la bouche de son amie. Qu'elle hallucine. Car, finalement, le fait que Myriam ait prononcé ce nom est tout bonnement impossible.

N'est-ce pas ?

Cette créature ne peut pas être à la fois Demetrio, Kévin et Aaron ?

Aaron, le Lican qui a violé Myriam par deux fois ; Kévin, le Lican puissant qui l'a attaquée lors de sa première mission avec Sylvain ; et enfin, Demetrio, le Surhumain en qui elle avait eu confiance et avec qui elle a partagé son lit plusieurs fois.

Le choc est immense cependant. Et la panique l'étreint soudain comme un étau de fer. Elle observe son amie un moment encore et se met à espérer que Myriam trouve en elle la force de surmonter cette épreuve.

On frappe à la porte. Après lui avoir conseillé de se reposer, elle quitte la chambre et suit son mari dans la salle à manger. Assis autour de la grande table, tous les yeux se posent sur elle, remplis d'espoir mêlé à de l'inquiétude.

— Elle est en état de choc.

Le soupir plein de détresse que pousse Sylvain en dit long. Mais Deborah n'y prête qu'une brève attention. Son regard se pose sur la femme assise avec eux, la captive qu'ils ont libérée de la maison dans la Vallée Béreult.

— Laura, voici ma femme Deborah.

Les deux femmes se saluent d'un signe de tête, sans un mot. Immédiatement, et sans pouvoir l'expliquer, Deborah éprouve de l'antipathie pour cette femme. Elles s'observent longuement, se jaugeant mutuellement. La femme qui lui fait face arbore une chevelure sombre et lisse, d'une superbe longueur. Ses yeux, de la même couleur, n'expriment aucune chaleur, ni même quoi que ce soit de bienveillant. Son visage couleur de porcelaine reste de marbre, bien qu'il en émane une beauté certaine. Les deux Surhumaines ne cessent de se toiser, Deborah par méfiance et Laura par défi. Un rictus déforme les lèvres de cette dernière.

Non, vraiment, Deborah n'aime pas du tout cette femme.

David brise le silence, nerveux :

– Comme on le disait avant qu'Arnaud ne vienne te chercher, on a fait choux blancs - sauf ton respect, Laura.

La concernée balaie la remarque d'un geste impatient de la main.

– Résumons la situation, propose Arnaud avant de s'adresser à Damien : toi et Myriam êtes allés dans cette maison, vous attendant à trouver des vampires. Vous avez procédé à la vérification des lieux et c'est là que vous êtes tombés sur Laura, à l'étage.

– Vide, soit dit en passant, précise Damien. L'extérieur était gardé comme une forteresse par des gardes.

– C'est noté, reprend David. C'est après que les choses se compliquent. Que s'est-il passé ?

– Myriam m'a dit de ramener Laura ici pour la soigner et qu'elle allait descendre au sous-sol. Mais seule. Elle a affirmé qu'elle voulait pas appeler d'aide.

– Pourquoi ? demande Arnaud, incrédule.

– J'en sais rien.

– Soit, poursuit David. Ensuite ?

Un silence gêné répond à la question. Damien et Sylvain baissent les yeux. Une fois de plus, Deborah a le sentiment que quelque chose de terrible s'est produit dans ce sous-sol. Et, bien que ses yeux ne se détachent pas de Laura, elle s'éclaircit la voix :

- Je crois que c'est là où les choses ont mal tourné.
- Ouais, acquiesce Damien qui a tout à coup retrouvé l'usage de la parole. Myriam était piégée. Par un certain « Grand Maître Polymorphe »...
- Pour nous, c'est Kévin, coupe Sylvain.
- Kévin ? répètent les autres en chœur.
- Le Lican aux multiples facettes, affirme David
- D'ailleurs, renchérit Damien, il a dit que c'est pas un Lican.

Deborah sent la panique générale s'élever d'un cran dans la pièce. Elle décide de garder pour elle le fait que celui qui a violé l'Élue par le passé ne fait qu'un avec Demetrio et Kévin.

Trois bourreaux : un seul et même monstre.

Mais alors qu'elle surveille toujours Laura, cette dernière se lève de sa chaise et, fusil à la main :

- Bon alors, on va le descendre ou pas, ce Grand Machin Chose ?

Chapitre 7ème :
La Vision

I.

25 Juin 2015
Maison d'un allié, La Frenaye
Département de Seine-Maritime

Cynthia

Elle est une fois de plus plongée dans ses pensées. Ces derniers jours, c'est devenu chose incroyablement courante. Nonchalamment assise sur son canapé de velours rouge, elle fixe un point sur le mur, qu'elle a repeint d'un gris déprimant. Apaisant pour ses pupilles sensibles à la lumière, aux couleurs trop vives. Cependant, bien qu'elle ait décidé d'y mettre le moins de couleur possible, le luxe et la richesse respirent fièrement dans cette pièce. Des meubles en bois sombre jusqu'à l'écran plasma géant. Face au lit, une commode pleine de vêtements qu'elle ne porte plus. Dans un coin de la pièce, une grande bibliothèque pleine à craquer de livres en tout genre. Du côté opposé à la porte n'apparaît pas une armoire comme on en trouve dans la plupart des chambres, mais trône un lit à baldaquin majestueux, couvert de draps bleu nuit. Pour elle, pas de cercueil, non. Ça, c'est pour les vampires qui la servent.

Pour son espèce -la seule Hybride femelle-, elle a le privilège du confort humain, et de la meilleure des qualités, elle y tient.

La porte s'ouvre et se referme silencieusement, laissant entrer un visiteur attendu. Ce dernier s'agenouille devant elle, comme il est convenu de faire.

— Maîtresse.
— Kévin, susurre Cynthia sans bouger. Lève-toi, je t'en prie.
— Ça me fait toujours aussi bizarre de t'appeler Maîtresse, confie-t-il après avoir obéi.
— Parce que c'est ce que je suis, votre maîtresse. À vous tous.
— Certes, acquiesce-t-il un peu nerveux. Ce que

je voulais dire c'est qu'autrefois, nous étions ennemis.

— Autrefois, mes ennemis d'aujourd'hui étaient mes alliés... Les temps changent, mon ami. Quelles nouvelles m'apportes-tu ?

— Le plan est en marche.

Cynthia ne répond pas. Elle se reperd dans ses pensées, malgré elle. À vrai dire, elle cherche le moyen de contenir sa colère. Car, après tout, son plan ne se déroule pas comme prévu. Par deux fois, sa pire ennemie lui a filé entre les doigts et elle ne tolère pas ça. Au bout d'un moment -qui paraît une éternité pour son interlocuteur-, elle murmure :

— Peut-être mais vous avez échoué.

— Échoué ? répète-t-il, abasourdi.

Elle a vu le tressaillement qu'il a essayé de réprimer. Et elle voit qu'il met tout en œuvre pour ne rien laisser paraître.

— Vous avez laissé Myriam s'échapper. Vous avez tellement pris votre temps que maintenant, ils savent que tu n'es pas mort et que tu travailles pour moi. J'appelle ça un échec, Kévin.

— Mais, Maîtresse, la seconde partie du plan...

— J'ai conçu ce plan afin qu'il soit effectué en entier et pas à moitié ! l'interrompt-elle soudain très en colère. Si tu avais obéi à mes ordres au lieu de penser à ta gloire, *tout* le plan serait en marche.

Visiblement effrayé par son courroux, elle le regarde ramper comme un vulgaire animal et bafouiller des « mais... » tout aussi terrifiés. Lorsqu'elle décide que c'en est assez, elle se lève, dangereusement, et le toise de toute sa hauteur. Ses yeux, qui jadis ont été d'un bleu magnifique, pur, lancent à présent des éclairs rouges. D'un geste plein de grâce, elle s'empare de son épée -entièrement faite de cuivre angélique- restée sagement sur le canapé, et la pointe, déterminée, sous la gorge de Kévin.

– Donne-moi une seule et bonne raison de te garder en vie, vaurien.

Les yeux sombres du polymorphe retiennent avec peine des larmes de terreur. Une grimace de dégoût se peint sur le visage de l'Hybride.

– Tu n'es qu'un faible et j'ai toutes les raisons de te tuer sur-le-champ.

– Non, attends... Mon pouvoir te sera bien plus qu'utile.

– Ce qui veut dire ? s'enquiert-elle sans pour autant abaisser son épée.

– Je... je peux prendre n'importe quelle forme. Je... je ne crains pas la lumière...

– Ça je le sais que tu te transformes ! dit-elle fortement. Mais je te demande en quoi ça va m'être utile, *maintenant*.

– Et si... nous tournions l'échec à notre avantage ?

Quelque chose dans les paroles du rampant plaît à Cynthia. Un sourire mauvais se dessine sur ses lèvres tandis qu'elle range distraitement son épée dans son fourreau. Elle reprend place sur son canapé, comme si de rien n'était. Pétrifié, Kévin la regarde sans oser bouger un orteil.

    — Maîtresse ?

    — Tu peux disposer, répond-elle avec un geste évasif de la main.

    — Mais... tu ne me tues pas ?

    — Non, pas aujourd'hui. Ce que tu as dit est intelligent.

Il ne répond pas. Ses yeux couleur chocolat sont fixés sur elle, guettant un accès de colère. Au bout de quelques secondes de silence, il demande, la voix chevrotante :

    — Pourquoi lui en veux-tu tellement ?

La réponse, jaillie du tac au tac de la bouche de l'Hybride, le laisse sans voix.

    — Pourquoi as-tu couché avec elle ?

Le silence tombe entre eux. Cynthia se met à fixer un point sur le mur, comme elle a maintenant pris l'habitude. Toujours bouche bée, le polymorphe darde ses yeux sur la silhouette de la jeune femme. Elle porte une magnifique robe longue bleu marine, discrètement tissée avec des fils d'argent. À la faible lumière de la pièce, fournie par quelques bougies, elle resplendit. Le décolleté en forme de V, sans être indécent, laisse deviner de jolies formes ; les manches trois-quarts rendent -sans conteste- la robe parfaite. Autrefois, elle portait un carré plongeant de cheveux presque noirs, mais depuis sa mutation, ces derniers poussent à une vitesse incroyable. Elle a cessé de les couper et les laisse faire comme bon leur semble. Lorsqu'elle les détache, ils cascadent dans son dos jusqu'à ses fesses. Kévin ne peut s'empêcher de regarder cette merveille de cheveux noirs et ondulés. Elle brise le silence et, par la même occasion, sa rêverie.

- Ce que je veux dire par là, Kévin, c'est que tu la connais depuis longtemps. Plus longtemps que moi. Mais tu sais comment elle est. Sous ses airs de Sainte-nitouche, elle fait croire qu'elle est une gentille petite Surhumaine bien innocente. Mais elle aime le pouvoir, elle veut commander. L'amitié n'a aucune valeur pour elle. Elle se sert des autres pour avoir la meilleure place.

- En plus d'être nymphomane, complète-t-il. Et c'est pour ça que tu lui en veux autant ?

- Non, ça, c'est qui m'horripile chez elle, crache-t-elle avec mépris.

- Mais, qu'a-t-elle bien pu faire de concret pour que tu la détestes aussi fort ?

- Oh, ça... c'est entre elle et moi.

Moins elle lui en dira, mieux ce sera. Sa vengeance est

à la fois personnelle mais aussi nourrie par la douleur que sa fille a subie. Plus les jours passent, plus sa haine, sa tristesse, sa colère grandissent. À cause d'une seule et même personne !

Sa main se crispe sur la garde de son épée. Ses yeux s'emplissent de ténèbres, de noirceur, de mal à l'état pur. Plongée dans une multitude de sentiments mauvais, elle n'entend pas le Polymorphe hurler son nom à plusieurs reprises.

Quelque chose en elle lutte contre tant de fureur, d'animosité, essaie tant bien que mal de faire ressortir des sentiments bienveillants. Mais la haine est plus forte, regagne du terrain et remporte la partie.

Pourquoi lutter ?

La haine qu'elle éprouve n'est-elle pas à la hauteur de la douleur qu'elle ressent ?

N'a-t-elle pas le droit de se venger ? Ou plutôt... *le pouvoir* ?

Le cœur de Cynthia finit par se stabiliser, sa respiration se régularise. Enfin, elle pose son regard sur le visiteur.

— Maîtresse ? Ça va ?

— À la perfection, pourquoi ?

— Je ne sais pas... tes yeux... ils sont devenus noirs, puis bleus, de nouveau noirs et enfin rouges. Tu as eu une sorte d'absence. Qu'est-ce qui s'est passé ?

Un silence accueille sa question. Cynthia ne dit mot mais n'en pense pas moins. Enfin, elle fronce les sourcils et rétorque à la demande :

- Je ne t'ai pas dit de partir ?
- Bien sûr, Maîtresse. Je m'inquiétais pour toi, c'est tout.
- Va plutôt t'inquiéter de notre plan. S'il échoue, je te ferais creuser ta tombe.

cc

Maison de Damien, Le Havre
Département de Seine-Maritime

Myriam

Trois jours s'écoulent lentement. Myriam parvient à présent à marcher sans mal, malgré ses traits tirés et son teint blafard. Le sommeil la fuit dès qu'elle ferme les yeux, les mots s'étranglent dans sa gorge lorsqu'elle tente de parler. Toute la maisonnée est prise d'inquiétude pour leur Élue, tous impuissants. Damien, Arnaud et Sylvain se réunissent chaque jour dans la salle à manger, chacun proposant une solution, une option, une alternative.

En trois jours, Myriam prend l'habitude de s'installer à une chaise sur la terrasse, située derrière la maison. La solitude lui fait un grand bien, comme toujours, et lui permet de mettre les choses au clair dans son esprit. L'irruption discrète de son amie Deborah ne la fait pas sursauter. Elle l'a sentie.

– Je peux ? demande-t-elle en désignant une chaise à côté de Myriam.

Cette dernière acquiesce d'un mouvement de tête, sans lever les yeux. Tandis que Deborah prend place, son regard s'arrête sur un oiseau dans le ciel.

« Un jour, le peuple Surhumain sera aussi libre que toi », se dit-elle.

La voix de son amie la tire de ses pensées.

– Je sais que tu aimes être seule en ce moment, commence-t-elle, mais j'avais besoin de parler à celle qui m'a toujours écoutée.

– Tu m'as aidée lorsque personne d'autre ne daignait le faire, répond l'Élue. Je te dois la pareille. Qu'est-ce qui ne va pas ?

– Que penses-tu de Laura ? questionne-t-elle à son tour, à brûle-pourpoint.

– De quel point de vue ?

– Personnalité.

Myriam se met à réfléchir à la question de son amie. La jeune femme n'a pas eu l'occasion de beaucoup côtoyer Laura depuis qu'elle l'a libérée. Cependant, elle se remémore les traits de cette dernière, surtout son regard noir. Elle sait qu'elle peut être honnête avec Deborah. Alors, elle prend la parole.

– C'est quelqu'un de très sûr de sa personne. Très fort caractère. J'ai l'impression qu'elle n'a pas l'habitude qu'on lui refuse quelque chose. Puis-je te demander pourquoi cette question ?

– Mon instinct ne me dit rien qui vaille, Myriam. Je suis d'accord avec ce que tu dis mais j'ai l'impression qu'elle nous cache quelque chose.

– Si je ne te connaissais pas, je dirais que tu es jalouse.

– Mais tu sais bien que ce n'est pas ça.

– Oui, je le sais.

Elle ponctue sa phrase par un soupir. Elle se sentait si fatiguée, si lasse de tout... Son regard se perd sans arrêt dans le bleu du ciel, l'esprit éternellement ailleurs. Machinalement, elle fait apparaître dans sa main droite une tasse de café sucré. Le liquide tiède réchauffe momentanément son froid intérieur.

– Qu'en penses-tu ?

– Je crois que tu as raison. Plus j'y repense et plus je sens que quelque chose ne tourne pas rond. Les circonstances de son sauvetage sont mystérieuses par elles-mêmes.

– Que veux-tu dire ? interroge Deborah en fronçant les sourcils.

– Tout porte à croire que c'était un piège. Une maison, trois étages dont le sous-sol, le rez-de-chaussée et le premier étage. Avant d'arriver, je n'ai senti la présence que de vampires. En étant sur place, les données changent. Je ne sens que des Surhumains. Ils ont posté des « gardes » aux quatre coins de cette maison. Mais la porte d'entrée n'est pas verrouillée. Personne au rez-de-chaussée. Je ne trouve que Laura au premier étage, comme si c'était un appât. Pourquoi les vampires auraient-ils décampé sans leur prisonnière mais laisseraient quand même des gardes devant la maison ? C'est absurde.

Les deux jeunes femmes se regardent sans mot dire. Toutes deux savent que quelque chose cloche sans pour autant mettre le doigt dessus. C'est plus que suspect. Ça ne tient carrément pas debout mais elle n'a aucune preuve.

Et de toute manière, de quoi peut-elle accuser Laura ? D'avoir été une victime facile à libérer ?

Elle secoue violemment la tête et soupire. Si seulement elle arrivait à comprendre...

Deborah observe son amie avec plus d'attention. Une question la taraude, elle finit par la poser :

— Quand comptes-tu le lui dire ?

— Je ne sais pas, répond évasivement Myriam, le regard toujours perdu dans le ciel. J'ai l'impression que ce n'est pas le moment de parler d'un bébé.

- Au contraire, il n'y a pas meilleur moment. Il se pose des questions, Myriam. Je pense que tu lui dois des réponses.

- Sans doute, murmure-t-elle. Mais il m'en veut et je me vois très mal aller lui dire : «Au fait mon amour, je suis enceinte mais je ne sais pas depuis quand puisque c'est ma pire ennemie qui me l'a annoncé. »

Deborah plonge son regard noisette dans ceux de l'Élue. Elle soupire.

- C'est bien ton défaut, tu vois tout du mauvais côté. Ce n'est pourtant pas une mauvaise chose d'être enceinte quand on aime son mari !

Un silence gênant tombe entre elles deux. Au bout de quelques secondes, Deborah pousse un « oh » tout à fait désagréable aux oreilles de Myriam.

- Je vois... Tu penses encore à ce Théo ?

- Ça n'a rien à voir, réplique la jeune femme en tournant enfin les yeux vers son amie. Je ne veux pas le lui dire pour l'instant, c'est tout.

La discussion est close. Cependant, Deborah ne bouge pas de sa place et reste à son côté. Malgré le silence, Myriam sait que son amie apprécie le calme de la terrasse. La beauté du paysage, la douceur du ciel, la chaleur du soleil. Elle cesse alors de l'observer pour poser les yeux sur son alliance d'argent. Elle brille. De mille feux. Comme au premier jour de leur mariage.

Soudain, une douleur aiguë lui brouille la vue. Une souffrance intense et vive démarre dans son cœur et poursuit son chemin jusque dans son ventre, sa tête, ses jambes. Avant même de comprendre ce qui lui arrive, elle est paralysée, étendue sur le sol. Autour d'elle, les sons et les images lui parviennent étrangement. Comme si ses yeux se voilaient d'un voile nacré lumineux, et ses oreilles de coton. Les cris paniqués de Deborah atteignent ses oreilles comme à travers un épais brouillard mais déjà, d'autres images apparaissent sur l'écran noir de ses yeux fermés.

Des sons s'insinuent dans son esprit. Un rire qu'elle reconnaîtrait parmi toute une foule.

Kévin.

Il tient fièrement une arbalète entre ses mains. Myriam se demande où ils se trouvent.

Est-ce en France ?

Est-ce maintenant ? Dans le futur ?

Ce qu'elle voit est nimbé d'une lumière nacrée, épaisse. De telle sorte que tout paraît flou et très net, à la fois. Elle observe une scène vue d'en haut (vue du ciel ?) qu'elle ne comprend pas.

Son champ de vision s'agrandit. Et soudain, elle reconnaît le lieu. Un jardin dont elle a foulé l'herbe souvent au cours des cinq dernières années. Ils se trouvent chez Cynthia. Alors, elle analyse ce qu'elle voit. Et n'en est pas rassurée le moins du monde. Son propre corps jonche le sol, transpercé par une épée.

Elle gît là, sans vie. Alors que le chaos règne tout autour. Elle aperçoit la silhouette de Théodore qui s'approche doucement d'elle. Et lorsqu'elle réalise que Kévin se prépare à tirer, elle comprend immédiatement ce qui va se passer.

La flèche atteint sa cible avec une précision funeste. Son ami tombe à genoux près d'elle, rampe pour la rejoindre. Et finit par s'écrouler à son côté.

– Myriam ! Myriam !

Son esprit détecte enfin les voix autour d'elle tandis que la douleur s'atténue petit à petit. Ses paupières se soulèvent avec peine. Le visage inquiet de son mari lui fait face. Elle tente de reprendre son souffle et de se redresser. Son bras la lance, elle grimace.

– Mon amour ? Est-ce que ça va ?
– Ça va passer, répond Deborah. Elle a eu une vision.
– Une vision ? répète Sylvain.
– Je... je vais bien.

Myriam finit par se relever. Une fois debout, elle chancelle. On aurait dit une ivrogne sur le chemin de son domicile.

Ses dernières forces l'abandonnent et son corps inconscient retombe dans les bras de son Élu.

☾☽

Sylvain

Les événements ont pris une tournure qu'il n'aime pas du tout. L'inquiétude le ronge. Son instinct lui dit que quelque chose de terrible se prépare mais il n'a aucune idée de ce que cela peut bien être. Il aurait voulu en parler avec tout le monde, cependant, il n'aurait pas su l'expliquer.

— Quelqu'un peut me dire depuis quand ma femme a des visions ?

La question claque comme un fouet -c'est devenu une habitude ces derniers temps- et il braque ses yeux sur Deborah en particulier. Elle ne dit rien.

— Peut-être que tu devrais en parler avec elle, suggère Arnaud.

Sylvain se renferme dans son mutisme. Il redoute de parler avec sa propre femme. Et aussi étrange que cela puisse être, son épouse lui manque. Il pousse un soupir, vapote deux, trois fois. La vapeur sent l'abricot et la pêche, elle emplit toute la pièce de son odeur douceâtre. Incommodée, Deborah finit par se lever et déclare :

— Je monte la voir.

— Je te suis.

Joignant le geste à la parole, Sylvain quitte sa chaise à son tour. Dans son dos, il entend la voix de David murmurer : « je ne pensais pas que l'attaque de Kévin l'aurait autant affaiblie ». Il secoue la tête.

Une fois arrivé dans la chambre, il constate avec peine le teint crayeux de Myriam. La jeune femme, les yeux tâchés de sang et dans le vague, fixe un point inexistant par-delà la fenêtre de la chambre.

– Myriam ?

Aucune réaction. Deborah regarde Sylvain. Ce dernier hausse les épaules, elle décide de prendre place sur la chaise, comme la dernière fois.

– On peut parler ?

Myriam acquiesce doucement et pose un regard démuni sur son mari.

– Qu'as-tu vu dans ta vision ? demande lentement Deborah, comme si elle s'adressait à une enfant de trois ans.
– Ils vont nous tuer...
– De quoi parles-tu ?
– Depuis quand tu as des visions ? interrompt Sylvain.
– Chaque chose en son temps, assène sèchement Deborah. Myriam, reprend-elle d'un ton doucereux cette fois-ci, dis-moi précisément ce que tu as vu. Allons-nous subir une attaque ?

Elle secoue la tête, prise soudain d'une crise de larmes. Le cœur de Sylvain se serre, il ne comprend pas la douleur de sa bien-aimée et ne supporte pas de voir sa tristesse.

– Je ne sais pas, réussit-elle à dire dans un sanglot. Quelqu'un va me tuer, et Kévin va tuer Théo.

– Ça n'arrivera pas, assure Deborah. On va l'empêcher.

– Je croyais que ce péquenaud était parti et nous avait laissé tranquilles, souffle Sylvain.

La détentrice de l'air lui lance un regard sévère. Quelques secondes passent puis elle se lève. Doucement, elle se penche vers Myriam en lui murmurant des mots qu'il n'entend pas. Il voit sa femme hocher la tête avant de suivre son amie des yeux. Toujours en silence, elle quitte la pièce. Il se racle la gorge, soudain mal à l'aise puis s'assied sur la chaise encore chaude. Subitement, Myriam tourne la tête vers lui et déclare, la voix cassée :

– Cette histoire ne concerne que moi, c'est mon combat. C'est moi que Cynthia veut. C'est à moi et à moi seule de me battre, pas à vous tous.

– Tout ce qui te concerne, me concerne. Nous sommes mariés, il me semble.

– Je sais. J'en ai assez que vous risquiez votre vie pour moi.

– Tu mélanges tout. Eux ne risquent pas leur vie pour toi, ils la risquent pour notre peuple comme nous l'avons fait auparavant. Moi je la risque pour toi, parce que je t'aime.

Oubliant toute convenance, il se déchausse et prend place au côté de sa femme, dans le lit. Machinalement, comme si leurs corps n'étaient créés que pour cet instant, ils se blottissent dans les bras l'un de l'autre. Après un baiser sur la tempe, il lui demande :

— Depuis quand as-tu ces visions ?

— Je suppose que tu es au courant pour les visions de Deborah.

— Oui, mais ça ne répond pas à ma question.

— Elle a ses visions depuis qu'elle est enceinte.

— Je ne vois pas le rapport.

Elle se retourne pour lui faire face, laissant volontairement quelques secondes de silence. Dans l'esprit de Sylvain, les mots « enceinte » et « visions » résonnent inlassablement. Il écarquille les yeux.

— Tu es... enceinte ?

Le sourire qu'il s'attend à voir sur les lèvres de Myriam ne vient pas. Sa gorge se noue d'angoisse.

— Oui, répond-elle seulement.

— Que se passe-t-il ?

— Je ne voulais pas t'en parler avant d'en être sûre mais je te devais la réponse à ta question.

— Pourquoi ? Tu n'es pas sûre d'être enceinte ?

— À vrai dire, si. Mais je ne sais pas depuis quand. Il faut que... que je te dise quelque chose.

Il ne dit rien. La boule dans sa gorge grandit davantage, en même temps que son mauvais pressentiment.

    — Quand les vampires m'ont kidnappée, ils m'ont enfermée dans une pièce et Cynthia est venue me parler. C'est elle qui m'a appris ma grossesse.

    — Comment ? s'exclame-t-il, les yeux grands ouverts.

    — Elle... a entendu les battements de son cœur.

Un soulagement intense libère sa gorge et son estomac. Les larmes montent à ses yeux et, heureux plus que jamais, il saisit les mains de sa femme pour les poser sur le nouveau fruit de leur amour.

II.

Damien

La nouvelle de la grossesse de Myriam s'est répandue dans la maison comme une traînée de poudre. Damien en éprouve des sentiments contradictoires dont il ne comprend pas le sens. De la jalousie, de l'envie à l'égard de Sylvain. Puis un réflexe protecteur envers son Élue. En l'espace de quelques heures seulement, les habitants de la maison ont modifié leur comportement face à Myriam. Ils sont tous aux petits soins pour elle. Des pointes de colère le transpercent par moments. Il aurait aimé être le seul qui s'occupe d'elle. S'il avait pu, il se serait métamorphosé en petit chien...

Tous ensemble, ils petit-déjeunent à la grande table de la salle à manger, silencieusement. Lorsqu'il la regarde, il ne peut s'empêcher d'avoir un léger pincement au cœur. Confiné dans cette maison, il en oublie que leurs occupants ont chacun leur histoire avant de l'avoir délivré, lui. En l'occurrence, Myriam est mariée, a un fils et en attend un deuxième. Il secoue la tête.

Que s'est-il imaginé ?

— Quelque chose ne va pas, Damien ?

Il relève lentement les yeux sur elle et rougit, pris en faute. Il croit qu'elle a deviné ses pensées tourmentées mais son regard inquiet le perce, le fait fondre et tressaillir à la fois. La voix qui pose cette question est d'une douceur bouleversante, infinie. À présent, tous les yeux sont sur lui. Bien obligé de répondre, il murmure presque :

— Non, tout va bien.

— Ce sont les tranches de pain perdu qui sont trop épicées ? demande-t-elle encore, visiblement peu convaincue.

— Non, il est parfait. Mais j'ai trop mangé, j'ai un peu mal au ventre. Désolé.

Il quitte la table et sort sur la terrasse, titubant. Le cœur palpitant, il choisit un endroit à l'abri des regards, et s'autorise à respirer une bonne bouffée d'air frais.

Que lui arrive-t-il, bon sang ?

Une douleur sourde lui vrille le ventre, ses mains sont moites, son front dégouline soudain de sueur. Pour autant qu'il s'en souvienne, il n'a jamais éprouvé un mal de ce genre.

Couve-t-il quelque bactérie ou virus ?

Après cinq bonnes minutes, il finit par se détendre. La douleur s'estompe. Avec un soupir de soulagement, il s'assied sur l'herbe sèche et offre son visage aux rayons du soleil.

— Tu es tombé amoureux, n'est-ce pas ?

Damien sursaute si violemment que l'importun s'excuse. Puis ils se regardent, se jaugent sans aucune animosité.

— Je disais : tu es tombé amoureux n'est-ce pas ? répète David.

— Non, répond-il en rougissant. Pourquoi tu dis ça ?

— J'ai vu ton regard. Je suis perspicace dans mon genre.

Damien faillit ricaner. Puis il se souvient que grâce à ses nouveaux amis, il est en vie et que, surtout, ils se battent tous pour la même cause. Sans trop en comprendre la raison, il se méfie et se demande si la personne face à lui est digne de confiance. Ses yeux sondent ceux de David. Et décide qu'il n'a aucune raison de lui mentir. D'autant plus que parler à quelqu'un de ce qu'il croit ressentir lui ferait du bien. Alors, pour la première fois depuis des jours, il allume une cigarette.

— A vrai dire, j'en sais rien. Je me demande si c'est pas juste passager.

— Il faut avouer qu'elle a son charme, admet

David en prenant place à son tour sur l'herbe.

- Je devrais même pas avoir ce genre de pensées. Elle est mariée, et elle est l'Élue de notre peuple. Ça risque d'impacter sur mon travail.

- Et dis-toi que si ça se sait, Sylvain te réservera le même sort qu'aux Licans.

Une sueur froide coule le long de sa colonne vertébrale. Pour rien au monde il ne souhaite être sur le chemin de son nouvel ami. Ni derrière son arme, ni sous ses coups.

- C'est pas ce que je veux. J'ai entendu ce qu'il a fait au « péquenaud », comme il dit. Je tiens pas à subir la même chose.

- Deux solutions s'offrent à toi, déclare son interlocuteur. Soit tu sauras taire tes sentiments et faire ton devoir en équipe ; soit tu ne pourras pas le supporter et tu t'en vas.

Un ange passe. À chacun des mots du Surhumain, les épaules du jeune homme s'affaissent, enfouissant davantage son âme tourmentée dans les abysses de la folie. Après un instant de réflexion, il relève la tête vers le ciel. Le soleil le revigore un peu.

- Tu aurais peut-être un conseil pour moi ? quémande-t-il timidement.

- Je peux t'aider à y voir plus clair, oui. Mais pas donner de conseils. Je suis très mal placé pour ça.

– Pourquoi ?

– Celle qui tente de tuer celle que tu aimes, c'est ma femme.

Un étrange silence tombe entre eux. Damien digère difficilement la nouvelle. Il pense d'abord à un traître. Puis il se ravise. Non, David n'en est pas un. Ça ne colle pas. Plus il y réfléchit et plus il est convaincu que ce n'est pas ça. Alors une question s'impose à son esprit :

comment peut-il être marié à quelqu'un d'aussi malveillant ?

Il écarquille les yeux de surprise, de stupeur. Il se souvient soudain qu'il tient entre ses doigts une cigarette allumée, il en tire une bouffée.

– Attends, quoi ?

– Je sais ce que tu te dis, Damien. Elle n'a pas toujours été comme ça.

– Tu veux dire qu'avant, elle était normale ? questionne-t-il, bien que cette éventualité lui paraisse farfelue.

– Elle était bien plus que ça, répond David, le regard lointain. Elle était la gentillesse incarnée. Toujours souriante, confidente, douce, intelligente... et belle.

Silence. Damien attend une suite qui ne vient pas. Il tire une autre bouffée de sa cigarette, arrivée à la moitié.

– Qu'est-ce qui s'est passé ?

– Je n'en sais trop rien moi-même, pour être franc. Les choses se sont dégradées petit à petit. Elle est devenue tout le contraire de la femme dont je suis tombé amoureux. Elle devenait cruelle, obsédée par une vengeance que je ne comprenais pas. Elle nous a abandonnés, Chiara et moi.

– Y a forcément une raison, glisse Damien en fumant toujours.

– Je n'en dors plus la nuit à force d'essayer de comprendre. C'est comme si elle était devenue quelqu'un d'autre mais avec la mémoire du passé. Quelle raison aurait-il pu la pousser à devenir une Hybride ? À faire du mal à sa propre famille ? À changer ses yeux de couleur ?

– Ses yeux ont changé de couleur ? répète-t-il bêtement en écrasant sa cigarette dans un cendrier.

– D'un superbe bleu, ils ont viré au rouge. Littéralement.

Damien en est abasourdi. A l'intérieur, il entend le bruit de la vaisselle qui s'entrechoque. Les autres débarrassent. Il sait qu'il leur reste peu de temps pour terminer cette conversation.

Le jardin est grand -plus de 100m²- et entouré de jardins tout aussi grands appartenant à d'autres maisons. Des arbres, des buissons, des amas de fleurs poussent un peu partout. Pas une seule petite brise ne perturbe les feuilles vert vif de la nature. À part peut-être... Il fronce les sourcils. Il croit discerner quelque chose bouger d'un buisson à l'autre.

A-t-il rêvé ?

Est-ce un animal ?

Ses yeux restent fixes encore un moment mais plus rien n'esquisse le moindre mouvement. Il balaie ses doutes d'un revers de main.

– T'as une idée de comment c'est possible ? reprend-il.

– Aucune. Aucune de scientifiquement acceptable, rectifie-t-il immédiatement. Il a dû se passer quelque chose de très grave dans sa vie dont elle n'a parlé à personne et qui l'a complètement changée.

Damien est dubitatif.

Une personne née du bon côté peut-elle vraiment basculer du mauvais sans raison apparente ?

Aussi discrète qu'un chat, Laura apparaît sur la terrasse à son tour. Elle étire ses lèvres de la façon qui lui est propre : entre grimace et sourire. Elle s'approche d'eux et murmure :

– Mais ne vous arrêtez pas de discuter parce que je suis là.

– On a fini, affirme sèchement David.

– Oh dommage... De quoi parliez-vous ?

– On se demandait si tu avais un pouvoir

particulier.

Damien saisit le message de David.

NE. PAS. FAIRE. CONFIANCE.

Après un hochement de tête, il attrape la réponse de son ami au vol et enchaîne :

– Ouais, on en a pratiquement tous un ici. Donc on se demandait c'est quoi le tien.

– Oh, moi ? Je sais m'adapter à tout. Je ne sais pas si c'est un pouvoir particulier mais c'est au moins une qualité. Quels sont les vôtres ?

– Tu connais le mien, rétorque David avant que Laura ne braque son regard noir sur Damien.

– J'ai le pouvoir de l'invisibilité.

La jeune femme ne peut retenir un sifflement d'admiration. Damien a l'habitude de ce genre de réaction. Partout où il parle de son pouvoir, ce dernier force le respect. Et il est fier de mettre ses capacités au service de son Peuple. Fier de faire son devoir aux côtés des Élus, avec ses amis. Et lorsqu'il pose les yeux sur Laura, il ne peut s'empêcher de s'interroger sur le comportement de David vis-à-vis d'elle.

Sait-il quelque chose que lui-même ignore ?

Il ne se rend pas compte qu'il frise l'impolitesse en la fixant intensément de la sorte, à tenter de sonder le noir profond des yeux de la jeune femme. Sa question le sort de ses réflexions.

– Tu veux me dire quelque chose ?

– Non, répond-il après un silence. Je me

demandais seulement si on avait une idée plus précise du plan.

Elle consulte sa montre, puis déclare sans même le regarder :

— Dans dix minutes, réunion.

Sans un mot de plus, elle regagne l'intérieur de la maison. Et pour la première fois depuis qu'il l'a libérée, il s'interroge sur sa réelle identité.

Myriam

Elle observe chacun d'entre eux, assis autour de la grande table de la salle à manger. La nuit a porté conseil, fidèle à l'expression, et un plan a germé dans son esprit grâce à sa vision.

Ainsi entourée, elle se sent comme une reine devant ses sujets, en train d'élaborer une stratégie d'attaque.

Laura se lève soudain de sa chaise et annonce :

— Ce monsieur aimerait savoir où en est le plan.

Elle a désigné Damien de la main. Le silence s'impose immédiatement.

— J'espère que mes idées seront prises en compte, poursuit-elle sans gêne aucune.

— Je pense surtout que tu n'as pas ton mot à dire, rétorque Deborah.

Les deux jeunes femmes s'affrontent du regard.

Myriam voit Laura plisser les yeux, ces derniers lancent des éclairs. La tension entre elles deux est presque palpable, aussi, l'Élue décide d'y mettre un terme.

— J'ai un plan.

Toutes les têtes convergent vers elle. Même Deborah et Laura abandonnent soudain leur bataille oculaire pour la regarder. Myriam se redresse encore, et affirme à Laura :

— Et tes idées n'en font pas partie.

Les traits de Sylvain se durcissent d'abord puis son visage se teint de surprise. Avant de pouvoir dire quoi que ce soit, Laura reprend déjà, de son habituel air supérieur :

— Mais, avec tout le respect que je te dois, Myriam, je ne peux pas te laisser dire ça. Retrouver ce Kévin et le massacrer me paraît une meilleure attaque et plus intelligente.

Mais Myriam ne se laisse pas démonter.

A-t-elle bien décelé de la suffisance dans sa voix ?

Laura pense-t-elle vraiment que ses idées prévalent sur celles des autres et, en l'occurrence, des Élus ?

— Dis-moi, Laura, pourquoi irais-je me fatiguer à retrouver un sous-fifre alors que je sais où trouver la source de tous nos problèmes ?

— Parce que c'est bien trop dangereux !

— Dois-je te rappeler qui je suis ?

L'Élue a haussé la voix, qui résonne de puissance dans

toute la pièce, et son ton est devenu tranchant, sans appel.

Myriam le sait, rares sont les fois où sa colère éclate mais dans ces cas-là, prudence est mère de sûreté : cachez-vous !

Laura tressaille, imperceptiblement. L'assurance qui brûlait dans ses yeux jusqu'à présent fait place au doute. Mais elle n'a pas le temps de se confondre en excuses, ni même de chercher à contester.

- Si le fait d'être contredite te contrarie, je te conseille vivement de quitter ce groupe. Ici, c'est Sylvain et moi qui prenons les décisions. As-tu un problème avec ça ?

Comme si sa langue était coupée, Laura secoue la tête.

Négatif.

Myriam soupire. Durant un bref instant, le silence retombe dans la pièce.

- Développe, ordonne Sylvain.
- Grâce à ma vision, je sais où trouver Cynthia. Mon plan consiste à aller sur le lieu de ma vision et de la défier. Je la tuerai. Seule, ajoute-t-elle devant leurs visages perplexes.
- Tu n'iras seule nulle-part, objecte son mari. Un échec nous suffit.

Myriam sait qu'entre les lignes, ça veut dire : « j'ai peur de te perdre encore une fois ». Mais au lieu d'exposer ses arguments pour le convaincre, elle se lève. Sans quitter son mari des yeux, elle fait apparaître, une après l'autre, ses armes. Tout d'abord, ses saïs, son poignard, puis ses katanas et pour finir son Glock.

— Je serai armée jusqu'aux dents.

— La dernière fois aussi et regarde où ça nous a menés..., rétorque-t-il en secouant la tête.

— Mon erreur a été de croire que je connaissais mes ennemis. Cette fois-ci, je sais vraiment ce que je vais attaquer. Je connais Cynthia plus que vous tous.

— Je ne suis pas d'accord, interrompt Deborah. Tu connais Cynthia telle qu'elle était avant. Mais maintenant, avec toute la puissance qu'elle a acquise et les desseins maléfiques qu'elle a en tête, plus personne ne la connaît.

— Je suis pourtant celle qu'elle cherche à atteindre, réplique Myriam. Je suis celle qu'elle veut et je ne fuirai pas. Je vais aller vers elle pour régler ça une bonne fois pour toutes.

Elle se met à inspecter son poignard d'argent. A vrai dire, elle cherche plutôt à contenir sa colère.

Pourquoi ne lui fait-on pas confiance ?

Elle n'est pas n'importe qui ! Ni une enfant. Elle est leur Élue !

— Déjà trois personnes sont contre ton plan, annonce Arnaud. Quatre avec moi.

– Cinq, glisse Damien toujours aussi timidement.

Contrairement à ses attentes, David n'émet pas d'avis. Son regard se perd sur son verre à moitié vide. Il soupire.

> – Peut-être est-ce à moi d'y aller. C'est ma femme après tout.

Myriam perçoit les sanglots dans sa voix. Quelle égoïste elle fait à présent ! Elle parle de tuer la femme de son ami, de briser leur vie...

Cependant, tandis qu'un frisson désagréable lui parcoure l'échine, une idée lui traverse l'esprit.

> – Et si nous y allions, tous les deux ? suggère-t-elle à David. Nos pouvoirs combinés nous permettront de la retrouver plus vite et de l'affronter plus vite aussi.
>
> – Peut-être que...

David n'a pas le temps d'achever sa phrase. un projectile non identifié brise la baie vitrée de la salle à manger, juste derrière Myriam. La surprise déforme les traits de chacun d'entre eux, s'ensuit alors une panique générale.

> – Qu'est-ce que... ?

Mais la question reste en suspens sur les lèvres de son mari. Ils viennent tous de voir l'objet qui a brisé la grande fenêtre. Plantée au beau milieu de la table en bois, une flèche aux reflets argentés arbore fièrement un message. Trois mots seulement.

Échec et mat.

Myriam s'ordonne de rester calme. Malgré la panique qui l'envahit toute entière. Cependant, elle réagit vite. Elle sort dans le jardin, son Glock brandi devant elle à deux mains.

Personne.

Elle scrute les hauteurs, le tireur est forcément proche. Mais elle ne voit rien. Son pouls s'accélère encore quand, enfin, des intrus pénètrent de part et d'autre de la propriété. Elle sait que ce ne sont pas des vampires, ils seraient déjà réduits en poussière par la forte lumière du soleil.

Sont-ce des Hybrides comme Cynthia et Steve ?

Des Humains ?

Ou pire : des Surhumains ?

Elle attend que ses compagnons la rejoignent dehors. Une fois rassemblés, elle s'apprête à faire feu lorsqu'un rire tonitruant s'élève derrière eux.

Laura.

Ils se tournent vers elle, de concert. Ses yeux noirs brillent d'un éclat mauvais, terriblement dangereux et fous à la fois. Dans chacune de ses mains, un Sig Sauer 1911 en acier de calibre 22. Pointés droit sur eux. Son rire incessant se répercute dans les oreilles de Myriam, multiplié par mille.

— Vous devriez voir vos têtes ! hurle l'autre en reprenant son souffle avec difficulté. C'est trop drôle !

La panique fait place à une colère froide. Myriam fronce les sourcils, bombe le torse et rétorque :

— Qu'est-ce qui se passe ?

Le rire cesse subitement. Et le visage si joyeux il y a de cela quelques secondes se métamorphose complètement. On aurait dit un orage qui traverse un beau ciel d'été : ses yeux s'emplissent entièrement de noir, ses traits se durcissent, son sourire disparaît. Ils ont devant eux un démon.

Un démon censé faire partie de leur propre peuple.

De manière inexpliquée, ses cheveux parfaitement lisses et longs se mettent à virevolter autour d'elle, comme si un vent violent lui souffle en plein visage. Mais pas de nuages à l'horizon, pas même une brise ne soulève les branches des arbres. La température frôle les vingt-cinq degrés, le soleil trône haut dans le ciel, fier et brûlant.

Laura braque l'un de ses pistolets vers Myriam et crie, d'une voix méconnaissable et inhumaine :

— Toi, la ferme !

Elle tire dans la jambe exposée de David et se remet à rire, démente. Touché, le Surhumain tombe à terre en hurlant de douleur et en proférant une bordée de jurons bien sentis. Autour de lui, les autres Surhumains s'agitent. Affolé, Damien s'agenouille pour aider son ami mais déjà, la folle brandit une fois de plus son arme en ordonnant :

— Pas bouger ! Aucun de vous ne bouge,
d'ailleurs !

Mais l'Élue ne l'entend certainement pas de cette oreille. Elle court dans sa direction, comme un boulet de canon et la heurte de plein fouet. Laura n'en est pas déstabilisée, au contraire, elle appuie sur la détente.

De justesse, Myriam esquive la balle qui poursuit sa route folle vers le ciel. Dès lors, plus rien n'existe. De sa main droite, elle s'acharne à faire lâcher les Sig Sauer à son adversaire mais cette dernière tient bon. De sa main gauche, libre jusqu'alors, elle donne des coups de poing dans le ventre de Laura, de plus en plus fort. Elle se penche en avant sous l'effet de la douleur mais ne lâche toujours pas ses pistolets. Myriam en profite pour la rouer de coups de pied mais très vite, l'autre reprend ses esprits. La rage déformant ses traits, elle envoie un coup de crosse dans la mâchoire de l'Élue qui, immédiatement, perd l'équilibre et se retrouve à genoux. Elle crache un filet de sang et un morceau plus dur.

Une dent.

— Salope, murmure-t-elle.

Laura ne l'entend pas. Hautaine, fière comme jamais, elle s'avance vers sa proie et la menace de ses armes. Un sourire mauvais déforme ses lèvres.

— Rends-toi, minable. C'est la seule solution.

Tout autour, les autres Surhumains se battent contre les intrus, férocement. Elle entend des coups de feu. Les déflagrations inquiètent les voisins qui s'empressent d'appeler la police, les secours, les pompiers.

Bien qu'elle soit à genoux, elle n'a pas perdu. Loin de là. L'Élue ne s'avoue pas vaincue aussi facilement.

— Jamais !

Elle prend appui sur son coude droit et envoie ses jambes effectuer un 360° afin de balayer celles de son adversaire. Surprise, Laura tombe en arrière en lâchant ses Sig Sauer.

« Enfin ! », pense Myriam.

Elle ne perd pas ses réflexes, s'empare des deux pistolets à l'aide de sa télékinésie. Elle les vide expressément de leurs chargeurs et jette le tout de l'autre côté du jardin. Furieuse, elle s'agenouille à hauteur de Laura et la roue de coups de poing au visage. Pour son plus grand soulagement, elle constate que l'arcade sourcilière et sa lèvre inférieure éclatent et se mettent à saigner abondamment.

Soudain, elle est projetée à quelques mètres loin de son adversaire. Elle atterrit, fesses les premières, à côté d'un corps inerte gisant sur l'herbe du jardin. Elle soupire. Jette un œil alentour. Très vite, ses compagnons cessent le combat. Tous les intrus sont neutralisés.

Lentement, Myriam se relève et, cette fois, fait apparaître dans ses mains, ses katanas. Peu à peu, elle marche vers Laura, sur pieds elle aussi. Une rage sans réserve émane d'elle, se diffuse dans l'air, changeant perceptiblement l'atmosphère. Elle tremble de colère, de haine à l'égard de Myriam. L'Élue observe les plis de son visage tuméfié, coloré de son sang auquel ses cheveux se collent par endroits. Elle crie. Elle sait que c'en est fini pour elle. Cependant, elle lève un index tremblant vers eux, tous rassemblés autour d'un David mal en point, et hurle :

— On se reverra ! Et plus tôt que vous le croyez ! Aucun d'eux n'a le temps d'esquisser le moindre geste. La folle disparaît dans l'azur et la pureté du ciel.

Téléportée.

Après avoir rengainé ses katanas dans leurs fourreaux accrochés à son dos, Myriam rejoint ses amis. Résignée, Deborah soupire en désignant les corps jonchés dans l'herbe :

— Rien que de pauvres humains innocents...

Chapitre 8ème
La fuite

Sylvain

*A*près l'attaque -la trahison- de Laura, la priorité a été de soigner David dont le mollet est touché. Bien heureusement, la balle est ressortie, pour le plus grand soulagement du blessé. Sur ses conseils, les Surhumains ont nettoyé et désinfecté la plaie puis lui ont bandé la jambe. Malgré des gémissements (et parfois, des cris) de douleur, David a tenu bon et même refusé des anti-douleurs. Il ne tient pas à être somnolant, leur a-t-il expliqué.

À présent tous assis autour de la table basse du salon, ils adoptent une mine grave. Car le constat a de quoi plomber le moral « des troupes ».

— À tous les coups, nous sommes repérés, martèle Sylvain en vapotant plus que de raison.

Son calme habituel lui fait défaut depuis la trahison de Laura mais, surtout, depuis que sa femme garde obstinément le silence. Son visage s'est fermé, son esprit demeure ailleurs.

À quoi pense-t-elle ?

Pourquoi se tourmente-t-elle sans lui en parler ?

Devant les mines déconfites de ses amis, Sylvain hurle presque de détresse :

— Nous ne pouvons pas rester ici, c'est trop risqué !

— Qu'est-ce que tu suggères ? demande son meilleur ami.

— Il faut que nous trouvions une autre planque.

D'un seul et même mouvement, ils se tournent vers Damien. Lequel lève aussitôt les mains en l'air en secouant la tête.

— Doucement, les gars ! Je connais que cette baraque, moi !

— Tu n'aurais pas une idée d'où nous pourrions aller ? insiste tout de même Sylvain.

— Aucune. Soit, on loue des chambres dans un hôtel, soit, on rentre chez nous.

Le groupe se tait. La remarque fait son chemin dans l'esprit de l'Élu qui finit par avoir une idée. Mais son enthousiasme tombe à plat quand son épouse déclare :

— Nous devons quitter le Havre, de toute manière.

Cette fois, toutes les têtes convergent vers elle. En l'espace de cinq heures, elle vient de parler pour la première fois. Deborah est la première à réagir.

— Comment ça ?

— D'après ma vision, Cynthia se trouvera à Nancy. C'est là-bas que nous devons aller. Mais...

Elle ne finit pas sa phrase. Sylvain a la mauvaise impression que sa femme est sur « pilote automatique » lorsqu'il la voit se lever, chanceler, puis se diriger vers les marches menant à l'étage. Sa voix n'est qu'un murmure.

— Nous ne risquons rien pour aujourd'hui. Reposez-vous tant que faire se peut. Cette nuit, nous attaquons nos ennemis.

Sans un mot supplémentaire, sans même se douter de l'effroi sur les visages de ses alliés, elle ne se retourne pas une seule fois en montant les marches.

Un silence oppressant s'abat sur eux. Deborah garde les mains sur son ventre, Damien observe Sylvain, David retient des larmes de douleur. Ses yeux ne quittent pas le bandage serré de son mollet. Il serait bien incapable de marcher sans béquilles, maintenant...

— Tu as l'air épuisé, glisse Sylvain.

— C'est la douleur, répond le blessé d'une voix sourde.

— Tu veux sûrement te reposer.

Il hoche la tête, reconnaissant. L'Élu lui apporte son aide et, bras dessus, bras dessous, l'emmène à l'étage. Après l'avoir allongé sur le lit, il lui demande timidement :

— Je peux rester un peu ?

Son ami esquisse un sourire. Nul besoin de réponse.

Un silence étrange tombe entre eux durant lequel David consent à avaler deux comprimés d'anti-douleurs. Son verre d'eau vide, il relève la tête.

— En quoi puis-je t'aider ?

Surpris, Sylvain écarquille les yeux de surprise. Comment sait-il qu'une question lui brûle les lèvres ?

Alors, il se fait hésitant, ouvre et referme la bouche plusieurs fois avant de prendre la parole à voix basse :

— Toi qui as... soigné Myriam, sais-tu depuis quand elle est enceinte ?

La demande octroie un petit rire au guérisseur. Et s'empresse de répondre à sa question par une autre :

— Pourquoi ? Tu crains qu'il ne soit pas de toi, ce bébé ?

— Mais non ! s'emporte-t-il. Je veux savoir, c'est tout.

— D'accord. Huit semaines, environ.

Un sourire illumine son visage.

Même si le moment est tendu, même si leur peuple est en guerre une nouvelle fois, rien ne parvient pas à entacher son bonheur.

Il va être papa pour la deuxième fois ! Machinalement, il se met à triturer son alliance et laisse errer ses pensées dans le passé.

Ils se sont rencontrés en pleine guerre Surhumains-Licans et, ensemble, l'ont gagnée. Il se rappelle la première fois où leurs corps n'ont fait qu'un, leurs âmes se sont reconnues et ont fusionné pour les rendre plus forts, plus puissants. Pour être à leur place. Dès lors, leur amour a été plus fort que tout, plus fort que l'Enfer lui-même. Et il sait qu'aujourd'hui, il sera plus fort que Cynthia et ses vampires.

David finit par rompre le silence :

— Vous allez vraiment attaquer cette nuit ?

— Pourquoi « vous » ? Tu es des nôtres.

— Je suis surtout blessé et donc, d'aucune utilité.

— N'importe quoi ! Tu seras très utile en tant que combattant à distance. Il me semble que tu es très bon tireur.

David ne peut qu'acquiescer. Doté d'une vue exceptionnelle, il est capable de distinguer une cible à plusieurs centaines de mètres et avec autant de netteté que si celle-ci est proche. Mais un doute l'assaille, ombre menaçante sur un tableau déjà obscur. Un pli se creuse entre ses deux sourcils.

— Qu'est-ce qui se passe ? s'enquiert Sylvain.

— Quelque chose me turlupine. Nous allons

attaquer de nuit une horde de vampires. Ils auront l'avantage de la lune, de la vue dans le noir. De la force.

L'Élu ne répond pas car il sait que son ami a raison. Indubitablement. Et une évidence s'impose à lui : il leur faut attaquer de jour pour avoir l'avantage.

Et si la vision de sa femme s'avérait fausse ?

L'esprit embrumé de questions sans réponse, il se lève et prend congé du guérisseur.

ᴄᴄ

Un coup d'œil à l'écran de son smartphone lui apprend qu'il est près de quatorze heures. Il vient à peine de raccrocher après une conversation animée avec son fils et son cousin. Son cœur se serre, comme dans un étau, lorsqu'il repense à ce que son garçon lui a dit.

Vous revenez bientôt de vacances ? Vous ne voulez plus de moi ?

Sylvain l'a rassuré autant que possible mais son discours a très vite changé une fois son cousin à l'autre bout du fil.

Écoute, Al, c'est une mission plus dangereuse que ce que nous avons cru au départ. Les chances de réussite sont... très faibles. S'il nous arrive quelque chose, promets-moi de prendre soin d'Ezio comme si c'était ton propre fils.

De l'autre côté, Albert n'a rien voulu entendre. Il leur fait confiance et sait pertinemment que les Élus rentreraient de leur mission sains et saufs. Néanmoins, il leur a souhaité bon courage et coupé la communication.

Sylvain sait que l'attaque qu'ils vont porter à Cynthia et son armada sera plus que périlleuse ; il doute même que ce soit la dernière. Étrangement, un mauvais pressentiment l'envahit de minute en minute. Il se doit de bien préparer leur assaut, aussi prend-il la décision de faire appel aux hommes du Ministre.

Sans hésitation aucune, il compose le numéro du Ministère et, chose surprenante, obtient rapidement une réponse de Monsieur Monteaubard.

— Bonjour, Monsieur le Ministre.

— Ah, Monsieur Brun ! Vous tombez à point nommé. Je comptais justement vous contacter afin de connaître l'évolution de votre mission. Avez-vous repéré les créatures ?

— Oui, Monsieur. Nous avons réussi à en neutraliser quelques unes et avons découvert qui est à leur tête.

— Bien. De quoi avez-vous besoin ?

L'Élu prend le temps de réfléchir à la question. C'est le moment d'être clair et concis dans sa demande.

— Nous avons été repérés au Havre et nous aurions besoin d'un endroit où nous cacher le temps de nous préparer à l'attaque dans les environs de Nancy, Monsieur.

— Vous recevrez par e-mail les coordonnées de cet endroit dans l'heure, Monsieur Brun. Combien êtes-vous ?

— Six, Monsieur.

Le Ministre ne répond pas mais Sylvain entend le bruit des touches d'un clavier qu'on pianote. Au bout d'une longue minute, Monsieur Monteaubard reprend :

— Autre chose ?

— Oui, Monsieur. Nous aurions également besoin de quelques uns de vos soldats.

— De quel nombre parlez-vous ? Et pour quand vous les faut-il ?

— Au moins une vingtaine avant la tombée de la nuit, Monsieur.

Le Ministre ne cache pas sa surprise. Sylvain se maudit intérieurement, il n'a pas su insister sur l'urgence de ses besoins. La conversation prend fin après leur accord. Il est convenu qu'ils donnent l'assaut dans trois heures.

À dix-sept heures.

Nerveux, Sylvain pénètre dans le salon où sont assis sur les canapés Deborah, Arnaud et Damien. Sans préambule, il annonce :

— Je viens d'avoir Monsieur le Ministre au téléphone, nous attaquerons dans trois heures.

Trois paires d'yeux s'écarquillent devant lui. Avec leur

lot de questions.

— Comment ça, dans trois heures ?

— Une attaque de nuit n'est pas envisageable. N'oublions pas que ce sont des vampires et que donc, ils sont plus forts la nuit.

— Myriam est au courant ? glisse timidement Damien.

— Je tenais d'abord à vous en informer avant d'aller lui parler. Le Ministre va m'envoyer les coordonnées de notre nouvelle planque et des renforts.

De légers soupirs de soulagement accueillent son annonce.

Sylvain jette une fois de plus un œil à l'écran de son smartphone, son cœur bat plus vite. Il doit en parler à sa femme, et la réaction de l'Élue lui fait presque autant peur que l'attaque qu'ils vont donner dans quelques heures.

— Sur ce, préparez-vous au mieux. Vous avez deux heures et demie.

Ses amis acquiescent, il se décide à monter les marches pour rejoindre Myriam.

CC

Maison de Cynthia, Nancy
Département de Meurthe-et-Moselle

Myriam

La maison qui se dresse devant elle a changé du tout au tout. C'est comme si la famille Addams vient d'arriver pour en élire domicile. Toutes les fleurs ont fané, laissées à l'abandon. L'herbe tout autour n'a pas été tondue depuis belle lurette. Tous les volets sont clos, sales, décourageant ainsi toute visite bienveillante.

Et en l'espace de quelques semaines seulement !

La jeune femme se concentre. Elle ne détecte nulle-part de cuivre angélique. Étrange...

Réprimant un gémissement de terreur, elle s'avance vers la porte d'entrée. Il règne une atmosphère oppressante, un sentiment qu'elle n'éprouvait pas à l'époque où elle venait souvent. Un mauvais pressentiment s'empare d'elle.

Mais maintenant, plus moyen de reculer.

Elle est venue seule jusqu'ici pour mettre fin à tout ça. Et bien qu'elle ait conscience d'être plus forte en équipe, rien ne l'a découragée dans sa décision. Cynthia et elle ont un compte à régler. Ça se passe entre elles deux, uniquement.

Myriam doute que son mari et ses amis la comprendront. À cette pensée, sa bouche esquisse une moue triste.

Se douteront-ils que c'est pour les protéger ?

Et si, comme dans sa vision, elle mourrait et ne les revoyait plus jamais ?

Un frisson la parcourt des pieds à la tête et, instinctivement, pose les mains sur son ventre. Les larmes emplissent ses yeux sans pouvoir les contrôler.

Et si son enfant ne voyait jamais la lumière du jour ?

Elle inspire et expire plusieurs fois pour retrouver la maîtrise d'elle-même. Son bébé, au contraire, lui donnera la force pour réussir, vaincre son ennemie. Elle essuie ses larmes d'un revers de main rageur et pénètre dans la maison.

Sa démarche est assurée lorsqu'elle dépasse le hall qu'elle a si bien connu. Elle ne prend pas la peine de monter à l'étage ni le temps de vérifier les pièces au rez-de-chaussée ; grâce à sa vision, elle sait où aller. Elle se dirige directement vers la terrasse. Cette même terrasse où ils ont vécu des moments magnifiques et terribles à la fois.

Pourquoi sa pire ennemie a-t-elle choisi pareil endroit ?

Son cœur bat à tout rompre lorsqu'elle sent la présence si puissante de l'objet de ses pensées.

— Je pensais bien te trouver là.

Myriam ne se retourne pas. Elle sait qui se trouve derrière elle.

Cynthia en personne.

L'une d'elles deux va mourir ici aujourd'hui. Et l'Élue a décidé que ne ce sera pas elle. Elle est prête à l'affronter.

— Cynthia.

— Ma pauvre, tu es tombée dans le panneau comme une imbécile.

L'Élue ne réplique rien mais choisit cet instant pour se retourner et lui faire face. L'image se grave dans son esprit à jamais. C'est pourtant bien Cynthia devant elle mais l'Hybride a changé de façon désarmante. Physiquement, bien sûr mais Myriam remarque aussi un changement dans le comportement, son port autrefois timide s'est mué en supériorité, en confiance en soi.

En méchanceté.

Où est donc passée sa meilleure amie ? Douce, généreuse, attentive ?

Une brise légère fait flotter la chevelure ébène de Cynthia, qu'elle a détachée. Myriam observe cette cascade d'ondulations ténébreuses, comme hypnotisée. Les ennemies n'ont pas bougé depuis quelques secondes, se toisant, se jaugeant. Et lorsque Cynthia tend son bras devant elle, le retour à la réalité est étrange, le charme est rompu. Un rictus déforme les lèvres de l'Hybride, elle ferme le poing.

Immédiatement, Myriam manque d'air et ressent une douleur terrible à la gorge. Curieusement, c'est dans ces moments où l'on retient un détail moindre, insignifiant. La seule chose dont Myriam se souviendrait, c'est de l'éclat intense et écarlate dans les yeux de son ennemie. Un sourire cruel remplace le rictus sur le visage de cette dernière.

— Cessons ce jeu ridicule, dit Cynthia en resserrant perceptiblement sa poigne. Je vais te laisser une chance de me battre mais ce sera avant tout pour te faire comprendre que c'est vain. Choisis ton arme. Et choisis bien.

Lorsqu'elle lâche prise, Myriam s'effondre au sol, secouée par une grosse quinte de toux. L'air arrive dans ses poumons comme une délivrance, brûlante, bien que la nausée la surprenne. Tremblante, elle se relève et défie Cynthia du regard.

— Tu m'éliminerais ? Moi, ta meilleure amie ? Après tout ce que nous avons traversé ensemble depuis tant d'années ?

— Je crois bien que c'est la seule issue de ce duel, réplique-t-elle en sortant son épée du fourreau. Cette épée est en cuivre angélique et, il me semble, que c'est mortel pour toi.

— Pour toi aussi, rétorque Myriam en faisait apparaître son katana.

Silence.

Myriam ne se laisse pas démonter et décide d'abattre encore une carte.

— Tu tuerais celle que tu considères comme ta sœur ? En sachant que je suis enceinte ?

Elles s'affrontent du regard un instant. Mais Cynthia ne répondra jamais à sa question. Comme la dernière fois, son regard redevient -pendant une infime fraction de seconde- bleu. Myriam se demande une nouvelle fois si elle a rêvé, si c'est un effet d'optique. Est-ce un reflet ? Son imagination qui lui joue des tours ?

Les deux femmes ne disent mot, ne bougent plus. On aurait dit que Cynthia est en mode « pilote automatique » : les bras ballants, le regard perdu au loin, le dos résolument droit et immobile. Intriguée, l'Élue la scrute de haut en bas, guettant le moindre mouvement brusque. Les yeux de l'Hybride passent du bleu à entièrement noir. Un autre frisson désagréable la parcourt. Puis du noir, ils redeviennent rouges. La jeune femme ne comprend pas ce qu'elle voit.

Que vient-il de se passer ?

Soudain, mue par une rage jamais éteinte, Cynthia se lance sur son ennemie, épée au poing. À l'affût, Myriam a heureusement vu venir le coup et le pare plutôt facilement avec son katana. Aussitôt, elle tente une attaque que l'Hybride esquive de justesse. Les attaques, parades et esquives s'enchaînent ainsi, avec précision et talent.

Les deux amies d'autrefois s'affrontent dans un duel sans merci, défiant leurs capacités, leur rang, leurs croyances. Ce qui, auparavant, les a réunies, aujourd'hui, les séparent.

Mais alors que Cynthia semble avoir un regain d'énergie, Myriam, au contraire, se sent faiblir. Sa respiration se saccade, la tête lui tourne, ses membres la brûlent de partout. Bientôt ses attaques se font beaucoup moins précises et moins nombreuses ; l'épée de Cynthia la frôle à plusieurs reprises. Évidemment, cette dernière le remarque et, son visage jusqu'alors sérieux et fermé, se fend d'un sourire de triomphe.

— Tu faiblis, ma chère. Ce sera peut-être plus facile que je ne le pensais.

Heureuse que la situation penche en sa faveur, l'Hybride assène à nouveau un coup puissant qui désarme Myriam. Son katana atterrit à quelques centimètres d'elles deux tandis qu'elle tombe à genoux, le souffle court. Un sourire dément sur les lèvres, Cynthia envoie l'arme de son ennemie le plus loin possible d'un geste ample de la main. Sans se départir de son sourire, elle pointe son épée dans la direction de celle qui lui fait face. Mais, surprise, elle voit Myriam braquer sur elle le Glock qu'elle emmène partout avec elle.

— Tu ne peux pas me vaincre ! affirme Cynthia,

amusée.

— Je vais te tuer ! hurle l'Élue, de rage. Pour le bien de notre Peuple !

Après avoir armé le chien, elle appuie sur la détente. On ne croirait pas comme ça mais même pour un petit pistolet, la détonation est assourdissante. Elle résonne de longues minutes dans leurs oreilles.

La balle se loge dans l'épaule droite de Cynthia, soulageant la tireuse un court moment. Mais au lieu de crier de douleur, elle se met à rire. À rire si fort que même lorsqu'elle lève sa main à hauteur de son visage, Myriam en est déroutée.

Elle voit ses amis stoppés par une sorte de barrage invisible.

À quel moment sont-ils arrivés ?

— Regarde ! Tes amis sont venus pour te voir crever !

Désespérée, l'Élue vide son chargeur, visant les parties vitales : tantôt la tête, tantôt le cœur. Mais toutes les balles ressortent du corps, on aurait dit qu'elles le traversent seulement.

Cynthia rit toujours. Elle tient les autres à distance et Myriam à sa merci.

Victoire assurée.

Ne manque que le coup de grâce.

Tout à coup, une idée naît dans l'esprit de l'Élue. Appelant le pouvoir de la Terre, elle fait jaillir du sol des racines et leur commande d'encercler Cynthia.

Malheureusement, au contact de l'Hybride, les racines se fanent et meurent.   Disparues.

Derrière son ennemie, elle distingue son mari en train d'envoyer une boule de feu, qui disparaît contre la barrière invisible.

Myriam se rend compte qu'elle est seule face à la Mort. Dangereusement, son ennemie s'approche d'elle, plus menaçante que jamais avec son épée pointée dans sa direction. Dans un ultime effort, elle saisit son poignard fixé à sa cheville et se lance vers Cynthia.

— Bon sang, tu as forcément un point faible !

Et tandis qu'elle plante son poignard jusqu'à la garde dans le cœur de Cynthia, la longue lame cuivrée de son épée la transperce. Incrédule, elle regarde son ventre empalé sur l'épée, dont la blessure fume littéralement. Elle lève ses yeux emplis de larmes sur l'Hybride.

Le temps, soudain, s'arrête.

Du sang coule de sa bouche et, pendant que Sylvain hurle son nom, elle murmure, au ralenti :

— Cynthia... pourquoi... ?

Dans les yeux de l'intéressée, l'éclat rouge brille plus intensément lorsqu'elle retire son épée. Le sang dégouline dans l'herbe du jardin.

À genoux, les mains sur sa plaie, Myriam s'effondre en avant sans un bruit.

Et le chaos règne autour d'elle.

Cynthia

— Parce que je suis la Quintessence, Cynthia la toute-puissante !

Elle se tourne vers les autres Surhumains. Elle retire sans broncher le poignard enfoncé dans sa poitrine. Puis décide de briser la barrière qui les sépare d'elle. À la place, elle érige autour d'elle un bouclier translucide et protecteur. Son sourire ne quitte pas son visage, elle exulte. À travers son bouclier, elle les voit débouler vers elle, envahis de colère, de haine et de rage.

De chagrin.

Suffisante, pleine d'arrogance, elle questionne :

— Quelqu'un voudrait-il me défier maintenant que votre Élue est morte ?

Personne ne répond. Elle le sait, ils sont tous secoués par la mort de Myriam. Ils viennent de perdre leur moyen de la vaincre. Ils sont passés à côté de la victoire à cause de la réaction impulsive de leur meneuse.

Mais elle s'en fiche, elle a enfin eu sa vengeance !

Il lui faut à présent les tuer tous. Elle aperçoit Sylvain s'avancer vers le corps inerte de sa femme. Délibérément, elle le laisse faire. Dans son bouclier (ou plutôt : dans sa bulle), elle se place de façon à tous les avoir face à elle.

Sans réaction aucune, elle fixe Sylvain qui, désespéré, prend son épouse dans ses bras et hurle de chagrin. Il tente de la réanimer comme le lui a appris David, avec des massages cardiaques. Et très vite, se retrouve les mains pleines de sang.

Elle jubile.

Oh oui ! La vengeance est vraiment succulente à savourer.

Elle remarque les larmes sur les joues de l'Élu. Son cœur bat plus vite encore.

Le corps de son ennemie est déjà blanc et le sang continue de se répandre dans l'herbe.

Myriam ne réagit pas, ne respire plus.

Ne vit plus.

Soudain lorsqu'il comprend que c'est trop tard, il lève les yeux vers elle et annonce, d'une voix sifflante :

— Tu viens de signer ton arrêt de mort.

Elle ne peut s'empêcher de frissonner devant le ton plein de haine de l'Élu. Mais elle n'en laisse rien paraître. À la place, elle se remet à rire. Elle sait qu'elle ne craint plus rien. Elle est plus forte qu'eux.

Ses pouvoirs sont indéfinis.

— Serait-ce un défi ?

Il se met sur pieds, le corps soudain luminescent -comme lorsqu'il est sur le point de briller tel un soleil-, le regard dur, les poings serrés.

— Une promesse, répond-il.

— Je ne vois absolument pas ce que vous pouvez faire contre moi, crache-t-elle, hautaine. Je suis invincible.

Personne ne réplique.

« Peut-être sont-ils intelligents finalement. », pense-t-elle.

Ce qui suit, Cynthia ne s'y attend pas. Les sourcils froncés par la perplexité, elle observe Deborah s'asseoir en tailleur dans l'herbe et entamer une séance de méditation. Du moins, c'est ce qu'elle croit.

Car lorsque son bouclier invisible se brise brutalement, elle comprend que son ancienne amie est indéniablement pleine de ressources. Le reste s'enchaîne à une vitesse incroyable. Très vite, son épée vole en l'air et elle est soudain prisonnière d'une poigne invisible elle aussi. Elle lève les yeux vers ses adversaires. Ils sont pourtant tous présents. Deborah, Arnaud, Sylvain et bien sûr, son propre mari, bien qu'il soit en retrait et avec une patte folle.

Ils la dévisagent tous avec une profonde haine sauf David. Son regard n'exprime que tristesse. Elle ne comprend pas pourquoi son cœur se serre dans sa poitrine. Une partie d'elle-même lutte toujours pour anéantir ses sombres projets, ses sentiments malsains. Mais la colère est toujours plus forte. Elle hurle. Elle se sent tirée en arrière, comme si quelqu'un voulait la retenir.

— Vous savez très bien que j'ai le pouvoir de me téléporter ! crie-t-elle à leur intention.

— Et moi je suis là pour t'en empêcher.

Elle sursaute en entendant la voix qui s'élève derrière elle, au creux de son oreille. Elle ne la reconnaît pas.

Son cerveau se met à fonctionner à plein régime. Elle doit à tout prix trouver une solution pour se débarrasser d'eux. Les éliminer. Les jeter hors de sa route !

Mais la silhouette invisible lui bande les yeux et la bâillonne.

Dans le noir complet un frisson la parcourt.

Et bien qu'elle sache être invincible, elle sait qu'à partir de cet instant, elle va payer pour ses crimes.

Chapitre 9ème
L'Au-Delà

Lieu inconnu

Myriam

*P*artout, une lumière aveuglante m'entoure et m'empêche d'ouvrir les yeux en grand. Je n'ai aucune idée d'où je me trouve mais, étrangement, je sais que je dois marcher droit devant. Le sol que je foule est froid et dur, blanc lui aussi. Un gigantesque carrelage. Tout autour de moi est blanc, lumineux. Immaculé. Vide.
Je ne comprends pas ce qui m'arrive.

Tout est comme dans un rêve, surréaliste, incroyable. Impossible.

Lentement, la lumière devient moins éclatante à mesure que je progresse dans ce tunnel stérile. Enfin, tout en douceur, j'en émerge. Ôtant la main de mes yeux, j'aperçois une grande prairie. Une immense, devrais-je dire. Une telle sérénité s'en dégage qu'un souvenir lointain remonte doucement à la surface. Je plisse les paupières. Le ciel est d'un bleu pur d'été, sans un seul nuage à l'horizon. Le soleil trône haut dans le ciel, m'octroyant une onde de chaleur bienvenue. L'herbe sous mes pieds nus n'est pas froide, il est même agréable d'y marcher. Bordant la prairie, des arbres bien verts accueillent la brise fraîche. On se croirait une après-midi du mois de juillet au vu du temps magnifique.

Au loin, je crois voir un point noir.
Un animal ?

Je hausse un sourcil et me décide à aller voir. Je marche durant cinq bonnes minutes. Cette prairie est vraiment immense.

Lorsque je suis assez proche pour reconnaître la silhouette, je crois rêver. Parce que ce ne peut pas être autre chose qu'un rêve.

De dos, il ne me voit pas. Et moi, je n'ai d'yeux que pour lui. Il ne bouge pas. Ses yeux se perdent sur l'horizon splendide. Mon cœur se met à battre à tout rompre. Ça ne peut pas être vrai.

Il se retourne soudain -comme s'il avait senti (attendu ?) ma présence-, me souriant comme autrefois. Des larmes roulent sur mes joues.

— Éric ?

Son sourire radieux confirme ce que je sais déjà. Ce que mes yeux, mon corps, mon cœur savent déjà.

Alors, je me jette dans ses bras. Nous chutons, heureux de nous retrouver, pleurant notre joie. Il me serre contre lui tandis que je fonds en larmes.
Mon bonheur n'a d'égal que son amour inconditionnel envers moi.

— Tu m'as tellement manqué !

Il dépose de doux baisers dans mon cou, je hume son parfum frais qui n'a jamais quitté ma mémoire olfactive.

C'est lui ! Oh oui, c'est bien lui !
J'en pleure. Je pleure de joie, d'émotion si forte. Nous nous asseyons dans l'herbe, les mains entrelacées.

— Est-ce que je suis morte ?

— Oui, dit-il doucement puis il regarde autour de lui et demande : tu reconnais cet endroit ?

Je l'imite. Je n'ai pas besoin de réfléchir. Cet endroit magique, ce havre de paix et de silence a bercé jadis notre histoire d'amour.

— C'est ici que nous nous sommes aimés la première fois, répondé-je alors qu'il embrasse mes mains.

Je plonge mon regard dans ses yeux verts, imprimant dans mon esprit cette image à jamais. Je ne peux retenir d'autres larmes, assaillie par des souvenirs que j'avais jetés dans un coin de mon esprit..

— Oh Éric ! Tu es parti si tôt...

Il prend un air penaud. Le genre de regard qui veut dire que, bien évidemment j'ai raison, mais aussi qu'il s'est rendu à l'évidence. Il murmure dans un soupir :

— Je suppose que mon heure était arrivée. Quoi qu'il en soit, tu as su aimer à nouveau.

Les yeux écarquillés, je le regarde.

Sait-il donc que je suis mariée et mère d'un petit garçon ?

— Tu es au courant ? lui demandé-je.

— Bien sûr, répond-il. Je veille sur toi d'ici. J'ai bien vu que grâce à mon frère, tu as surmonté ma mort.

Son frère. Théo.

Sans crier gare, il pose sa main sur mon cœur. Sa bouche esquisse un sourire triste.

— Tu m'aimes encore.

Comment pouvais-je lui mentir ?

Il me connaît depuis toujours. Il sait.

— Oui. Je t'ai toujours aimé.

Son ton prend soudain quelque chose de mauvais. Mais, bien qu'il soit décédé depuis des années, je suis habituée à cette réaction. De son vivant, il a toujours été d'une jalousie maladive. Aussi répond-il aussitôt :

— Mais tu es mariée.

— Éric, tu es parti et tu m'as laissée toute seule. J'ai dû refaire ma vie sans toi. Et ta réaction n'est pas du tout légitime.

Un silence tombe. Il se met à pleurer. Doucement, sans aucun bruit. Immédiatement, mon cœur se serre et ma gorge se noue de peine. Je me sens coupable. Mais avant que je ne puisse dire quoi que ce soit, il glisse, entre deux sanglots :

— On s'était promis de mourir ensemble. Mais tu ne m'as pas jamais rejoint.

Maintenant, c'est moi qui pleure. Honteuse, malheureuse, je lui montre mes poignets scarifiés. Horrifié, il les saisit et les observe un moment.

— J'ai essayé. Je te promets que j'ai essayé. Théo m'en a empêchée. Il m'a trouvée inconsciente dans la baignoire pleine de sang. Il m'a emmenée à l'hôpital. Il a été à mon chevet jusqu'à mon réveil, deux jours plus tard. Et il m'apportait tous les jours des fleurs. Je suis tombée amoureuse de lui, ou plutôt : je suis retombée amoureuse de toi à travers lui. Il était tout ce qu'il me restait de toi.

— Alors, que s'est-il passé ensuite ? s'enquiert-il après avoir embrassé mes cicatrices.

Je ne réponds pas tout de suite, j'arque un sourcil. Ses larmes ont cessé de tracer leur route sur ses joues imberbes. Nerveux, il triture mon alliance.

— Je croyais que tu savais tout ? demandé-je.

— Non, malheureusement. Je n'ai pas su ce qui s'est passé. Vous étiez pourtant prêts à vous marier.

— Toi et moi aussi. Mais la maladie t'a emporté et elle a failli me prendre Théo. Il a voulu me protéger, il a rompu nos fiançailles brutalement.

Ses immenses yeux verts me scrutent. De son pouce gauche, il essuie une larme sur ma joue droite. Un autre sourire triste prend forme sur ses lèvres.

— Il n'a jamais cessé de t'aimer. Finalement, on vit la même chose lui et moi. On erre, séparés de toi.

— Ton frère est quelqu'un d'extraordinaire, comme toi. Ses parents et ses enfants sont morts et au lieu de s'effondrer, il répond présent quand je lui demande de l'aide.

— Il ferait n'importe quoi pour toi...

Il s'interrompt un instant. Ne lâchant mes poignets pour rien au monde, il ferme les yeux et on l'aurait dit en train de méditer. Lorsque ses paupières se rouvrent, son teint vire soudain au livide.

— Que se passe-t-il ?

— On ne peut pas rester là. Suis-moi.

Tremblante comme une feuille, je me remets sur pieds et cours après lui. Derrière nous, des nuages d'un noir terrifiant chargent le ciel et des éclairs le zèbrent. Le tonnerre gronde. Je n'ai jamais eu peur de l'orage mais ici, il est cent fois plus effrayant que dans mes pires cauchemars. Le vent se lève subitement et bruyamment, tant et si bien que je dois me concentrer pour entendre les paroles d'Éric dans le vacarme :

— Cours et ne t'arrête pas !

CC

Maison de Cynthia, Nancy
Département de Meurthe-et-Moselle

David

Il n'a pas encore compris comment Deborah a brisé ce bouclier invisible. Toujours est-il que grâce à elle, l'avantage est enfin dans leur camp. Paralysé, ses yeux ne se détachent pas de sa femme. Bien qu'elle soit bâillonnée et les yeux bandés, il la voit gigoter pour tenter de se libérer. Mais Damien la tient fermement.

Que vont-ils faire d'elle maintenant ?

Dépité, il baisse la tête. Peut-être vaut-il mieux qu'il la tue lui-même. Après tout, elle a assassiné Myriam sous leurs yeux à tous. Une vie pour une vie. Tout à coup déterminé, il s'empare de l'un de ses Taurus Raging Bull à canon long de calibre 44 Magnum et fait apparaître dans sa main gauche, non pas une balle en argent mais une balle en cuivre angélique. Voilà plusieurs jours qu'il l'a fabriquée pour une occasion comme celle-ci. Il vide le barillet et le charge de l'unique balle qu'il tient fermement. Décidé à mettre fin à tout ça, il s'avance péniblement vers elle, sa jambe l'empêchant de marcher normalement. À seulement un mètre, il déclare :

— Je vais m'en occuper.

Sa concentration est telle qu'il remarque à peine l'effusion autour de lui. À travers un brouillard, il perçoit les pleurs de Sylvain, ses cris désespérés pour la ramener parmi eux. Deborah hurle « le bébé ! » à tue-tête. Et Arnaud s'approche de lui pour lui demander, calmement :

— Laisse-moi m'en occuper, David. Il faut que tu sauves notre Élue.

— Je ne peux plus rien faire, réplique-t-il. Mon devoir est de punir ma propre femme. Essaye d'aider Sylvain.

Arnaud l'observe quelques secondes sans rien dire, ni

bouger. Ses sourcils froncés laissent deviner sa désapprobation mais pour une fois, David n'en a cure. Ce qu'il s'apprête à faire résulte du plus grand effort mental -et physique- de son existence.

La pire décision qu'il a dû prendre.

Il finit par être seul. Il prend plusieurs fois son inspiration puis demande à Damien de lui retirer son bâillon. Le jeune Surhumain n'oppose aucune résistance et obéit.

— David ?

Stupéfait, il la regarde, silencieux. Elle ne le voit pas à cause du bandeau qui lui cache la vue mais elle sait que c'est lui. Il n'a pas entendu cette voix depuis si longtemps. La voix débordante de gentillesse de Cynthia. Sa vraie voix. Pas celle pleine de cruauté et de haine.

Il ne sait pas comment réagir. Il a l'impression de ne pas avoir eu sa femme devant lui depuis des décennies. Pourtant, le doute l'assaille.

Est-ce un piège ?

— David, est-ce que c'est toi ?

L'intonation reste la même, avec une touche de panique toutefois. Il se décide à lui répondre :

— Je suis là, mon amour.

— David, aide-moi je t'en supplie !

— Comment ?

Mais elle ne répond pas. Elle gémit de douleur, elle se

tord en tout sens. On aurait dit qu'une lutte féroce faisait rage dans le propre corps de son épouse. Il doit agir. Maintenant. Il range son arme dans son holster, sous l'aisselle, et se dirige vers elle. Après un regard qu'il veut rassurant à Damien, il défait doucement le bandeau qui dissimule les yeux de Cynthia. Et ce qu'il voit le laisse stupéfait.

Les iris de la jeune femme clignotent. Ils passent du bleu au rouge sans savoir se décider sur la couleur dominante.

David ne le voit pas mais, à sa droite où gît le corps inanimé de Myriam, s'approche à pas feutrés le dénommé Théodore.

Alors, la voix tiraillée de Cynthia déchire le silence :

— Elle reprend le dessus !

— Qui ça ?

La réponse jaillit, aussi incompréhensible qu'inattendue :

— Callista !

Se produisent alors deux choses bien distinctes.

Face à lui, Cynthia hurle. Et son cri, qui rebondit sur toutes les surfaces les entourant, a reperdu toute humanité. Le bleu si superbe de ses yeux vire au rouge une nouvelle fois et ne change plus.

À sa droite, un autre hurlement terrifiant retentit, l'obligeant à tourner la tête. L'horreur se peint sur son visage. À genoux, Théodore essaie de retirer la flèche de cuivre angélique qui traverse sa poitrine fumante. Mais il n'en a pas la force. Il tombe à plat ventre, rampe jusqu'à Myriam, puis s'allonge à son tour sans vie. C'est à ce moment que Cynthia -Callista ?- en profite pour se servir de son pouvoir de télékinésie. Sans pitié, elle projette David à l'autre bout du jardin et parvient enfin à se libérer de l'emprise de Damien. De la maison, sort une poignée de monstres : Kévin, Laura et Steve. Sur le seuil de la baie vitrée menant au jardin, une foule de vampires patiente. Alex, Jenny, Marina... Tous attendent les ordres mais craignent la lumière du jour. Et bien qu'ils soient affaiblis par le soleil, ils s'approchent autant qu'ils le peuvent de l'arène de combat.

David attend un instant que la douleur dans sa jambe s'estompe avant de se redresser tant bien que mal. Celui qui lui fait face vient de tuer Théodore.

Kévin.

Une arbalète fièrement tenue entre ses mains.

— Vous en avez mis du temps ! se plaint Cynthia. Très beau coup, Kévin.

— À votre service, Maîtresse.

L'Hybride veut dire quelque chose mais se ravise lorsque Sylvain se dirige vers elle avec un Colt 1911 pointé sur sa tête. Amusée, elle se met à rire. Pour autant, elle ne bouge pas d'un millimètre, la tête haute.

— Tu ne peux pas me tuer, assure-t-elle.

— Sylvain, ce n'est pas Cynthia ! hurle David. C'est Callista !

Les larmes roulent sur les joues de l'Élu qui se tourne vers David et rétorque, en détachant bien chaque syllabe :

— Je n'en ai rien à faire. Elle a tué ma femme et tu n'as rien fait pour la sauver. Maintenant, je vais faire comme toi : je ne vais rien faire pour sauver la tienne.

— Attends, je comprends que la douleur t'affecte énormément mais tu ne peux pas la tuer, elle est possédée par Callista !

— Et tu penses que je vais croire à tes conneries ? crie Sylvain, furieux. Si tu étais à ma place, tu ferais pareil.

— Oh pour ça, glisse suavement Cynthia, aucun doute.

— La ferme, assassine !

Surpris, ils se tournent vers Deborah qui n'a, visiblement, pas su contenir sa colère. Déjà, elle dégaine ses deux MP5K (qui n'étaient pourtant pas là cinq secondes avant), préférant garder son Taurus dans son holster fixé à la cuisse. D'un regard, Arnaud imite sa femme, fait apparaître son Smith&Wesson SW1911. Damien, abattu par la mort de son Élue, dégaine machinalement son Beretta. Face à eux, les sbires de Cynthia les observent en silence mais un rictus moqueur sur le visage. L'Hybride rit une fois de plus.

— Vous êtes... trois à vouloir vous battre contre nous. Il me semble qu'il y a comme une inégalité en nombre.

— Les Licans sont pourtant tous morts, réplique sèchement Deborah en s'avançant vers eux. On était peu face à une armée, tu devrais t'en souvenir, traîtresse.

Mais la jeune femme ne laisse pas l'ennemie répondre. Hurlant toute sa rage, elle provoque un chaos inévitable en vidant ses chargeurs sur la horde de vampires qui la regarde, abasourdie. La baie vitrée explose, une quinzaine de vampires s'écroule au sol puis part en fumée, tandis que Marina hurle à qui veut bien l'entendre qu'elle est touchée.

Dans l'agitation, Cynthia préfère s'éclipser à l'intérieur de sa maison, laissant derrière elle un combat dont elle est coupable.

David et Sylvain, qui se sont repris, dégainent à leur tour d'autres armes plus puissantes. À leur droite, ils discernent Deborah qui échange coups de pieds et de poings avec Laura. Cette dernière a la lèvre inférieure fendue.

— Toi aussi, tu n'es qu'une traîtresse !

À terre, Laura a beau lever les mains pour se protéger le visage, cela ne suffit pas à amortir des coups qu'elle prend en pleine figure. Sa peau est à présent maculée de sang, sa lèvre et son arcade sourcilière fendues -qui s'étaient déjà ouvertes suite aux coups de Myriam- propageant le liquide écarlate en tout sens. À califourchon sur la Surhumaine traîtresse, Deborah enchaîne les droites, tantôt sur la mâchoire de Laura, tantôt sur son nez. Lorsqu'on entend un craquement sinistre et voit jaillir du sang entre elles deux, la détentrice de l'air estime que c'en est assez.

Laura se tient le nez, la mâchoire, les yeux. Elle a à peine le temps de redresser la tête. Une fois ses yeux relevés vers son ennemie, elle n'a qu'une fraction de seconde pour comprendre ce qui va suivre. Le canon doré du Taurus de Deborah réfléchit un instant la lumière du soleil avant de sursauter et de fumer. Au milieu du front de Laura, dégouline une traînée de sang mêlée à de l'azote.

Le nombre de vampires diminue peu à peu, la haine et le désespoir des troupes surhumaines sont plus que palpables. Seules les créatures les plus puissantes leur tiennent tête.

Soudain, le calme revient. Étrange, dérangeant, incompréhensible. Chacun des Surhumains se lance un regard incrédule, perplexe.

Autour d'eux, des cendres.

Lieu inconnu

Myriam

Après des minutes de course vers l'horizon, nous apercevons une cabane en bois sombre. Je le suis jusqu'à l'intérieur, sans me poser de questions. Nous nous cachons derrière un objet que je ne reconnais pas, recouvert d'un drap. La cabane est plus grande qu'elle n'en a l'air de l'extérieur. Dix mètres carrés, tout au plus.

Que fuit-il que je ne vois pas ?

Figés l'un contre l'autre, nous attendons... je ne sais pas quoi. J'observe Éric, totalement affolé, inquiet, guettant une chose que je ne comprends pas. L'orage gronde dehors, de plus en plus fort. On entend le tonnerre. Et enfin, la pluie qui martèle le toit en tôle de la cabane.

Est-ce ça qu'il craint ?

Je n'ai pourtant pas souvenir d'une telle peur de son vivant. N'y tenant plus, je brise le silence :

— Éric, que se passe-t-il ?

— Je... je ne pourrai pas te protéger...

Son regard se fait fuyant, il tremble de la tête aux

pieds. Dans l'espace confiné de la cabane, la lumière se raréfie de seconde en seconde. Comme une menace de plus en plus envahissante. J'imagine déjà les nuages gris foncé, noirs, couvrir le ciel pourtant si bleu il y a peu.

— Me protéger de quoi ? murmuré-je à grand peine.

— Du Diable, lâche-t-il, visiblement à contrecœur.

Sa réponse glace le sang dans mes veines. Et met mon cerveau dans un état de profonde réflexion.

Comment le Diable peut-il exister dans un endroit pareil ?

— Mais nous sommes au Paradis !

Puis, face à son manque de réaction, j'ajoute :

— Non ?

— Non, répond-il sur la défensive. Nous sommes dans l'Au-Delà. C'est ici que viennent les âmes une fois que nous sommes morts. Bonnes comme mauvaises.

— Pourquoi n'y a-t-il personne à part nous deux ?

Il prend mes mains entre les siennes, plonge ses yeux magnifiques dans les miens et réplique, doucement cette fois :

— N'avons-nous pas toujours été seuls dans cet endroit sur Terre ?

Le souvenir de ces moments passés seuls au monde

se précise dans mon esprit. Comme un appel irrésistible. Il approche son visage du mien, nos lèvres se frôlent. Timidement, nous nous embrassons. Quelque chose de terriblement réconfortant, sécurisant.

Je suis morte. Laissant derrière moi un mari, un fils, un Peuple, une guerre... Avec le Diable à nos trousses. Et je suis pourtant sereine à ses côtés. Comme si j'avais enfin trouvé ma véritable place.

Soudain, la porte de la cabane s'ouvre dans un grand fracas, interrompant notre baiser magique.

Il nous a trouvés.

La peur nous paralyse, l'effroi glace Éric, qui serre mes mains presque jusqu'à les briser. Un bruit, cependant, me fait hausser un sourcil. Le Diable referme la porte derrière lui et pénètre dans la cabane. Puis n'avance plus. Ce n'est pas du tout logique. Connu et craint pour sa colère, sa haine, son comportement malsain et bourrin, le Diable n'aurait jamais refermé cette porte avec douceur.

La douceur... il en est bien incapable.

Par ailleurs, la respiration de l'importun se fait inaudible. Je fronce les sourcils. Ça ne cadre pas.

Dehors, j'ai l'étrange impression que l'orage a cessé.

Peut-être sont-ce les murs de la cabane qui isolent le bruit ?

Ou bien, l'orage s'est-il déplacé ?

Intriguée, je tente d'y voir plus clair. Mais je n'en ai pas le temps.

— C'est bon, vous pouvez sortir.

Cette voix... C'est impossible de l'entendre ici. Et pourtant... Abasourdis, Éric et moi sortons de notre cachette improvisée.

— Théo ?

Est-ce bien moi qui viens de parler ?

Éric ne bouge plus, les yeux perdus sur son frère. Tout à coup, ils court dans sa direction et le serre dans ses bras.

— Mon frère ! hurle-t-il entre deux sanglots.

Leur étreinte soulève en moi quelque chose de profondément enfoui. Leur joie de se retrouver provoque en moi une émotion grandissante, évidente. Les larmes coulent sur mes joues également. Aussi parce que je comprends que si Théo se trouve là, ce n'est pas pour rendre une visite de courtoisie à son frère.

Théo est mort.

Ce constat fait redoubler mes larmes.

Après de longues minutes, les deux frères s'écartent l'un de l'autre. Trempé de pluie, Théo reprend ses esprits plus vite et mieux que nous.

— Le Diable a perdu votre trace pour l'instant.

— Tu connais son existence ? me récrié-je, stupéfaite.

— Comment ne le pourrais-je pas avec mon pouvoir ?

Je hoche la tête. Parfois, j'oubliais qu'il peut déceler le pouvoir et la puissance des autres. Celui du Diable doit être immense...

Je fronce soudain les sourcils, une fois de plus. Quelque chose me turlupine.

— Éric, je ne comprends pas... Tu as dit que l'Au-Delà abrite toutes les âmes, « bonnes comme mauvaises ». Comment pouvez-vous tous cohabiter sans vous entre-tuer ? Votre âme n'est-elle donc jamais en paix ?

Il s'apprête à répondre à ma première question mais la deuxième lui fait baisser la tête. Je crois un instant qu'il garderait volontairement le silence. Mais, sans relever son visage, il déclare :

— L'Au-Delà est divisé en deux parties : une pour les bonnes âmes et une pour les mauvaises.

Il lève enfin les yeux sur moi. Une angoisse sourde envahit ses prunelles vertes tandis qu'il poursuit avec une certaine réserve :

— Les deux parties sont séparées -et protégées- par la Barrière Éternelle. Infranchissable. Sauf si une mauvaise âme devient bonne ou inversement. Mais, qu'elles soient bonnes ou mauvaises, le Diable traque les plus puissantes d'entre elles.

— Pourquoi ? demandé-je, bien que la réponse me paraisse évidente.

— Pour les emmener en Enfer.

Voilà, il l'a dit. Et même si je connaissais la réponse, l'entendre me fait l'effet d'un coup de massue sur la tête. Je me fige d'horreur quand soudain, je réalise le sens de ses paroles. Le Diable traque les âmes puissantes...

Qui de plus puissant que l'Élue du peuple Surhumain ? Je sens mon estomac se nouer d'angoisse.

— Oh, bon sang ! m'exclamé-je. C'est moi qu'il veut...

— Oui, dit simplement Théo. Mais pas aujourd'hui. Suis-moi.

Hésitante, je regarde d'abord la main dégoulinante de pluie qu'il me tend puis le visage effrayé d'Éric.

Où veut-il m'emmener ?

Après quelques secondes, je pose ma main dans la sienne, je lui fais confiance. Il serre mes doigts et, lançant un regard qu'il veut rassurant pour son frère, tourne les talons afin de se diriger vers la porte. De sa main libre, il l'ouvre et, alors que je m'attends à voir un paysage noir et noyé de pluie, c'est le beau temps qui nous accueille. Ma perplexité s'accroît davantage. Je ne comprends rien à ce qu'il se passe.

Absolument rien du tout.

Dans un état second, je suis mon ami. Nous traversons la prairie jusqu'à l'endroit par où je suis arrivée peu de temps auparavant.

Devant nous, se dresse une chose que je comprends encore moins. Mes yeux accrochent une sorte de voile transparent, nimbé de lumière, dans les mêmes dimensions qu'une porte. Je plisse les paupières. Mais déjà, Théo s'arrête et m'oblige à lui faire face.

Que se cache derrière ce voile scintillant ?

Je plonge mes yeux dans les siens. Il serre ma main plus fort. Du coin de l'œil, je capte la jalousie sur les traits d'Éric, qu'il tente de maîtriser. Fidèle à lui-même. Je réprime un sourire. Le ton qu'emploie Théo à cet instant me ramène à l'instant présent.

— Tant que tu seras avec moi, il ne pourra pas te trouver.

— Comment ça ? questionné-je.

— Il est ton ange-gardien, murmure Éric qui ouvre la bouche pour la première fois depuis plusieurs minutes.

— Pardon ?

Les battements de mon cœur s'accélèrent sous le choc. Théo porte ma main à ses lèvres et l'embrasse. Éric tique mais ne dit mot. Je ne m'attends pas à la suite. Lentement, sans lâcher ma main, il pose un genou à terre.

— Je suis à présent chargé de ta protection dans l'Au-Delà.

Je rougis devant le caractère particulier -et très chevaleresque- de la scène. C'est comme si Théo, chevalier dévoué, me prêtait allégeance. Un garde du corps devant sa reine. J'en suis bouche bée. Un sourire passe furtivement sur le visage de mon ange-gardien ; à l'inverse, celui d'Éric en est crispé.

— Mais je n'aurai pas à remplir ce rôle avant très longtemps. Ton heure n'est pas venue. Et tu as une guerre à gagner.

— Théo, je ne comprends rien à ce que tu me racontes. Je suis morte ! m'écrié-je avec véhémence.

— Plus pour longtemps, répond-il calmement. Ta place n'est pas ici. Pas encore.

Mais avant de rétorquer quoi que ce soit, il se relève et me fait pivoter sur moi-même. Devant mes yeux, le voile lumineux et translucide. Je me concentre sur ce qui s'y trouve derrière. Mon cœur s'affole démesurément lorsque je découvre l'image, étrangement troublée par de petites vagues. J'ai l'impression de voir à travers une mare d'eau douce, sans pour autant y déceler mon propre reflet.

L'endroit où je suis morte, transpercée par l'épée en cuivre angélique de mon ennemie. Voilà l'image qui s'imprime à présent sur mes rétines. Le chaos qui règne là me glace malgré le temps splendide qui réchauffe l'Au-Delà. Je vois mes amis, ma famille devrais-je dire, l'un à côté de l'autre. Tous avec une arme à la main. Ils ne regardent que dans une seule direction : celle d'où Cynthia, seule, les toise de son air hautain, supérieur. Mais ce qui me marque profondément, ce sont les tas de cendres. Des amoncellements par dizaines jonchent l'herbe verte du jardin. Des vampires. Hormis mon propre décès et celui de Théo, notre camp n'a pas d'autres pertes à déplorer.

Et heureusement.

Curieuse, je tends la main vers l'étrange voile étincelant, désireuse de toucher du doigt cette matière inconnue. Ma main passe au travers, sans résistance aucune. Rien que de l'air. Mon cœur rate un battement. On aurait dit que mon bras n'avait plus ni de main, ni de poignet. Pourtant, quand je remue les doigts, la sensation est là. De plus en plus surprise, je les retire et dis tout bas :

— Qu'est-ce que c'est ?

— Tu te trouves devant la Porte Céleste. C'est ici que tu peux voir le présent.

À ma droite, Éric cherche ma main. À ma gauche, Théo pose la sienne sur mon épaule.

— Ton ennemie n'est pas celle que tu crois,

reprend-il. Cynthia est possédée par une force bien plus puissante qu'elle. Un Lican que vous aviez combattu toutes les deux.

Je ne comprends pas immédiatement ce qu'il essaye de me dire. Puis un déclic se fait dans ma tête. Quelque chose de violent secoue mes entrailles. Je frissonne.

Est-ce bien la panique qui serre mon cœur si fort ?

J'ai soudain un haut-le-cœur.

— Est-ce que tu... Tu veux parler de Callista ?

Rien que d'évoquer ce nom me donne des sueurs froides, provoque des tremblements dans tout mon corps. Mails il ne répond pas.

Toute ma terreur fait échos à son silence.

Comment est-ce possible ?

Nous l'avions vaincue !

Je m'effondre soudain. Je croyais me faire mal en tombant mais, au contraire, c'est comme si je chutais sur une montagne d'oreillers moelleux. Tout en douceur. Je pleure à chaudes larmes pourtant. Ça ne peut pas être pire.

Cependant, une question s'impose à moi. Presque aphone, je demande:

— Pourquoi tu me le dis seulement maintenant ?

Ma demande est lourde de reproches sans le vouloir. Mais mon ami ne s'en offense pas. À l'inverse, il répond, la mine songeuse :

— Mes pouvoirs dans l'Au-Delà sont... différents de ceux que j'avais sur Terre.

— Comment ça ?

— Sa perception est largement accrue, explique Éric. Il sait discerner les âmes.

— Précisément, acquiesce Théo. Et dans le corps de Cynthia, il y en a deux.

Aucun des deux frères ne cherche à me remettre sur pieds et ce n'en est pas plus mal. La douceur de l'herbe sous mes jambes repliées me fait du bien.

— Elle n'a jamais rallié l'autre camp, murmuré-je pour moi-même.

— Tu dois la sauver !

— Mais comment ? hurlé-je, désespérée. Comment a-t-elle pu survivre ? Nous l'avions battue !

Ils paraissent réfléchir. Devant mes yeux, la Porte m'offre une vue que je refuse. Pourtant, personne ne bouge.

Que se passe-t-il ?

Je suis morte, impuissante et en manque de réponses.

Se peut-il que mon amour pour Sylvain ne soit pas considéré comme assez pur?

Théo interrompt le fil de mes pensées.

— Je ne sais pas exactement ce qui s'est passé.

Mais je ne vois qu'une seule réponse possible : son âme a été renvoyée sur Terre.

Je tressaille. Mes paupières s'agrandissent sous le choc et l'incompréhension. À cet instant, ils synchronisent leurs mouvements pour m'aider à me relever. Je chuchote enfin :

— C'est impossible de renvoyer une âme sur Terre...

— Parfois, ça arrive, dit-il sur un ton condescendant.

— Comment ?

— Il arrive que d'autres âmes..., il hésite sur le terme à employer tandis que ses joues s'empourprent puis décide : pactisent avec le Diable pour libérer d'autres âmes.

Éric jette un regard noir plein de haine à son frère. Je n'ai jamais vu ce visage de ma vie et quelque chose se fige en moi. Je ne comprends pas sa colère soudaine. Je décide de ne pas m'y attarder.

— Tu penses que Callista est revenue sur Terre par ce moyen ?

— Je crois oui, acquiesce-t-il. L'autre moyen me paraît impossible.

— Quel est-il ?

— Cette fois, ce n'est pas le Diable qui renvoie l'âme, mais les Éternels. En échange d'une autre âme. S'ils jugent que la personne n'a pas à mourir, ils la renvoient sur Terre et prennent une autre âme. Tu auras deviné que les mauvaises n'ont pas ce « traitement de faveur ». C'est pourquoi ton âme va être renvoyée sur Terre.

Je plonge mes grands yeux étonnés dans ceux de Théo.

Ai-je bien entendu ? Mon cerveau a-t-il bien saisi ces mots ?

— Je vais ressusciter ?

— En quelque sorte oui.

Je sens mon cœur battre à mes tempes. Je vais vivre. Avec mon mari, mon fils, mon Peuple...

Une ombre traverse mes pensées. Une chose que Théo a dite me revient en mémoire et se répète sans cesse dans mon esprit : *s'ils jugent que la personne n'a pas à mourir, ils la renvoient sur Terre et prennent une autre âme.*

Alors, je sens mon corps se liquéfier de terreur. Et, bien que je ne sois à présent qu'une âme, j'éprouve exactement les mêmes sensations physiques désagréables que lorsque j'étais en vie.

— Quelle âme vont-il prendre en échange de la mienne ? demandé-je, la voix plus aiguë qu'à l'accoutumée.

Silence. J'intercepte l'échange de regards éloquents

entre eux. Je craignais la réponse mais je l'attendais.

— La mienne, finit-il par dire puis il ajoute : mais je n'ai plus beaucoup de temps à présent.

Je pleure soudain. Prise d'un immense chagrin, je me jette dans ses bras et le serre fort. Tant pis si Éric nous foudroie des yeux, tant pis si ça le rend fou de jalousie. Cet homme se sacrifie pour moi. Pour que je retourne auprès des miens et combatte nos ennemis. Pour que mon fils soit avec sa mère. Dans cette étreinte, je voulais exprimer toute ma gratitude.

Comment pourrais-je jamais le remercier ?

Je m'écarte légèrement, interroge entre deux sanglots :

— Comment dois-je la vaincre ?

— De la même manière que la première fois. Et crois-moi, elle ne reviendra plus jamais. Ton amour pour ton mari est pur, n'en doute pas.

Un silence tombe sur nous trois. Je sens que le moment des adieux arrive. Après quelques secondes, Théo lève son visage vers le ciel splendide, paupières closes. Je tourne le dos à la Porte, leur faisant face à tous les deux. Enfin, il inspire profondément avant de me regarder.

— Il est temps.

Temps de quitter l'Au-Delà, de retrouver les miens, de dire adieu à ceux qui, jadis, avaient pris la place la plus importante dans ma vie, comme dans mon cœur.

Temps de vivre.

Je commence par l'aîné.

— Théo... merci mille fois.

— Mais... de quoi ?

— De ta protection. Ça fait déjà deux fois que tu me tires des griffes de la mort.

Je m'approche davantage, prends son visage entre mes mains.

— Si tu n'avais pas toujours cherché à me protéger, c'est avec toi que j'aurais fini ma vie. Je ne t'oublierai jamais et je te serai éternellement reconnaissante.

J'aperçois des larmes dans ses yeux sombres mais, pour seule réponse, il chuchote :

— Apporte-nous la victoire, ma chérie.

Je le serre encore dans mes bras, le souffle court. Enfin, je me tourne vers Éric. Cette fois, j'ai le droit à de vrais adieux. Cependant, maintenant que j'en ai l'occasion, ça n'en est que plus difficile.

Dire adieu à quelqu'un qu'on aime et qu'on a déjà perdu, c'est une torture qu'on s'inflige pour prolonger le temps passé avec lui.

Je suis incapable de le regarder. Je murmure :

— Éric... je t'aimerai toujours.

— Moi aussi, *gioia mia.* Fais attention à toi sur Terre. Nous veillerons sur toi. Toujours.

Je l'embrasse tendrement. Des larmes s'échappent imperceptiblement de mes yeux. D'ici peu, je revivrai et je ne les reverrai plus.

Je suis prête. Enrichie d'informations nouvelles. De points de vue différents. Et d'une volonté de victoire sans failles. Théo ne me dicte pas la marche à suivre. Je la connais. Je sais exactement ce que j'ai à faire. Je fais face à la Porte, déterminée. J'inspire à fond.

Un...

Deux...

Trois... !

Je la traverse et pénètre... dans le couloir de néant blanc, aussi lumineux que lors de mon arrivée. Je me protège les yeux du revers de la main. Je retrouve sous mes pieds nus le sol dur et froid que j'avais foulé. Je marche, la main constamment en visière, longuement. Des minutes, des heures, peut-être même des jours.

J'ai l'impression qu'ici, le temps n'existe pas.
Enfin, après un moment que je prends pour une éternité, j'atteins le bout du couloir aveuglant.

Je débouche de l'autre côté et me retrouve à terre, dans l'herbe du jardin nancéien.
Mais pas à plat ventre, pas dans la position que j'avais

au moment où mon âme a quitté mon corps. J'étais sur le dos, la main gauche de Théo dans la mienne.

Théo...
	Mon ange-gardien.

Chapitre 10ème :
L'affrontement final

I.

Maison de Cynthia, Nancy
Département de Meurthe-et-Moselle

Sylvain

Il croit qu'il est en train de délirer, de perdre la raison. Sous ses yeux injectés de sang, sa femme se relève. Comme si de rien n'était, le plus naturellement du monde. Il la regarde, abasourdi. Quelque chose en elle a changé. Il le remarque immédiatement.

Forcément.

Peut-on demeurer indemne en revenant d'entre les morts ?

Elle se remet sur pieds, sans tituber, sans même une grimace de douleur. Il voit dans son regard qu'elle est prête à tout combattre, qu'elle est loin d'avoir dit son dernier mot. Il ne connaît que trop bien cette lueur particulière dans ses prunelles sombres.

Elle pose les mains sur son ventre, sûrement veut-elle s'assurer que le bébé est toujours vivant. Toutes ses blessures se sont évaporées. Comme par enchantement.

Au ralenti, elle sort le katana de son fourreau, fixé dans son dos.

Mais elle ne regarde pas Sylvain. Elle n'a d'yeux que pour l'autre abruti à côté d'elle. Elle ne pleure pas, cependant. À croire qu'elle savait qu'il n'est plus de ce monde. Elle se baisse, caresse ses cheveux tendrement de la main gauche. Sylvain ne peut s'empêcher de loucher sur le katana dans son autre main. Le temps s'est comme arrêté. La température a considérablement baissé.

Est-il en train de devenir fou ? A-t-il des hallucinations, à force de souhaiter le retour de sa femme ? Est-ce possible qu'elle soit là, devant lui ?

La réponse à ses questions ne tarde pas à venir.

Elle se relève lentement et lance d'une voix forte, presque méconnaissable :

— Où est le salaud qui a tué Théo ?

Elle vient de parler, il ne rêve pas. Avec une belle insulte.

Ou peut-être que si, il rêve.

Son corps s'est pétrifié tant il est sous le choc. Alors, il regarde autour de lui. Pour vérifier qu'il est bien le seul à la voir. Mais tout le monde l'observe, ébahi. Les yeux sortent des orbites, ils sont tous suspendus à ses gestes.

Même les quelques vampires réfugiés dans la maison se collent à la seule vitre qui tient debout, curieux.

Même Cynthia se fige.

Tous croient rêver, halluciner. Mais Myriam ne se démonte pas devant ce silence pesant, assourdissant. Elle réitère sa demande, plus fort encore.

— Alors, personne ne répond ?

Une petite voix masculine se fait entendre, sur sa droite. Elle tourne la tête, Sylvain pressent le pire. Celui vient d'ouvrir la bouche n'est autre que Kévin. Alors, sans chanceler ni boiter, elle marche dans sa direction, le katana traînant derrière elle. On aurait dit l'ange de la mort s'en allant faucher une âme. Dans sa main gauche, elle fait apparaître un Sig Sauer 1911 -celui de Laura. Chargé à bloc, il n'en doute pas. Elle le braque vers les autres vampires et leur crie :

— Le premier qui bouge, il est mort !

Mais aucun d'entre eux ne pense à bouger. Jamais il n'aurait cru que les vampires étaient capables de ressentir la peur. Une peur si forte qu'elle transpire par les pores de leur peau blafarde et dégage une odeur acide. Elle les tient en joue encore quelques secondes, puis range l'arme dans un holster à sa cuisse. Holster qui n'était pas là une minute auparavant.

Alors, tout se passe très vite. Avec un calme déconcertant, Myriam empoigne les cheveux de son ennemi et le jette au sol, sans autre forme de politesse. Il essaye de se relever mais elle l'en empêche fermement en posant son pied sur son torse.

De l'emplacement où il se trouve, Sylvain ne voit pas la tête du polymorphe. Il devine, au sourire sadique né sur le visage de sa femme, que son expression est loin de la fierté qu'il arborait tout à l'heure. Subjugué, l'Élu fixe son épouse plus intensément encore. Et se demande ce qu'elle compte lui faire subir.

Lentement, trop lentement, elle dirige la pointe du katana sous le menton de Kévin. Elle se penche à peine pour lui parler, la voix un tantinet enrouée :

— La partie est finie, connard. C'est l'heure de payer pour tes crimes.

L'insulte qu'elle vient de proférer laisse Sylvain sidéré.

Aussi loin que remontent ses souvenirs, il n'a pas cette image d'elle injuriant quelqu'un de la sorte. À l'époque, elle n'a même pas insulté Callista alors qu'elle en mourrait d'envie !

Un rire résonne cependant à ses oreilles. Un rire cruel, diabolique. Cloué au sol, un katana sous la gorge, l'infâme trouve le moyen de se moquer d'elle. Mais elle ne se décourage pas. Au contraire, elle se saisit du katana à deux mains et l'enfonce dans l'abdomen de son ennemi. Lequel arrête instantanément de rire, et hurle de douleur. Sa bouche régurgite du sang, du sang presque aussi rouge que celui des Surhumains. La longue lame d'argent s'enfonce encore plus profondément dans sa chaire, lui arrachant des cris plus forts encore, jusqu'à la planter dans la terre. Cloué sur place, sans aucun moyen de s'échapper.

Autour d'eux, les vampires sont ébahis devant la scène. Plus personne n'ose bouger, remuer une main, porter secours. Les Surhumains regardent avec intérêt, aussi raides que des piquets, eux aussi.
Mais le rire diabolique reprend, plus faible, moins convaincant. Sylvain sait que sa femme et le moins que rien s'affrontent du regard.

— Tu ne peux pas me tuer..., souffle-t-il doucement.

— Personne n'est invincible. Si tu saignes, tu peux mourir.

Elle se relève, le dominant de toute sa hauteur.

Ses cheveux bouclés remuent lentement, lui dégagent le visage. La puissance qui émane d'elle impose le silence, inspire la terreur. La créature à ses pieds l'a compris. Il ne sait pas comment mais il a perdu. Il est à sa merci.

Myriam prend son temps lorsqu'elle décide d'esquisser un mouvement. L'intérêt grandit dans les deux camps.

Mais que fait-elle ?

Ses gestes semblent cependant lui apporter de la douleur. Sylvain la voit grimacer par instants. Alors qu'il croit que c'est sa blessure qui la tiraille, il remarque qu'un objet prend forme petit à petit dans ses mains. Il plisse les yeux. Un objet qui brille, reflète les rayons du soleil. Il ne comprend pas ce qu'il voit. Mais après quelques secondes, la forme étrange devient plus nette, est enfin complète.

Une épée.

Pas n'importe quelle épée.

Une épée en cuivre angélique.

Il comprend pourquoi sa femme a souffert en la forgeant aussi salue-t-il intérieurement son courage et son intelligence. Lentement, elle admire l'arme dans sa main dont le métal réfléchit la lumière du soleil de manière hypnotique. Le polymorphe tousse et crache du sang mais il n'implore pas la clémence de la Surhumaine. Ils reviennent tous sur Terre quand elle reprend, sûre d'elle-même plus que jamais :

— Tu sais, Kévin, ou bien devrais-je t'appeler Aaron ? Ou Demetrio ? Peu importe. Après tout ce que tu m'as fait subir et le meurtre de mon ami, je devrais te faire énormément souffrir et te tuer.

— Mais... ? émet l'homme à terre.

— Mais j'ai un problème beaucoup plus important à régler. Alors je ne vais pas t'exécuter immédiatement.

— Tu oublies que j'ai la faculté de me téléporter.
Elle fronce les sourcils, vraiment contrariée qu'il ose la contredire. Elle plante son épée dans l'herbe, se campe face à lui et croise les bras sur sa poitrine. Menaçante, elle siffle entre ses dents serrées :

— Essaie pour voir.
Tous regardent le polymorphe obéir et échouer dans sa tentative de téléportation. Les yeux s'agrandissent de surprise, d'incompréhension pour les uns, de terreur et de panique pour lui.

— Que... que m'as-tu fait ?

— Toutes mes armes sont fabriquées dans un alliage d'argent et de zinc. Et il me semble que vous autres, les polymorphes (elle crache ce mot à la figure de son ennemi au sol), êtes vulnérables au zinc. Il est même toxique pour vous si mes renseignements sont exacts.

Il ne répond pas mais la fixe de ses prunelles sombres, un tantinet plus claires que les siennes.

Comment sait-elle une chose pareille ?

Alors, il essaie de retirer l'épée japonaise de son ventre mais elle ne se déloge pas. Ses forces l'abandonnent petit à petit, autant que le désespoir le gagne tout entier.

Estimant la situation close, Myriam reprend possession de l'épée en cuivre angélique puis se positionne face à eux tous.

— Bien. À présent, j'ai une question pour vous tous.

Sylvain est stupéfait par l'assurance froide dont fait preuve sa femme. Comme si elle était en colère au plus haut point mais que, étrangement, rien ne l'atteint plus. Une puissance nouvelle émane d'elle, son regard est plus inexpressif que jamais auparavant.

Qu'a-t-il bien pu se passer parmi les morts ?

Ils sont tous pendus à ses lèvres, attendant impatiemment sa demande. Il la voit s'approcher de Cynthia, qui reste immobile, ses yeux rouges dans le vague.

Une petite voix qu'il ne reconnaît pas immédiatement finit par briser le silence devenu pesant :

— Quelle est ta question ?

Il se sent soulagé, c'est David qui vient de parler. Il voit sa femme sourire, de ce sourire sans émotion et cruel qui ne lui ressemble pas. Elle s'avance toujours vers Cynthia, son épée à la main, et elles se retrouvent en tête à tête. Sylvain est subjugué par le calme des deux femmes -il en tremble même. Et, alors qu'il ne s'y attend pas, son épouse jette ses mots au visage de tous :

— L'un d'entre vous a-t-il remarqué que Cynthia abrite deux âme en elle ?

Des exclamations choquées retentissent autour de lui. Lui-même tombe des nues.

Alors, David disait la vérité tout à l'heure ?

À cet instant, il réalise à quel point lui et ses alliés sont en danger. Car si David et Myriam disaient vrai, la créature qui possède le cinquième élément de leur Ligue est le Mal incarné.

Une sensation étrange et désagréable lui étreint soudain le cœur. Avant de pouvoir en identifier la cause, tout autour de lui devient gris, presque noir. Sa curiosité piquée au vif, il lève son visage et la stupeur lui fait écarquiller les yeux. Il y a quelques secondes à peine, le ciel était d'un bleu merveilleux or, maintenant, on aurait dit que l'apocalypse s'en emparait. D'énormes nuages noirs s'amoncelaient au-dessus de leurs têtes, un vent glacial s'élevait, faisant virevolter dans les airs quelque sac en plastique. Sylvain retient son souffle.

Que donc se passe-t-il ici ?

Il remarque soudain deux choses qui le terrifient.

La première étant que, grâce au ciel couvert et donc au soleil dissimulé derrière les nuages, les vampires sortent en trombe de la maison où ils se sont réfugiés jusqu'alors.

La deuxième est encore plus horrifiante. Cynthia est en proie au changement le plus remarquable : ses cheveux noirs se sont dénoués -par il ne sait quel moyen- et flottent autour d'elle tels des tentacules vivants ; ses yeux se sont entièrement remplis de noir et sa peau a viré du beige laiteux au blanc cadavre. Elle est si blanche qu'elle en paraît transparente, révélant par endroits des veines bleu-vert tirant sur le noir. Ses lèvres se sont asséchées au point de perdre toute leur couleur et sa bouche en est réduite à un simple trait.

Myriam ne bouge pas de sa place et il devine un affrontement oculaire entre elles deux. Une grimace hideuse déforme les traits de Cynthia, laquelle lève ses bras, paumes vers les nuages.

Silencieusement, les Surhumains se préparent à l'attaque. Damien range le Beretta dans son holster et décide de sortir son katana. Deborah -n'étant à l'aise qu'avec des armes à feu ou aux corps-à-corps- empoigne rapidement son Taurus et le deuxième Sig Sauer de Laura. Deux Smith&Wesson pour Arnaud, le Desert Eagle et le Colt pour Sylvain. David, quant à lui, recule et se replie en hauteur sur le toit de la maison voisine.

Étrangement, aucun des vampires n'a tenté de libérer Kévin qui remue faiblement, crachant toujours plus de sang à mesure que le temps passe.

Soudain, Sylvain voit les lèvres de leur ennemie bouger, s'adressant à Myriam :

— Derrière toi...

Cette voix n'a plus une once d'humanité perceptible. Dans le silence aussi étrange que pesant, on entend Deborah hurler :

— Myriam !

Intriguée, la concernée relâche son attention de l'Hybride et se retourne. À cet instant précis, elle doute de leurs chances de réussite. Elle doute même de ses propres capacités. L'horreur se peint sur son visage, déformant ses traits. Dans les airs, une multitude de lames, poignards et scalpels en tout genre pointent et se dirigent vers elle, menaçants. L'idée lui traverse l'esprit d'user de sa télékinésie pour les renvoyer dans l'autre sens mais son corps refuse de lui obéir. La panique la paralyse. Heureusement, Deborah agit immédiatement. D'un geste ample du bras, une aura protectrice enveloppe l'Élue et son ennemie. Les armes tranchantes butent si violemment contre le bouclier que Deborah perd l'équilibre et tombe à genoux. Enfin, les lames chutent les unes sur les autres dans un bruit de cliquetis.

En observant sa femme, Sylvain devine sans mal que la colère et la rage envahissent la jeune femme. Car lorsqu'elle pivote à nouveau sur elle-même, c'est d'une voix rendue rauque par la haine qu'elle s'adresse à Cynthia :

— Bats-toi, Cynthia ! Je sais que tu es dans ce corps et que tu cherches à la vaincre. Je crois en toi, petite sœur !

Autour, des regards abasourdis se braquent sur elles deux. Mais la réaction de Cynthia est plus surprenante encore.

Incompréhensible.

Sa respiration saccadée, ses narines dilatées, son corps tremblant. Sa tête tourne de tout côté, remuée par des spasmes violents, effectuant par moment des angles droits. Un hurlement des plus terrifiants, inhumain, sort de sa bouche, avec l'impression étrange qu'il jaillit de tous les pores de sa peau. Une fois de plus, elle lève les bras, paumes et visage vers le ciel. Des larmes noires comme le charbon coulent de ses yeux, un filet noir s'échappe des commissures de ses lèvres.

La douleur devient si intense qu'elle tombe à quatre pattes. Ses cheveux longs masquent les traits de son visage, sa tête est rentrée dans ses épaules.

Les vampires profitent de ce moment d'accalmie pour passer à l'attaque. Très vite remis, Sylvain et Damien contre-attaquent sans difficulté particulière ; quatre tas de cendres jonchent bientôt l'espace autour d'eux.

« Mais il en reste toujours une vingtaine. », songe sombrement l'Élu.

Sans compter Steve, le deuxième Hybride.

À l'oreille droite de Sylvain siffle une flèche qui termine sa course entre les yeux d'un vampire à moitié sur Deborah.

Il lève les yeux vers David, qui lui fait un signe.

Les cendres s'éparpillent sur ses vêtements tandis que, soudain, l'orage s'abat sur eux. Alors que les nuages déversent leur quantité d'eau tiède, on entend deux coups de feu simultanés.

Le premier est tiré du Smith&Wesson d'Arnaud qui atteint un autre vampire en pleine tête.

Le second part du Taurus de Deborah, qu'elle tenait désespérément à bout de bras. La balle en argent se perd dans le ciel sans jamais toucher de cible.

Quatre vampires s'attaquaient à elle, la griffant et la mordant de toute part. Elle se débat de toutes ses forces mais quatre vampires, c'est bien trop pour elle. Ils sont trop forts. De par son expression affolée, perplexe aussi, Sylvain comprend que la jeune femme ne parvient pas à ériger son bouclier protecteur.

À son côté, Arnaud se bat avec trois autres d'entre eux. Damien, quant à lui, empêche un cinquième vampire d'attaquer Deborah. Sylvain fait un mouvement circulaire de la tête. Sa femme ne bouge pas, obnubilée par la forme noire à genoux devant elle.

Il se doit d'agir vite. Sans attendre davantage et faisant fi de la pluie drue, il se lance à la rescousse de Deborah. Un des vampires est tiré en arrière et exécuté sans autre forme de procès, désagrégé en un vulgaire monticule de cendres. Un second se retrouve décapité par le katana de Damien. Les deux autres, comprenant que le combat virait au vinaigre, détalent dans la maison, suivis de quelques autres.

Seuls les plus puissants restent face à eux : Alex, Steve et Marina. Mais plus aucune trace de Jenny.

Ils sont donc quatre contre trois. Avantage aux Surhumains. Marina pointe un index vers Sylvain et affirme :

— Toi et moi, nous avons quelque chose à régler.

— Si ça peut te faire plaisir.

Il hausse les épaules, nullement effrayé par la menace. Hautain, Steve leur jette un œil puis commente :

— Il ne reste que vous...

Il marque un temps d'arrêt après un regard vers Myriam, visiblement toujours intriguée par l'Hybride à terre.

— Quatre sur notre chemin.

— C'est réciproque, lance Damien.

Steve se met à rire, un son entre un crissement de

craie et le cri d'un animal inconnu. Ses cheveux noués en catogan sont trempés par la pluie mais il n'en est pas incommodé. Un affreux sourire s'étire sur ses lèvres retroussées, dévoilant ses dents parfaitement blanches aux canines pointues. Sylvain ne supporte pas son air suffisant, sûr de lui, provocateur. Mais l'Hybride enfonce le clou :

— Je suis pourtant invincible, comme notre Maîtresse.

Sans cesser de le dévisager, Steve claque des doigts. Immédiatement, Marina et Alex passent à l'attaque. La première se jette sur Sylvain, toutes griffes dehors ; le deuxième empoigne Arnaud à la gorge en serrant de toutes ses forces. Incapable de se débattre, il braque ses deux Smith&Wesson sur l'abdomen de son ennemi tout en luttant contre l'asphyxie. Très vite, toute couleur déserte son visage. Deborah n'attend pas de savoir si son mari tiendrait le coup ou pas. Elle lève son arme et vise Alex, se prépare à tirer. Mais le vampire est plus rapide qu'elle. De sa main libre, il la désarme avec une facilité ahurissante et la Surhumaine fait ainsi face au canons de sa propre arme. À seulement trois mètre d'eux, Steve observe, un éclat de victoire au fond de ses prunelles de monstre.

— Tu bouges, tu es morte.

— Les balles en argent ne me tueront pas,

affirme-t-elle avec aplomb.

— En es-tu sûre ? rétorque le vampire en visant son cœur. Te remettras-tu d'une blessure en plein cœur ?

— Et toi, tu penses survivre à une décapitation ?
Surgissant derrière lui, le katana de Damien fend les airs avant de trancher sa tête, qui part en fumée avant même de toucher le sol. Poussant un cri de soulagement, Deborah remercie brièvement son allié puis récupère ses armes tombées dans l'herbe gorgée d'eau mélangée aux cendres du vampire. Son mari, d'une pâleur inquiétante, s'est évanoui.

— Merde !
Elle s'agenouille dans l'herbe et la boue et, après avoir rangé ses deux pistolets dans leurs holsters respectifs, elle colle son oreille contre sa bouche pour vérifier sa respiration. Un deuxième « merde » s'échappe de ses lèvres, elle entreprend alors de le réanimer. La pluie s'abat sur eux avec toujours autant de ferveur, les éclaboussant de son liquide tiède à la fois libérateur et déprimant. Elle ne prête guère attention au duel qui fait rage à côté d'elle ; sa mission est de sauver son mari, le père de son bébé.

Sylvain lutte contre les griffes et les dents acérés de Marina. En soi, son aptitude à se battre est très mauvaise, elle n'a clairement pas les bases. Un avantage qu'il compte bien mettre à profit.

Cependant, elle a déjà réussi à lui entailler plusieurs fois les joues et les bras et failli le mordre dans le cou. Il rebute à battre une femme mais il se rappelle qu'elle est avant tout une vampire, une ennemie. Alors, mu par une force nouvelle, il lui agrippe les cheveux et l'oblige à pencher la tête vers l'arrière. Aussitôt, Marina porte ses mains par dessus les bras de Sylvain et se met à hurler de rage. En même temps, elle lance des coups des pieds qui ne font que chasser la pluie. En écho à son hurlement, elle reçoit un coup de cross de Desert Eagle en plein visage suivi très rapidement d'une balle au milieu du front.

Poussant un soupir, il regarde autour de lui et réprime un cri lorsque son meilleur ami se remet sur pieds. Un soulagement intense.

Ils se tournent tous les quatre en direction de Steve, qui n'a toujours pas bougé d'un millimètre. Tandis qu'ils se préparent à passer à l'attaque, tous ensemble, ils sont stoppés dans leurs mouvements par un hurlement terrifiant. Une sueur froide parcourt les tempes et le dos de Sylvain : le grondement a surgi de derrière eux. Soudain pâles, ils se retournent et ne comprennent pas ce qu'ils voient.

L'Hybride, qui était à quatre pattes il y a quelques minutes, s'était redressée. À présent sur les genoux, elle offre son visage torturé au ciel chargé de nuages furieux. Et tandis qu'elle hurle, une vapeur, une fumée, une forme volatile d'un noir écœurant jaillit de sa bouche.

Après un interminable moment, le vomi noir finit de sortir puis prend une forme solide un peu plus loin. Les Surhumains froncent les sourcils, à la fois inquiets et dubitatifs.

À leurs pieds, Cynthia tombe lourdement dans le sol détrempé, inerte.

Un rire démentiel, diabolique, surgit de la fumée noire qui ressemble maintenant à une silhouette bien précise.

Sur tous les visages, la sidération.

Une voix, qu'ils ne reconnaissent pas tout de suite, pose à voix haute la question que tous pensent tout bas :

— Comment est-ce possible ?

Au-delà

Théodore

Le spectacle qui se déroule sous ses yeux le laisse sans voix. Ce n'est pas tant de voir son propre corps inerte dans un flot de sang qui le stupéfie. C'est de constater à quel point le monstre qui vient d'apparaître est... réel. De chair et d'os. De laideur et de méchanceté.

Dès que Myriam a quitté les lieux au travers de la Porte, la tension entre les deux frères est devenue presque palpable. Théodore ne comprend pas le calme apparent d'Éric, les paupières mi-closes dans la contemplation de la Porte. Il sait pourtant qu'il a menti. Et l'attente de sa réaction ajoute de l'électricité, de l'hostilité.

Il observe encore un moment l'Élue pour qui il s'est sacrifié, si belle dans son aura de détermination, de colère, d'amour.

— J'espère que tu sais ce que tu fais, dit Éric tout bas.

Théodore lui jette un regard de biais, il n'a pas bougé.

S'il n'avait pas aperçu les muscles de sa mâchoire se contracter, il aurait douté qu'il venait de parler.

— C'est mon devoir, réplique-t-il en soupirant.

— Vendre ton âme au Diable : c'est ça, ton « devoir » ?

Éric hausse le ton, en colère et sûrement mort d'inquiétude mais il ne le dirait jamais à voix haute. Théodore fronce les sourcils, contrarié. Son sang ne fait qu'un tour dans ses veines, déjà bouillant. Il n'aime pas que ce soit lui qui montre du doigt ses choix, ses éventuelles erreurs. Le grand frère, ce n'est pourtant pas celui qui gronde l'autre à cet instant. Néanmoins, Théodore garde le silence. Son frère, nullement satisfait de leur échange, revient à la charge, encore plus agressif malgré une tentative de self-control :

— Tu pensais que je ne comprendrais pas, Théo ? Qu'étant moi-même dans l'Au-delà, je n'aurais pas su que les Éternels ne renvoient jamais d'âme sur Terre ?

— Tu es jaloux parce que c'est moi qui me suis sacrifié pour elle, pas toi !

— Pauvre imbécile ! vocifère Éric. Tu ne sais même pas ce que signifie vendre son âme au Diable !

Théodore réprime l'envie de lui rétorquer de s'occuper de ses affaires -pour être poli- quand il réalise qu'ils seront ici pour l'éternité. Immédiatement, son visage se décrispe, se radoucit et il finit par souffler.

— Je n'avais pas le choix, petit frère. C'était ça ou le monde entier tombait entre les griffes de Callista.

Éric se tend quelques secondes, respiration bloquée, réfléchissant intensément. Puis il expire bruyamment par la bouche, évacue les tensions, l'animosité, la colère. La jalousie aussi, mais ça, tout comme son angoisse, il ne le dirait jamais.

La douceur et l'inquiétude façonnent ses traits, rendant ses yeux encore plus grands et plus expressifs. À présent, aucun des deux hommes ne prête attention à ce qui se déroule de l'autre côté de la Porte.

La tension retombe d'un coup. Éric le dévisage, les mains dans les poches. Théodore sait que c'est pour cacher sa nervosité, se donner une contenance. Enfin, il demande :

— Quels sont les termes du contrat ?

À lui de répondre timidement :

— Il veut que je reste ici pour « localiser » les âmes puissantes et les lui amener.

Éric jure en italien. Soudain grave, il porte son poing fermé devant sa bouche.

— Il veut se servir de ton pouvoir, murmure-t-il.

Que se passe-t-il si tu n'obéis pas ?

Cette fois, Théo ferme les yeux pour reprendre le contrôle sur les battements effrénés de son cœur avant de dire, tout tremblant :

— Il reprend l'âme de Myriam et la mienne en Enfer.

Autre salve d'injures. Il secoue doucement la tête, résigné, puis commente :

— Mon frère, le Diable te tient par les couilles, si tu me passes l'expression.

Théodore écarquille les yeux, choqué tant par la vulgarité sortie de sa bouche que par la justesse de ses propos.

Tête baissée, il déclare, solennel :

— C'est le prix à payer pour la sauver.

ᴄᴄ

Maison de Cynthia

Myriam

Dès le moment où Cynthia a expulsé hors d'elle la deuxième âme maléfique, les nuages sont partis aussi vite qu'ils étaient venus. La pluie a cessé, laissant derrière elle un champ de bataille gorgée d'eau, de sang et de cendres ainsi que des guerriers tout aussi trempés.

Le soleil frappe alors leur peau avec violence, les aveuglant. La chaleur se répand très vite, joyeuse ; l'exact contraire de la masse noire qui vient de prendre forme face à eux.

La silhouette n'est ni humaine, ni vampire.

C'est un Lican
            revenu des entrailles de l'Enfer.

Callista.
Sous sa véritable apparence.

Plus de deux mètres de muscles saillants, de poils noirs, de crocs jaunes et pointus. Le corps de loup arbore fièrement des griffes difformes et des yeux rouges aussi intenses que le sang.

Le silence s'installe entre eux, pétrifiés devant l'horreur qui se dresse de toute sa hauteur.

Les Surhumains remarquent seulement que David est descendu de son « perchoir » afin de porter secours à sa femme évanouie dans le tapis d'herbe noyée.

— Steve...

A-t-on déjà entendu un fauve parler ?

La voix de Callista est indescriptible, une

abomination semblable à un rugissement de lion ; quelque chose de puissant et, à la fois, de retenu. La peau des alliés se couvre de chair de poule et de sueurs froides.

Jusqu'à cet instant, le concerné se trouvait, raide comme un manche à balai, derrière les Surhumains. À l'évocation de son nom, il dépasse ces derniers, sans un mot mais avec assurance, pour se placer face à Callista. Après une révérence, il interroge :

— Maîtresse ?

Silence.

Enfin :

— Tue-les, ordonne-t-elle dans un râle incontrôlé.

Impassible, il s'incline à nouveau, acquiesçant à sa commande. Déjà, les Surhumains se préparent, tout en cliquetis significatifs, remplissant les chargeurs de leurs armes de nouvelles balles.

Myriam, enfin sortie de sa torpeur, se place à leurs côtés. Dans sa main droite, l'épée en cuivre angélique, dans la gauche, son Glock. Elle observe du coin de l'œil David emmener Cynthia à l'écart pour vérifier son état. Ils ne seront d'aucune utilité pour le moment.

Steve se retourne, un sourire carnassier sur les lèvres. L'inégalité du combat à venir ne lui fait visiblement par peur, pas même ciller.

Sept armes en tout sont braquées sur lui. Mais

il n'a d'yeux que pour Myriam.

Une première détonation retentit mais la balle d'argent ne fend que de l'air. Le vide remplace l'endroit où se tenait l'Hybride quelques secondes auparavant. Inquiets, les Surhumains cherchent leur ennemi des yeux.

Un cri bref les fait sursauter. Steve a surgi derrière Damien pour l'attaquer, il l'empoigne fortement au niveau des biceps. À la vitesse de la lumière, il se déplace à l'autre bout du jardin, emmenant avec lui son paquet gesticulant. Le Surhumain n'a pourtant pas lâché son katana et, après une lutte acharnée, réussit à regarder Steve dans les yeux. Il n'attend pas d'être à nouveau en position de faiblesse pour contre-attaquer. Il lui enfonce son katana dans l'abdomen jusqu'à la garde puis dégaine son Beretta. Il vise l'espace entre les yeux mais lorsqu'il tire, l'Hybride n'est déjà plus là.

Le cœur de Myriam s'accélère au moment où elle le voit derrière son allié, l'épée japonaise prestement retirée et prête à trancher la chair encore, et encore.

— Derrière toi !

Mais le Surhumain n'est pas assez rapide. Le katana le transperce, lui arrachant des cris de douleur incontrôlés. Il tombe à genoux, le sang se répand et imbibe déjà son t-shirt.

Paniqués, Arnaud et Sylvain tirent dans la

direction du monstre. Une ou deux balles réussissent à l'atteindre sans pour autant le freiner dans son élan.

Steve se tourne vers eux et, malgré les dix mètres qui les séparent, ils l'entendent grogner, feuler. La balle qui s'est logée dans son épaule droite ressort et tombe sans un bruit dans l'herbe humide. De même pour la deuxième qui s'est nichée dans son flanc.

— Qu'est-ce que c'est que ça ?

La chemise bleue de la créature est trouée par l'impact des balles, déchirée au niveau du ventre par le tranchant du katana. Et légèrement tâchée de sang. Par contre, plus aucune blessure n'apparaît nulle-part.

Dans la boue, Damien rampe tout en essayant de retirer son propre katana mais le manche est malheureusement dans son dos.

Cependant, Steve n'en a pas fini avec lui. Il l'empoigne de nouveau, cette fois-ci à la gorge, pour le relever. Il retrousse les lèvres sur ses crocs, se penche vers le cou du Surhumain. Impuissant malgré ses tentatives de fuite désespérées, Damien subit la soif dévorante de l'Hybride, rythmée par d'immondes bruits de succion.

— Il faut faire quelque chose ! hurle Deborah.

— Tu as une idée ? réplique son mari. Ce pourri est insensible à nos armes en argent !

La réponse fait réfléchir l'Élue.

Si l'Hybride est une fusion entre la race

Surhumaine et celle des vampires, il acquiert forcément les avantages *et* les inconvénients des deux. Les pouvoirs d'un côté, les faiblesses de l'autre. Les vampires périssent par l'argent, les Surhumains par le cuivre angélique et l'azote.

— Moi, j'en ai une, murmure-t-elle.

Elle toise Callista, dans son coin, qui n'a pas esquissé le moindre geste en cinq minutes. L'Élue range momentanément le Glock dans son holster et, priant pour avoir le temps, entreprend de créer une munition unique. Une balle de calibre 44 Magnum faite d'argent et avec, en son centre, une bulle d'azote liquide.

Myriam parierait son salaire que le monstre n'y survivra pas.

Sylvain et Arnaud se concertent silencieusement et, jugeant la situation trop critique, décident de partir défendre leur ami.

Deborah, pétrifiée, reste avec l'Élue.

— Qu'est-ce que tu fais ? lui demande-t-elle, de plus en plus angoissée.

— Je crée la balle qui va le tuer. Argent, azote. Si ça ne fonctionne pas, nous sommes tous bons pour cohabiter dans l'Au-delà.

La jeune femme reste coite. Son inquiétude grandit de seconde en seconde. Elle suit chacun des gestes de son mari, prête à intervenir en cas de besoin.

L'Hybride use de sa rapidité pour les tromper. Néanmoins, Sylvain parvient à le plaquer au sol. Ils échangent des coups d'une puissance inouïe : arcade sourcilière éclatée contre lèvre fendue. Arnaud, quant à lui, a retiré le katana du corps de Damien, évanoui, et s'applique à comprimer sa plus grande plaie. Il respire encore, faiblement.

Après une trentaine de secondes -Myriam n'ose imaginer à quel point ç'a pu être long-, elle crie :

— Mon cœur !

Immédiatement, dans un accord dénué de mots, Sylvain se lance sur le côté et chute, lui aussi, dans l'herbe mouillée.

Steve comprend ce qui se passe avec une fraction de seconde en retard. Une détonation assourdissante retentit, la balle unique siffle un instant dans les airs avant de terminer sa course dans le front du monstre.

— NOOOOOOOOOOOON !

Le rugissement de Callista éclate autour d'eux tel un coup de tonnerre. À son tour, Steve s'écroule dans la boue et se désagrège lentement, les cendres tourbillonnent légèrement avant de s'envoler vers les cieux.

Concentrée, Myriam tient fermement son revolver (tout juste créé), un Colt Anaconda encore fumant.

III.

Bien que ce soit inutile, elle tient encore le Colt à bout de bras. Elle ne tremble pas, sa respiration est calme. Son regard reste fixé à Callista, attendant une réaction. Mais la bête se contente de la toiser, bave aux lèvres et crocs répugnants découverts.

Tout à coup, la haine la submerge. Sa main se met à trembler subitement. L'herbe autour d'eux n'est qu'un mélange de boue, de cendres et de sang ; une mélasse grisâtre où ses propres alliés ont été blessés. La vue du corps inanimé de Damien dans les bras d'Arnaud lui donne la nausée. Et celui de Cynthia toujours inconscient renforce son malaise.

Il n'y a plus personne à côté d'elle, Deborah étant partie soutenir Sylvain.

Elle jette un œil où se mourait le Polymorphe. De façon plutôt étrange, le corps de Kévin s'efface par endroits. Ses jambes ont mystérieusement disparu jusqu'à hauteur des genoux, son bras droit s'est volatilisé. Le sang ne cesse de couler par sa bouche et légèrement d'où est planté le katana. Elle espère qu'il souffre. Et elle souhaite qu'il meure le plus lentement possible.

Elle prend conscience qu'elle est seule face à son ennemie jurée.

Seule face à son devoir d'Élue.

Alors, elle jette au sol le Colt d'un geste rageur et se lance à l'encontre du Lican. De plein fouet, elle frappe le torse de la créature, qui, pour son plus grand agacement, n'est même pas déséquilibrée. Callista gronde, lui perforant les tympans.

Mais Myriam ne s'arrête pas.

— Va pourrir en Enfer ! crache-t-elle.

— À toi l'honneur, rétorque la bête de sa voix traînante, animale, surnaturellement rauque.

C'est comme si la Surhumaine vient de recevoir la plus grosse gifle de sa vie. Immédiatement, elle prend Callista à la gorge, serre ses doigts de toutes ses forces. Une grimace déforme ses traits sous l'effort, la peau de son visage se colore rapidement d'une teinte cramoisie.

L'autre l'imite aussitôt, nullement gênée par les doigts minuscules qui pincent ses cordes vocales. Car sa patte velue, immense, englobe entièrement le cou de l'Élue. Lui broie le larynx. Lui coupe la voix et la respiration. Des éclairs blancs jaillissent sous ses yeux, ses poumons prennent feu tant le besoin d'air est impérieux. Vital. Brutal.

À aucun moment, l'idée d'abandonner, de desserrer sa prise ne vient à son esprit. Elle se maudit d'avoir rangé son Glock dans son étui, maintenant que sa main droite est prise, il sera beaucoup plus difficile de le prendre avec son autre main.

Difficile, certes, mais pas impossible.

Bien que l'évanouissement la guette de plus en plus cruellement, elle tente, grâce à sa télékinésie, de saisir son arme. Callista serre plus fort encore, Myriam fait de même. Lorsque, enfin, elle sent entre ses doigts le métal froid du Glock, un sourire de soulagement étire ses lèvres. La bête se met à gronder sourdement.

Elle trouve étrange qu'aucun de ses alliés ne se soit manifesté, comme si le Lican et elle étaient seuls au monde. Hormis les sons gutturaux que pousse son ennemie, elle n'entend rien.

Que se passe-t-il encore ?

Ne quittant son objectif sous aucun prétexte, elle lève son bras et braque son arme sur la tête de la créature immonde. Une demi-seconde plus tard, elle tire en plein dans son œil droit.

Callista rugit, lâche prise et titube en arrière sans pour autant perdre l'équilibre.

Décidément...

Libre, Myriam tombe à genoux, avalant des goulées d'air salvatrices de manière désordonnée et désespérée. Sa vue, qui s'était brouillée d'un nuage noir, reprend un semblant de netteté au fur et à mesure que défilent les secondes.

Elle sait qu'elle vient de marquer un point. Callista n'a à présent qu'un seul œil.

Elle profite de ce laps de répit pour observer

autour d'elle. Et ce qu'elle voit la fait bouillir de rage. Ses alliés -ses amis !- sont enfermés dans un autre des satanés boucliers de son ennemie. Son mari, Arnaud et Deborah et au milieu, le corps immobile de Damien. Sylvain tambourine furieusement contre la paroi transparente et hurle mais Myriam ne perçoit pas sa voix. Elle fronce les sourcils.

Malgré la blessure infligée, Callista reprend très vite ses esprits. En deux enjambées, elle lui refait face. Myriam dévisage la bête : à la place de son œil, un trou sanguinolent d'une substance verdâtre la fixe, menaçant. Cinq mètres peine les séparent.

La Surhumaine enfonce le clou, mesquine :

— J'espère que tu as eu mal.

La rire rauque du Lican lui répond, dévoilant toujours autant de crocs pointus et dégoulinant de bave.

— Pas le moins du monde, chuinte la voix inhumaine. Maintenant que tu as fini, je vais te détruire. Comme c'était mon intention il y a cinq ans.

Avec peine, elle se relève, son Glock serré contre son flanc. Plusieurs idées lui viennent d'un coup, dans l'objectif de la ralentir d'abord puis de trouver une meilleure solution après.

Si seulement elle savait comment détruire ce fichu bouclier !

Elle ne s'est jamais sentie aussi seule qu'à cet instant. Désespérée, mais tout autant déterminée, elle relève son arme vers Callista et fait feu.

Seize fois.

Seize balles d'argent toutes dans leur cible.

Déjà, les seize trous suintent de son liquide vert caractéristique à divers endroits du corps poilu de la bête. Stoppée dans son élan, Callista s'arrête, soupire et secoue la tête comme lorsqu'une maman est exaspérée par la bêtise de son enfant.

Le visage ignoble du Lican revêt alors un masque de haine, de rage et de détermination mêlées.

Une gueule de démon.

— Tu me fais perdre un temps précieux, Surhumaine, tonne la grosse voix.

Myriam laisse passer quelques secondes. Et réfléchit :

À présent que tous les membres des Cinq sont réunis et enfin dans le même camp, elle se fait la réflexion qu'il lui reste encore une dernière chose à essayer.

La télépathie.

Dès lors, elle affiche des traits impassibles, de marbre.

Ne rien laisser paraître. Ne pas se faire repérer.

Elle concentre sa force dans son esprit et envoie ses pensées au seul homme qui ait jamais pu les lire :

— *Mon chéri, prépare un poignard d'argent trempé dans ton sang. Je vais bientôt vous sortir de là.*

Aussitôt, la voix de son mari envahit sa tête, lui octroyant un soulagement immense.

— *Deborah fait tout son possible pour détruire cette bulle. Essaie de la distraire, elle y était presque quand tu lui as tiré dessus !*

Elle esquisse un signe de tête imperceptible à Sylvain, qu'elle voit exécuter son ordre.

Après une inspiration, elle réplique enfin :

— Tu dois avoir sacrément peur de mes amis pour les enfermer là-dedans.

— Tes amis ? répète Callista, son sourire carnassier sur les lèvres. Je les éclate dans ma main comme des fruits mûrs !

Joignant le geste à la parole, elle serre son poing devant elle délibérément avec lenteur. Sa colère gronde comme des coups de tonnerre, se répercute sur les façades des maisons avoisinantes. Pourtant, aucun nuage ne se promène à l'horizon, pas d'orage en vue. Les voisins, inquiets, ont tous fermé leurs volets et se terrent dans leurs demeures.

Mais l'Élue, sans trembler, rétorque fortement :

— Prouve-le.

Callista rugit, renvoyant vers Myriam son souffle fétide et puissant.

La bête se met à marcher dans sa direction, respirant fort et avec peine. La Surhumaine fronce un instant les sourcils d'incompréhension. Seulement, elle comprendra trop tard l'intention de son ennemie.

Cette dernière, ayant parcouru la distance

entre elles en deux enjambées, se penche presque à toucher le visage de Myriam. Et s'empare de l'épée en cuivre angélique plantée dans la boue sur la droite de la jeune femme.

À cet instant précis, l'air déserte ses poumons et elle sait qu'elle va mourir une deuxième fois.
L'expression l'aurait presque fait rire si elle n'était pas paralysée de peur.
« Mourir une deuxième fois »... qui, sur Terre, peut s'en vanter ?

Au ralenti, elle voit Callista tendre son autre bras et la prendre une deuxième fois à la gorge.

— Et si on commençait par toi, ma chère ?
Ma chère ?
Puissante, indestructible (et consciente de l'être), Callista soulève sa proie à bout de bras et se retourne en direction de son bouclier. Accentuant sa poigne, elle cogne et plaque sa victime contre la paroi de la bulle qu'elle a fièrement créée. Décidée à enfin clore cette histoire qui n'a que trop duré, elle lève lentement l'épée et l'aplatit sur la poitrine blanche de Myriam.

Elle hurle -du moins essaye-t-elle de hurler- de douleur. Car l'autre patte lui comprime le larynx et l'empêche d'émettre le moindre son. Très vite, une odeur âcre de fumée s'élève entre elles de la plaie faite par l'épée, provoquant des frissons fort désagréables à la Surhumaine. Sa vue s'obscurcissait encore, accompagné de nouveaux éclairs blancs. Sa poitrine la brûlait de l'extérieur *et* de l'intérieur.

Son Glock pend mollement à ses doigts, sa main droite empoigne le bras de Callista dans un réflexe d'instinct de survie. La jeune femme a l'impression à la fois de flotter et de peser une tonne.

Soudain, le monstre rit.

La brûlure de l'épée, autant que son manque d'air sont insoutenables. Myriam est sur le point de perdre connaissance lorsque, par miracle, sa trachée se libère. La patte qui obstruait ses voies respiratoires se déplace contre son estomac, la plaquant de manière cruelle et autoritaire à la paroi. La lame, cependant, reste fermement collée à sa poitrine.

Callista susurre alors :

— Ton mari souhaite prendre ta place. Quel délice ce sera de le tuer sous tes yeux...

— Ne le touche pas !

Sa voix enrouée sonne comme un chuchotement douloureux. L'effet escompté est loin d'être atteint.

Le rire de la bête résonne encore. Elle décide que Myriam a assez goûté de sa lame à cet endroit alors, doucement, elle la dirige vers son ventre. La jeune femme réprime de justesse une supplication, jugeant plus prudent de se taire.

De toute façon, sa voix l'a abandonnée.

Leurs visages sont si proches l'un de l'autre que la Surhumaine sent l'haleine nauséabonde de la bête.

Laquelle murmure presque :

> — Il y a cinq ans, tu m'as humiliée. Tu m'as pris ma fille, mon armée, ma vie. Mais, je ne suis pas du genre rancunier. Aujourd'hui, je te fais un cadeau : je te tuerai en dernier.

« Tu parles d'une fleur ! », pense-t-elle.

Bien que Callista ait des difficultés d'articulation -les mots sortent de sa gueule par saccades-, le message qu'elle a voulu faire passer n'a aucun mal à être compris.

Le cuivre angélique change de cible, Callista fait une entaille avec la pointe de l'épée sur la jambe droite. Elle pousse un cri silencieux, incapable de faire autrement à cause de sa gorge précédemment comprimée, puis un deuxième quand l'autre répète la manœuvre sur sa jambe gauche.

L'air entre dans ses poumons, la ramène peu à peu à la réalité, dans son corps. L'épée contre sa peau l'empêche d'utiliser ses pouvoirs mais, comme un rappel de dernière minute, elle a la possibilité de frapper avec ses poings.

Son Glock glisse de ses doigts tandis qu'elle grimace de douleur. Le cuivre angélique est encre sur sa peau, faisant suinter du sang des plaies et s'élever de la fumée dans les airs. Elle se prépare à frapper la tête de son ennemie, décidée à l'assommer. Mais elle suspend soudain son geste, son cœur manque un battement. Malgré son vœu de stoïcisme, ses yeux s'arrondissent de surprise.

Derrière la créature, une silhouette qu'elle ne s'attendait pas à voir de si tôt brandit la deuxième épée en cuivre angélique. La pointe acérée se plante en douceur dans le dos de Callista.

— Ne la touche plus, pourriture.

Si la bête était surprise, elle n'en laisse rien paraître. Car derrière elle émerge dignement la véritable tentatrice de la quintessence.

Cynthia.

Avec dans les yeux, son bleu si caractéristique, si propre à elle-même.

Tout à coup, la paroi sous son dos cède brusquement et elle tombe à la renverse, fesses les premières dans la boue. La patte monstrueuse qui la retenait prisonnière l'a enfin libérée. Sous le choc, le regard perdu sur le duel opposant sa meilleure amie à sa pire ennemie, elle ne comprend pas les mots qu'on lui chuchote à l'oreille ni qu'on la remet sur ses pieds.

Son cœur bat à tout rompre, sa respiration est chamboulée et, pourtant, elle ne pense qu'au moyen d'immobiliser Callista.

Elle ferme un instant les yeux pour rassembler ses esprits, calmer son cœur et sa respiration affolés.

Enfin, elle sent la main chaude sur son épaule, celle de son mari. Visiblement inquiet, les traits tirés, il lui demande :

— Ça va, mon amour ?

Incapable de lui répondre de vive voix, elle lui envoie par télépathie :

— *Oui, je crois. Aidez-moi à l'immobiliser.*

— À quoi tu penses ?

Tandis qu'elle lui répond, toujours par la pensée, elle se met à fabriquer l'objet qu'elle avait demandé par télépathie quelques minutes auparavant à son mari.

— *Tu te souviens du poignard d'argent trempé de ton sang que je t'ai demandé ?*

— Oui ? répond-il, de plus en plus perplexe.

— *Je vais en fabriquer un aussi.*

Elle n'en dit pas davantage mais Sylvain a compris l'idée. À côté d'eux, Arnaud et Deborah affiche des visages sceptiques mais après les explications de l'Élu, la détermination prend place.

Sitôt qu'elle se soit tranché la paume de la main pour y tremper son poignard, ils entreprennent leur mission de neutralisation.

Pendant que Cynthia échange de furieux coups d'épée avec le Lican, ils se postent silencieusement aux quatre points cardinaux. Synchrones, ils lèvent chacun une main vers Callista qui, soudain, cesse tout mouvement.

Elle pousse un râle de protestation, d'indignation, plutôt qu'un véritable cri.

Cynthia, trop heureuse de pouvoir se venger, esquisse un sourire décharné sur ses lèvres et transperce l'abdomen de la bête avec son épée.

Derrière elle, Myriam hurle :

— Cynthia ! Retiens-la !

Elle ne s'en fait pas prier. Écartant les bras, elle maintient Callista suspendue dans les airs dans sa position inoffensive.

Sans perdre de temps, les Élus s'avancent à pas rapides jusqu'au devant de leur ennemie.

Myriam s'apprête à lui planter le poignard dans sa cible mais son mari l'arrête d'un geste tendre. Puis, d'après ce que lui dicte sa femme en pensée, s'adresse au monstre :

— Pour tout le mal que tu as fait, il y a des siècles tout comme aujourd'hui, nous, les Élus du peuple Surhumain, te renvoyons en Enfer. Et cette fois, tu y resteras. *Ma chère.*

— NON !

La créature rugit -un véritable tremblement de terre- et parvient à libérer un bras, dont la grosse patte velue prend une fois de plus le cou de Myriam.

Très vite, l'air manque, la douleur se fait insupportable pour sa gorge déjà compressée, sa vision se trouble encore. Elle a la curieuse impression que ses poumons tressautent dans sa poitrine.

Callista en profite pour serrer au maximum même si

entre ses doigts, sa victime compte se battre jusqu'au bout. Sylvain lacère le bras inhumain à coups de poignard, rien n'y fait, le monstre tient bon et redouble de force.

Les yeux de l'Élue se révulsent mais elle revient à elle un court instant, durant lequel trois mots franchissent ses lèvres dans un chuintement inaudible :

— Tu as... perdu.

D'un même mouvement, le bras gauche de Sylvain et le droit de Myriam fendent l'air et s'abattent avec violence dans le cœur du monstre.

Lorsque l'horrible patte relâche son emprise douloureuse, la jeune femme a déjà perdu connaissance et chute lourdement dans la boue.

Pourtant, le spectacle qui se produit devant elle est des plus impressionnants. Une lumière sanguinolente éclate dans toutes les cellules du corps infecte, lui arrachant des cris, des hurlements bestiaux à la limite de l'hystérie. Par un procédé mystérieux, la lumière rougeoyante fait fondre le corps à une vitesse folle et fait taire la grosse voix. En l'espace d'une minute, la silhouette imposante du Lican est réduite à une masse verdâtre putride.

Enfin, et de façon encore plus étrange, la flaque explose pour enfin disparaître.

Abasourdis, les Surhumains se laissent tomber, l'un après l'autre, dans la boue, autour de leur Élue évanouie.

Plus aucune trace de Callista.

Tandis que Sylvain contacte d'urgence le Ministre, Arnaud appelle les secours.

L'épuisement et les blessés ternissent indubitablement leur victoire durement méritée.

Chapitre 11ème :
La lumière

27 Juin 2015
Centre Hospitalier Régional universitaire, Nancy
Département de Meurthe-et-Moselle

Cynthia

Le bonheur de retrouver sa fille et son mari a été si grand qu'elle croit encore rêver.

Elle serre Chiara dans ses bras, un sentiment de soulagement intense lui étreint le cœur. Leur calvaire est enfin terminé. Le peuple Surhumain est sauvé une deuxième fois des griffes de Callista.

Les larmes aux yeux, elle murmure des

« pardon » à sa fille, qui répond par des étreintes joyeuses. Sa jambe blessée étendue devant lui, David est assis sur le fauteuil à côté d'elle et l'observe, soucieux et heureux à la fois.

— Comment tu te sens ? lui demande-t-il.

— Je vais bien, réplique-t-elle un peu sèchement. Mieux depuis que je suis seule dans mon corps.

Un temps passe avant qu'il ne prenne sa main dans la sienne. Elle évite sciemment son regard.

— Ma chérie, regarde-moi, implore-t-il.

Elle dépose un baiser sur les cheveux de sa fille et lui chuchote quelque chose à l'oreille. La petite fille, soucieuse d'obéir à sa maman malade, saute du lit d'hôpital et court au dehors. Enfin, Cynthia tourne la tête vers son mari et se mord la lèvre inférieure en voyant la détresse sur son visage.

— Je suis désolé. J'aurais dû voir que...

— Que quoi ? l'interrompt-elle. Que je n'étais pas moi-même à cause de l'âme de Callista en moi ?

— Oui ! J'aurais dû. Merde, je ne reconnaissais pas ma propre femme et, à aucun moment, ça ne m'a traversé l'esprit que tu étais possédée !

— Tu n'as pas à t'excuser, ni à t'en vouloir. Callista était puissante et savait ce qu'elle faisait. J'étais incapable de me battre. Si tu savais... si tu savais ce que j'ai vu...

Sa phrase reste en suspens, elle tourne la tête de l'autre côté, fixe la porte de la chambre. À présent, elle ne peut plus contenir ses larmes, son corps est secoué de tremblements. Toutes les horreurs qu'elle a vues, qu'elle a subies en étant prisonnière de sa propre enveloppe charnelle refont surface maintenant, sans pouvoir en arrêter le flux destructeur. Par intermittences, des gémissements franchissent ses lèvres.

David tente de l'apaiser, de la rassurer, essuie ses larmes avec ses doigts. De son autre main, il caresse ses cheveux noirs longs jusqu'à ses fesses.
Ses gestes tendres la poussent à le regarder à nouveau.

— Je n'ai jamais été aussi heureux de voir tes yeux magnifiques que maintenant. Je t'aime ma chérie.

Il embrasse sa main puis ses lèvres, l'empêchant toute riposte.

— Comment va Myriam ? s'enquiert-elle près quelques minutes.

— Elle n'arrive plus à parler mais c'est temporaire.

— Et... le bébé ?

— Il va bien. Ils l'ont mise sous calmants, elle a des crises d'angoisse.

Affectée, Cynthia se couvre la bouche de sa main

gauche. Soudain, elle lâche la main de David et se débarrasse des draps puis descend du lit, une détermination farouche dans les yeux.

- — Qu'est-ce que tu fabriques ? l'interroge-t-il après s'être traîné devant elle tant bien que mal.
- — Il faut que j'aille la guérir !
- — Tu es loin d'être en état, objecte-t-il.
- — Je vais très bien, rétorque-t-elle en le poussant sur le côté pour passer. Ce n'est pas son cas, à elle.

Elle atteint la porte où il vient à peine de s'y téléporter, lui barrant le passage une seconde fois.

- — Non, tu ne vas pas bien ! Tu restes ici et tu...

Il n'achève pas son ordre. Sa femme s'est téléportée avant qu'il ne puisse dire « te reposes ».

Lorsqu'elle débarque en chemise de nuit dans la chambre de sa meilleure amie, son visage s'attendrit immédiatement, bien que la tristesse lui serre la poitrine. Elle ne s'attendait pas à la trouver seule, un livre en main.

Où est Sylvain ?

Elle l'observe à la dérobée malgré elle. Le teint cireux, les cernes et la minerve ne laissent aucun doute quant à son état. Elle revêt un t-shirt long noir où est imprimé un hibou blanc et le slogan « Born to sleep ». Sur sa poitrine, un pansement aussi large que sa cicatrice. Et même si elle ne les voyait pas, Cynthia sait que d'autres bandages recouvrent ses plaies aux jambes.

À côté d'elle, une table à roulette où sont posés un bloc-notes et un gros stylo à paillettes « Europa Park ». Un cadeau qu'elle lui a fait il y a de cela des années.

Machinalement, elle jette un œil à sa lecture : *L'enfant des cimetières* de Sire Cédric. Cynthia sait qu'il est son écrivain préféré et que ce livre, c'est déjà la troisième fois qu'elle le lit malgré sa pile à lire qui ne désemplit pas.

À cet instant, ce ne sont que deux passionnées de lecture dans une chambre d'hôpital et non deux Surhumaines blessées de guerre.

Cynthia prend sa respiration puis chuchote :

— Salut. Désolée pour l'irruption soudaine.

Myriam lève vers elle ses yeux injectés de sang. Un sourire jaillit lentement sur ses traits tandis qu'elle pose son livre sur ses jambes. Elle approche la table à roulettes, s'empare de son stylo et se met à écrire. À chaque fois que la mine touche le papier, le stylo s'illumine d'une vive lumière bleue. Enfin, elle lève son bloc-notes et le montre à Cynthia.

Salut. C'est pas grave, j'espérais ta visite.

Leurs regards se croisent à nouveau, complices et pourtant timides. Myriam repose son bloc sur la table et lui désigne de la main le fauteuil vide à sa droite. Aussitôt, la jeune femme prend place et demande, sans plus attendre :

— Comment tu te sens ?

À nouveau, la lumière bleue clignote et la réponse apparaît :

Communiquer par écrit, c'est ce que je fais de mieux. Alors ça va.

Elles sourient puis, sérieuse, Cynthia secoue la tête. Inquiète, elle pose sa main sur le bras de sa meilleure amie et insiste :

— Non. Comment tu vas, vraiment ?

De manière étrange, le peu de couleur sur le visage de Myriam se fait la malle. Elle se met à trembler, imperceptiblement, et ses yeux fatigués se remplissent de larmes. À l'aveuglette, elle écrit trois mots.

J'ai peur.

— Peur de quoi ?

Son regard se perd quelque part sur le mur de la chambre, peut-être la réponse y est-elle dessinée et visible que par elle. Après une bonne minute, elle finit par écrire :

De mourir encore.

Cette fois, c'est Cynthia qui laisse libre cours à ses émotions. Sans pouvoir réprimer sa sensibilité, elle pleure à chaudes larmes tout en serrant la main de Myriam, telle une naufragée à sa bouée.

— Je suis désolée ! Tellement désolée pour tout
ce que je t'ai fait...

L'Élue libère doucement sa main et la pose sur la tête
de Cynthia. Brusquement, elle se sent apaisée sans
pouvoir l'expliquer. Ses larmes cessent, ses
tremblements aussi alors, reconnaissante, elle lève
son visage vers sa meilleure amie. Cette dernière
cligne lentement des yeux puis articule sans émettre
le moindre son :

— Ce n'était pas toi.

Sa main descend jusqu'à sa joue qu'elle caresse
affectueusement ; enfin, les deux amies se sourient.

Le silence tombe entre elles, silence qu'elles
apprécient ensemble, main dans la main.
Cynthia se demande une fois encore où se trouve
Sylvain puis décide de poser la question plus tard. Elle
a, pour le moment, plus urgent à révéler...

— J'ai quelque chose à te dire.

L'Élue l'interroge du regard, un sourcil haussé.

— Je sais comment sauver ton père.

Cette fois, elle écarquille les yeux de surprise. Mais
elle attend patiemment la suite.

— Il faut lui transfuser mon sang.

Au fur et à mesure, les expressions se succèdent sur le
visage blanc de Myriam. Très vite, elle lui intime de
poursuivre. De plus en plus nerveuse, Cynthia se

mordille la lèvre et entreprend de tout raconter du début :

— En fait, même si Callista a quitté mon corps, je suis et resterai une Hybride. Ma transformation a bel et bien eu lieu. Tu sais bien qu'un Hybride, c'est la fusion entre vampire et Surhumain. C'est ce qui s'est passé pour moi. Steve et moi nous sommes transformés mutuellement. Ton père... Je veux dire, la transformation de ton père n'a pas abouti. Il a besoin d'un sang qui ait à la fois les propriétés surhumaines mais aussi vampiriques pour que la transformation puisse s'achever.

On aurait dit que le visage de Myriam était figé sur la surprise. Après quelques secondes, elle écrit en fronçant les sourcils :

Mon père sera transformé en vampire ?

Cynthia acquiesce silencieusement. Une autre question suit la première :

Pourquoi pas en Hybride, comme toi ?

La jeune femme se met à rougir de honte profonde.

— Eh bien..., commence-t-elle. La transformation vers l'Hybride implique un rituel de sang et... sexuel.

De plus en plus étonnée, Myriam forme avec sa bouche un O parfait puis hoche lentement la tête, sa minerve ne lui permettant pas de mouvements trop prononcés. Elles se dévisagent pendant un moment, l'une sondant les yeux bleus de l'autre tandis que la deuxième s'inquiète de la pâleur de son amie.

Enfin, sourcils légèrement froncés, elle reprend son bloc-notes et le stylo émet sa lumière bleue. Curieuse, Cynthia se penche sur les mots de Myriam et son cœur se met à battre plus vite lorsqu'elle lit :
Raconte-moi ce qui t'est arrivé. Je sais que c'est difficile d'en parler mais... J'ai besoin de comprendre.
La jeune femme redoutait ce moment depuis que Callista l'a libérée. Elle redoutait de devoir s'expliquer à l'Élue du peuple, aussi prend-elle le temps de répondre.
Après une inspiration, elle entame son récit :

— C'est arrivé le 20 avril, je ne sais pas comment l'expliquer vraiment. Il faisait chaud ce soir-là, sur les coups de dix-neuf heures. Je débarrassais la table avec Chiara et j'ai vu quelque chose dans le jardin. Une ombre qui se mouvait bizarrement. Alors, je suis allée voir. En m'approchant, l'ombre s'est arrêtée et m'a attendue, du moins, c'est l'impression que j'ai eue. Et quand je me suis trouvée assez près d'elle, elle m'a touchée — traversée, devrais-je dire. Elle s'est infiltrée en moi. J'ai perdu tout contrôle sur mon corps. Dans ma tête, Callista a pris toute la place et m'a jetée dans un coin. J'étais prisonnière de sa voix, des images qu'elle m'envoyait sans cesse pour me torturer.

Elle marque une pause, le temps pour elle de calmer ses larmes et de retrouver sa voix brisée par l'émotion. En relevant ses yeux vers sa meilleure amie, elle sait qu'elle n'a pas à entrer dans les détails parce qu'elles sont sur la même longueur d'ondes ; Myriam a compris de quoi il s'agit. Elle lui sourit, l'invitant à poursuivre.

— Moins d'une semaine après, elle m'a fait aller en Normandie. Pour libérer tous les vampires « hors-service » de la région. Elle les voulait sous ses ordres, à sa merci pour vous déclarer la guerre et vous faire payer.

Intéressée, subjuguée par les paroles de Cynthia, Myriam écrit en quelques secondes à peine, fébrilement, la question qui la brûle :

Comment t'y es-tu prise pour libérer les vampires ?

L'Hybride répond aussitôt :

— Callista savait exactement comment faire. Elle savait où ils se trouvaient. Avant ça, elle avait déjà repéré Steve, le plus puissant des vampires. Je ne sais pas comment il a réussi mais il s'est libéré de lui-même. Alors, je les ai trouvés. Je leur ai enlevé le pieu planté dans leur cœur et leur ai donné mon sang. Et ils se sont réveillés.

De plus en plus nerveuse, Cynthia quitte le fauteuil et la main rassurante de son amie pour faire les cent pas dans la chambre.

— Très vite, ils m'ont considérée comme leur sauveuse, leur *maîtresse*. Dans le lot, Kévin a voulu sa part de gâteau question vengeance. Callista l'a accepté pour se servir de lui, pour te faire peur. Ils me craignaient tous parce que j'étais l'Hybride qui les a libérés. J'avais conscience de tout ça, de tout le mal que je t'infligeais. Mais dans ma tête, j'étais écrasée, oppressée par Callista. Elle commandait mes moindres faits et gestes, mes réactions. J'essayais de me battre mais vous, vous aviez perdu foi en moi.

Elle s'adosse au mur, les bras croisés sur sa poitrine. Elle regrette ses paroles lorsqu'elle voit les larmes sur le visage de son amie, ses épaules voûtées par la culpabilité.

Ils n'y sont pour rien et que vient-elle de faire ?

Un reproche qui n'a pas lieu d'être.

Pourtant, malgré ses larmes, Myriam se met à écrire encore.

J'ai cru t'avoir fait du mal sans m'en rendre compte.

Attendrie, Cynthia reprend sa place, caresse le bras de sa meilleure amie et répond :

— Pourquoi portes-tu sans cesse toute cette culpabilité sur tes épaules ? Pourquoi penses-tu toujours que tu es fautive de tout ?

Les yeux embués de larmes, la Surhumaine gribouille :

C'est plus facile à accepter.

Émue, Cynthia prend Myriam dans ses bras et murmure :

— Je t'aime, grande sœur. Je sauverai ton père. À défaut d'avoir sauvé le mien.

Si la Surhumaine était gênée par sa perfusion, elle n'en laisse rien paraître et serre Cynthia dans ses bras comme si sa vie en dépendait.

Elle ne l'admettra jamais mais le fait d'avoir mis des mots sur ce qu'elle a subi lui a fait plus de bien qu'elle ne l'aurait pensé.

cc

Deborah

Ils attendent impatiemment l'arrivée du médecin. Ils ont ici trois amis hospitalisés dont Myriam, Cynthia et Damien.

Deborah et Arnaud observent tour à tour les infirmières, aide-soignants et femmes de ménage circuler dans le couloir sans apercevoir ni un médecin susceptible de leur donner des nouvelles ni Damien sur son lit qui revient du bloc opératoire.

Elle se tourmente l'esprit en se demandant pour la mille-et-unième fois si c'était trop tard, si c'était bon signe. Si leur ami est vivant et s'il va s'en sortir.

— On a fait tout ce qu'on a pu, ma chérie.

— Je sais.

Assis sur deux chaises fort inconfortables en bois vernis, la jeune femme se balance d'avant en arrière, nerveuse, inquiète, angoissée. Puis elle lève la tête vers son mari et ne peut s'empêcher de dire :

— Dis, tu as encore perdu des cheveux, non ?

— N'importe quoi ! C'est à la mode, d'abord.

— Non, en fait, tu les as pas perdus, ils sont descendus et tu les portes en barbe.

Il quitte sa chaise brusquement, adopte une pose dont les mannequins les plus sollicités auraient à envier, passe sa main sur son crâne quasiment chauve.

— « L'Oréal, parce que je le vaux bien ».

Elle se met à rire et riposte, toujours hilare :

— Tête de naze, va !

Un sourire sur les lèvres, il se rassoit à côté d'elle et déclare :

— Mais tu l'aimes, ta tête de naze.

Il l'embrasse sur les cheveux puis passe un bras sur ses épaules pour la serrer contre lui.

À ce moment, un homme à lunettes et en blouse blanche vient les rejoindre.

— Messieurs dame ?

— Oui ? répondent-ils en chœur.

- Je suis le Dr Schuster. Vous êtes les personnes qui ont amené Damien ?
- Oui, docteur. Comment va-t-il ?
- L'opération s'est bien déroulée, il est actuellement en salle de réveil. Cependant, il s'est produit... quelque chose d'étrange.

Inquiets, Arnaud et Deborah se jettent un regard de biais avant de dévisager le médecin.

- À son arrivée, nous avions tout lieu de croire -au vu de ses blessures- qu'il avait un organe perforé, d'où l'hémorragie. Mais lorsque nous avons voulu opérer, nulle trace d'une quelconque perforation. Tous les organes sont en bon état, sans exception. Nous avons seulement stoppé l'hémorragie interne et recousu ses plaies. Avez-vous quelque chose à me dire ? ajoute-t-il après un silence.

Une nouvelle fois, les époux échangent un regard éloquent et, après l'assentiment d'Arnaud, Deborah tente d'expliquer :

- Ce doit être sa condition surhumaine, docteur.

La remarque de la jeune femme fait réfléchir le médecin qui, les yeux ailleurs, répond lentement :

- Sa condition surhumaine... oui, sans nul doute.

Il s'apprête à les quitter sans un mot de plus mais Arnaud le poursuit.

- Docteur... docteur !

Le concerné se retourne enfin, affichant sur ses traits

la surprise, comme s'il se rappelait soudain leur présence.

- Quand serons-nous autorisés à le voir ?
- Dès qu'il sera remonté, affirme Schuster. À présent, excusez-moi, j'ai d'autres patients à voir.

Le pas rapide, le médecin part dans la direction opposée et laisse le couple perplexe dans leurs réflexions.

Enfin, leurs traits s'adoucissent et, soulagée, Deborah soupire :

- David... Il a réussi à le sauver.
- C'est un guérisseur exceptionnel, approuve Arnaud.
- Je crois qu'une révision des membres de la Ligue s'impose. Damien et David y ont leur place. Ils ont largement prouvé leur valeur.

Son mari hoche la tête sans rien ajouter. Elle sait qu'il pense à Cynthia, si avec tout ce qui s'est passé, elle méritait toujours son rang.

Il jette un œil à sa montre -une Ice Watch noire et turquoise aussi imposante que le Big Ben- et lance tout en réfléchissant :

- Sylvain n'est toujours pas revenu de son rendez-vous avec le Ministre. Ça s'éternise...
- Tu crois que c'est mauvais signe ? interroge la Surhumaine.
- J'espère que non. Nous avons suivi les ordres,

les soldats ont seulement exterminé les derniers vampires chez Cynthia.

– Oui... mais où est passée Jenny ?

Ils soupirent. La réponse, ils ne l'ont pas. Personne n'a tué Jenny ni ne l'a vue partir du champ de bataille.

ɕɕ

Ministère de la Défense, Paris 7ème
Département de Paris

Sylvain

Il entend le Ministre débiter inlassablement la même chose depuis cinq minutes. Mais il n'écoute pas. Son esprit divague, quelque part dans les bras d'une Surhumaine sur un lit d'hôpital. Il ne parvient pas à se concentrer et pourtant, son entretien avec le Ministre est d'importance capitale.

Il se demande une fois de plus comment va Myriam, comment se porte le bébé dans son ventre.

Et surtout, quel est l'avenir de leur groupe ?

– Monsieur Brun, je conçois que vous soyez préoccupé mais il est indispensable que vous écoutiez ce que j'ai à vous dire.

– Oui Monsieur le Ministre, acquiesce-t-il en sortant soudain de sa léthargie. Je vous écoute.

– Bien. Comme je vous le disais, il reste des créatures en inactivité. Et cela ne s'étend pas seulement à la Normandie. Ils sont partout.

Sylvain ne comprend pas où Monsieur Monteaubard voulait en venir, aussi fronce-t-il les sourcils. Après une bonne minute de silence dans laquelle les deux hommes se dévisagent dans la plus stricte immobilité, le Ministre finit par se lever. De sa démarche assurée, il atteint en trois pas une grande armoire dans un coin de la pièce pour en extirper un dossier assez épais. Il n'avait pas eu besoin de fouiller dans la multitude de classeurs, chemises et autres porte-documents. Le dossier qui l'intéresse est tombé directement entre ses mains boudinées. Enfin, il revient à son bureau et pose délicatement le dossier devant Sylvain.

Si la première fois le mot « vampires » sur la chemise l'a affolé, cette fois il ne provoque en lui que perplexité. Il lève un regard interrogateur.

– Vous et la Ligue avez une nouvelle mission, Monsieur Brun.

– Que voulez-vous dire ?

– Votre mission consiste à retrouver ces vampires inactifs pour les neutraliser. Nous ne tenons pas à ce que les événements récents se reproduisent plus tard, n'est-ce pas ?

– Absolument, Monsieur. Mais s'ils sont

partout...

— Justement.

L'homme s'enfonce dans son fauteuil et joint le bout de ses doigts. Une expression énigmatique sur le visage, il reprend :

— Vous serez dès à présent tous employés à temps plein pour cette mission d'une durée indéterminée.

— Monsieur, je ne suis pas sûr que...

— Peut-être devrions-nous aborder le sujet de la rémunération, coupe le Ministre, certain de lui. Que pensez-vous de...

— Monsieur le Ministre ! crie presque l'Élu. Je ne peux pas prendre cette décision à moi seul. Nous sommes cinq membres à part entière dans cette Ligue, il me paraît donc normal que vous leur demandiez une réponse à eux aussi.

En face de lui, le bureaucrate se fige et ses traits se durcissent par la réflexion. Enfin, il pose ses mains sur les accoudoirs et se penche vers Sylvain.

— N'aviez-vous pas dit l'autre jour que vous n'êtes que quatre ?

— Lors de notre dernière entrevue, oui. Maintenant, tout est rentré dans l'ordre. Nous avons eu, par ailleurs, deux aides extrêmement précieuses et il se peut que nous y fassions appel pour la suite.

— Bien. Mettez-vous d'accord avec les membres

de la Ligue et vos « aides précieuses ». Vous reviendrez me voir une fois chose faite.

Le Ministre se lève de son fauteuil, sûrement dans l'intention de congédier Sylvain. Mais le Surhumain ne bouge pas, le regard perdu sur le dossier posé devant lui. Après un soupir d'hésitation, son interlocuteur s'enquiert :

– Comment va votre femme ?

Agréablement surpris par la question, Sylvain répond sans lever la tête :

– Elle ne peut pas parler à cause de ses cordes vocales comprimées. À part ça et quelques blessures, elle se porte bien physiquement.

Il ne le voit pas mais le bureaucrate tique à sa réponse. Il plisse les yeux, se rassied et, nerveusement, prend son stylo-plume qu'il fait jouer entre ses gros doigts.

– Sous-entendu qu'elle ne va pas bien moralement.

– Ce qui est normal, réplique-t-il un peu vite. Nous avons tous subi un choc, elle en particulier. Elle est revenue d'entre les morts, Monsieur. Et elle ne veut pas parler de ce qu'elle a vécu.

Le Ministre hoche lentement la tête, comme pour manifester sa compassion. Un autre silence tombe entre eux, chacun la tête baissée et l'esprit ailleurs. Soudain, il repose son stylo à sa place et se lève du fauteuil. Mal à l'aise, il commence :

– Je ne vais pas vous retenir plus longtemps, Monsieur Brun. Vous serez plus utile à votre femme en ce moment qu'à moi.

– Merci, Monsieur le Ministre.

Lentement, Sylvain quitte sa chaise pour serrer la main de Monteaubard. Il s'empare du dossier, s'avance vers la porte et lance par-dessus son épaule :

– Je vous recontacterai pour vous communiquer nos réponses. Bonne journée, Monsieur.

Doucement, il referme la porte derrière lui et, après s'être assuré que personne ne se promène dans les parages, il se téléporte sans un bruit.

Bien que Callista ne les menacerait plus jamais sinon en Enfer, la victoire lui laissait un goût amer en bouche. D'autres vampires à débusquer, sa femme mal en point et Damien encore inconscient.

Le point positif, cependant, c'est que bientôt, il sera père pour la deuxième fois. La joie finit par étreindre son cœur lorsqu'il pense à sa famille sur le point de s'agrandir.

Épilogue
Ensemble

8 Janvier 2016
Maison des Élus, l'Isle-sur-la-Sorgue
Département du Vaucluse

Plus les jours passent, plus il se sent heureux. Il a tout ce dont il a toujours rêvé : femme, enfants, travail stable. Une maison splendide, des amis dévoués.

Ils fêtent aujourd'hui leurs cinq années de mariage et, bien qu'il n'y aurait jamais cru en la rencontrant, il l'aime encore plus fort qu'au premier jour.

Aux fourneaux, Myriam concocte les bouchées à la reine dont il raffole tant. À vrai dire, il l'empêche un peu de poursuivre sa tâche en l'encerclant de ses bras, mains sur son ventre rond. À présent enceinte de huit mois, il est de plus en plus difficile pour elle de se mouvoir mais elle a tenu à préparer le repas de leurs noces de bois.

Dans la salle à manger, leurs invités discutent vivement entre eux. Ils n'ont pas eu la maison aussi remplie depuis leur mariage. À cause de la nouvelle condition physique de son père, ils ont dû s'adapter à ses horaires puisque les vampires ne sont en pleine possession de leurs moyens la nuit seulement.

Pensif, il pose son nez dans les cheveux de sa femme -ils sentent bon l'huile d'argan. Il remarque soudain la faiblesse du corps de Myriam. Elle lâche sa cuillère en bois précipitamment, il sait qu'elle ne tient plus sur ses jambes. Il la maintient fermement entre ses bras, lui chuchote :

– Mon amour, qu'est-ce qui se passe ?

– C'est mon cœur... il s'emballe.

Elle pose sa main sur sa poitrine, halète, suffoque. Réactif, Sylvain l'amène jusqu'à l'unique chaise de la cuisine, les autres étant toutes occupées dans la salle à manger. Elle se laisse asseoir malgré ses jambes flageolantes et ses bras tremblants. Inquiet, il se poste face à elle et l'observe dans les moindres détails. Elle plisse les yeux mais il voit quand même les larmes qui coulent. Ce genre de crises, il en est malheureusement coutumier depuis quelques mois. Tachycardie due à l'angoisse.

À cause de sa grossesse, elle refuse catégoriquement

de prendre un traitement pour calmer ses crises.

Car, en effet, pourquoi prendre des médicaments si la personne qu'elle aime peut l'apaiser ?

Accroupi devant elle, il pose sa main droite sur son épaule et la gauche sur sa cuisse tout en lui murmurant :

— Calme-toi ma chérie. Tu n'as aucune raison de te sentir angoissée, tout le monde présent dans notre maison t'aime et ne veut que ton bien. Tu le sais ? Hein, mon amour ?

Elle hoche faiblement la tête, il sait qu'elle souffre. Cependant, même s'il est habitué à ses crises, il est surpris que celle-ci se manifeste maintenant. D'ordinaire, c'est au coucher que la crise pointe le bout de son nez. Alors, comme les fois précédentes, il dit doucement :

— Pense au bébé, ma princesse. Le petit Italo ne comprend pas pourquoi tu angoisses et ce n'est pas bon pour lui.

Sa main gauche délaisse sa cuisse et se pose sur le ventre rond de la Surhumaine. Puis il en approche son visage, il chuchote au bébé :

— Essaye donc de calmer ta mère. Et dis-lui qu'aujourd'hui, c'est jour de fête.

Il attend encore, attentif à sa respiration qui semble s'apaiser un peu. Enfin, il se met à genoux, prend le visage de la jeune femme entre ses mains. En la regardant droit dans les yeux (qu'elle s'est décidé à ouvrir), il affirme avec fougue :

- Je t'aime, mon amour. À jamais. Et ça, c'est plus fort que tout.

Et même si elle ne respirait pas encore normalement, elle esquisse un sourire timide. Dans la minute qui a suivi, la crise est passée.

Elle se remet aux fourneaux comme si rien ne s'était produit. Après une ou deux minutes, elle hurle :

- Ezio ! Vieni qua, per favore !*

[Ezio ! Viens ici, s'il te plaît!]

Presque immédiatement, le garçonnet de quatre ans débarque dans la cuisine, la main levée à hauteur de la tempe dans un salut militaire plutôt approximatif. Myriam se retourne, s'empare d'une corbeille en oseille contenant des tranches de pain complet et la tend à son fils. Elle lui ordonne en italien de la rapporter dans la salle à manger, ce qu'il fait docilement.

Sylvain ne l'admettra jamais, mais il adore l'entendre parler l'italien.

Une fois leur fils parti, elle lui demande de l'aider à servir le plat. Une après l'autre, les assiettes bien garnies trouvent leur hôte sur la table.

Avec un soupir de soulagement, Myriam se laisse choir sur sa chaise. Tout sourire, elle regarde autour d'elle. Ezio et Chiara mangent sagement autour de la table basse du salon, échangeant quelques fois leur avis sur certains dessins animés.

Puis ses yeux se portent sur les invités. Toutes les personnes qui comptent pour elle sont présentes : Cynthia et David, Deborah (enceinte comme elle jusqu'aux yeux) et Arnaud, ses parents Carolina et Italo, et enfin, Damien et Albert. La Ligue, non plus des Cinq mais des Sept, réunie en ce soir de fête.

Sylvain l'observe à la dérobée et en oublie de manger son assiette.

L'ambiance à table est détendue, joviale, forte en émotions diverses. Bien qu'il l'ait maudite un jour, il est aujourd'hui heureux que l'amitié entre Cynthia et sa femme soit encore plus forte.

D'emblée, son meilleur ami attaque joyeusement le couple pour les taquiner :

– On se demandait ce que vous faisiez dans la cuisine !

Habituée par ses plaisanteries, Myriam répond aussitôt :

– Nous... cuisinions ? Étonnant dans une cuisine, n'est-ce pas ?

– Mais oui, c'est ça ! Pas à nous, Mymy. Je suis sûre qu'il n'a pas arrêté de te peloter !

– J'oserais jamais ! s'indigne faussement Sylvain. Si elle rate son plat, c'est moi qui trinque après.

Tous les convives se mettent à rire pendant le petit affrontement oculaire entre les Élus, qui se solde par un baiser.

Soudain, Cynthia se lève, verre en main et demande

l'attention de tous.

– J'aimerais porter un toast. En L'honneur de Sylvain et Myriam qui fêtent aujourd'hui leur cinq ans de mariage. Ce toast, c'est pour leur héroïsme, leur amour et tout ce qu'ils ont accompli ensemble jusqu'à présent. Un exemple pour tout Surhumain en quête de bonheur. Alors, aux Élus !

– À l'amour ! renchérit Carolina.

– Aux Surhumains ! poursuit David.

– Aux femmes enceintes ! ajoute Deborah en levant, de même que Myriam, un verre de soda.

Après des éclats de rire, ils boivent presque tous goulûment leurs verres et entament leurs assiettes.

Un instant, le silence tombe sur la tablée, chacun savourant le délicieux repas concocté par leur Élue adorée.

Arnaud finit par se racler la gorge pour demander à Cynthia :

– Comment se passe ton nouveau job ?

– À merveille, répond avec empressement l'intéressée. Être libraire, pour une passionnée de lecture comme moi, c'est le paradis !

– J'imagine ! Nancy ne te manque pas ?

– Pas du tout. J'avais envie de partir de la Lorraine, enfin devrais-je dire, du Grand-Est. Aubagne est une superbe ville ! Et puis,

Myriam attire beaucoup de monde avec ses séances dédicaces.

Les deux amies se sourient affectueusement. Sylvain décèle dans le regard de Cynthia toute la fierté qu'elle éprouve pour Myriam.

Il a l'impression que son cœur flotte tant il est heureux.

CC

Myriam

Elle profite qu'ils aient tous l'esprit ailleurs pour s'éclipser dans le jardin. Depuis sa plus tendre enfance, elle a toujours eu besoin de moments de solitude. Et ce soir ne fait pas exception.

Il est vingt-et-une heures passées et malgré la saison, le gros pull qu'elle porte lui suffit. Songeuse, elle s'assied à même l'herbe, celle-là même où ils ont célébré leur mariage il y a de cela cinq ans. Elle lève le visage vers le ciel noir et étonnamment étoilé.

Il est absolument merveilleux.

Quelque part là-haut, elle sait que deux êtres chers la regardent, veillent sur elle. Ce qu'elle a vécu avec eux, sur Terre et dans l'Au-delà, a été si intense que sa vie a entièrement changé. La femme qu'elle est devenue aujourd'hui, c'est grâce à eux. Et bien que l'un des deux se soit sacrifié, il a sauvé le peuple Surhumain d'une mort certaine et atroce.

Les larmes aux yeux, elle envoie un baiser vers le ciel à tous les deux.

– Ça va, ma chérie ?

Myriam sursaute, elle n'a entendu personne s'approcher. Inquiète, Cynthia la rejoint par terre et, lorsqu'elle perçoit ses larmes, lui prend les mains.

– Qu'est-ce qui se passe ? Pourquoi pleures-tu ?

– Oh, rien, affirme l'Élue. L'émotion.

L'Hybride ne semble pas la croire mais n'insiste pas. Elle garde cependant les mains de Myriam entre les siennes. Au bout de quelques secondes, la Surhumaine lance d'une voix cassée, chargée d'émotion :

– Ils veillent sur moi, tu sais.

– Qui ça ?

– Éric et Théo.

– Comment c'était... là-haut ? finit-elle par demander après une longue hésitation.

Mais Myriam ne répondra jamais.

Au fur et à mesure que le temps passe, Cynthia étreint sa meilleure amie pour la consoler.

– Tu sais, j'ai toujours pensé que tu finirais ta vie avec Éric.

– Moi aussi, ma chérie. Moi aussi.

Au lieu de la consoler, elle déclenche d'autres larmes involontairement. Elle la serre plus fort contre elle, lui murmurant des « ça va aller » ou des « je suis là ».

Entre deux hoquets, l'Élue souffle :

– Ne me quitte plus jamais.

Et à Cynthia de répondre solennellement :

– Je te le promets. Je resterai toujours avec toi. Nous serons toujours *ensemble*.

Rassurée, Myriam pose sa tête sur l'épaule de sa meilleure amie.

Cynthia lève le visage vers le ciel, ses yeux brillant d'une étrange et pourtant magnifique lueur mordorée.

NOTE DE L'AUTEUR(E)

Ce livre a été possible grâce à un rêve. Le rêve d'une suite que je n'avais pas crue possible. Dans l'écriture de plusieurs parties, j'ai eu du mal à contenir mon émotion. À présent, j'espère vous transmettre ce que j'ai ressenti.

J'ai voulu faire de ce tome un livre d'hommages et de remerciements :

En mémoire de :

Ma grand-mère,
Pour sa bonté, son amour, sa foi en moi ;

Roxane et Alessio,
Les enfants dont j'aurais aimé être la mère ;

Éric,
Qui sera toujours dans mon cœur ;

Et tous nos anges partis rejoindre les étoiles.

Un grand merci à :

Toutes les personnes qui ont cru en moi et
m'ont encouragée ;

Sylvain,
Qui m'a appris la magie de l'Amour ;

Cynthia,
Ma meilleure amie et plus fidèle lectrice, pour
son dévouement ;

Ma maman,
Pour sa patience et ses réponses à mes
innombrables questions ;

Ma tante Maria-Christina (alias MC),
Pour ses encouragements et sa foi en moi ;

Arnaud et Deborah,
Qui ne m'ont pas laissé tomber ;

Jenny,
Pour sa patience et son talent hors norme ;

Et enfin mon grand-père,
Pour son amour et son aide.

TABLE DES MATIERES

Prologue : l'Élue 9-18
Chapitre 1 : La Remise en Fonction 19-46
Chapitre 2 : L'appel à l'aide 47-66
Chapitre 3 : L'infiltration 67-94
Chapitre 4 : Les sauvetages 95-136
Chapitre 5 : Le Miraculé 137-164
Chapitre 6 : La Captive 165-202
Chapitre 7 : La Vision 203-240
Chapitre 8 : La Fuite 241-262
Chapitre 9 : L'Au-Delà 263-294
Chapitre 10 : L'affrontement final 295-336
Chapitre 11 : La Lumière 337-356
Épilogue : Ensemble 357-365

Retrouvez toute l'actualité de l'auteur sur :
https://www.facebook.com/dhupar.myriam/

TABLE DES MATIÈRES

© 2018, Dhupar, Myriam

Édition : Books on Demand

12/14 rond-point des Champs-Élysées, 75008 Paris
Impression : BoD - Books on Demand, Norderstedt,
Allemagne

ISBN : 9782322166244

Dépôt légal : novembre 2018